烈星

天地间 2
Between Earth And Sky

FEVERED STAR

[美]丽贝卡·罗霍斯 (Rebecca Roanhorse) —— 著
露可小溪 —— 译

重庆出版集团 重庆出版社

FEVERED STAR

Original English Language edition Copyright © 2022 by Rebecca Roanhorse
All Rights Reserved.
Published by arrangement with the original publisher, Saga Press,
An imprint of Simon & Schuster, Inc.
Simplified Chinese Translation copyright © 2024 by Chongqing Publishing House.

版贸核渝字(2022)第122号

图书在版编目(CIP)数据

烈星 /(美)丽贝卡·罗霍斯著;露可小溪译. —重庆:重庆出版社,2024.8
ISBN 978-7-229-17233-6

Ⅰ.①烈… Ⅱ.①丽… ②露… Ⅲ.①长篇小说—美国—现代 Ⅳ.①I712.45

中国国家版本馆CIP数据核字(2024)第092190号

烈星
LIE XING

[美]丽贝卡·罗霍斯 著
露可小溪 译

责任编辑:邹 禾 唐弋淄 王靓婷
装帧设计:冰糖珠子
封面图案设计:罗 烜
责任校对:李小君
排版设计:池胜祥

重庆出版集团
重庆出版社 出版

重庆市南岸区南滨路162号1幢 邮政编码:400061 http://www.cqph.com
重庆豪森印务有限公司 印刷
重庆出版集团图书发行有限公司 发行
E-MAIL:fxchu@cqph.com 邮购电话:023-61520646
全国新华书店经销

开本:890mm×1230mm 1/32 印张:11.375 字数:272千
2024年8月第1版 2024年8月第1次印刷
ISBN 978-7-229-17233-6
定价:79.00元

如有印装质量问题,请向本集团图书发行有限公司调换:023-61520678

版权所有 侵权必究

献给玛雅，#TeamBroCrow 的创始人
这本书缺你不行。

你来到这世上
你的亲属、你的同族受苦受难的地方,
炎热、寒冷、多风的地方。
干渴的地方,饥饿的地方,
没有安乐的地方,没有愉悦的地方,
尽是苦难、疲惫和折磨的地方。
噢,我的小家伙,也许在稍纵即逝的一瞬,
你将如同太阳般闪耀!

——《佛罗伦萨手抄本》,第六册,128V-151R

CHAPTER 1

奎科拉城

乌鸦历 1 年

　　我干过惊天动地的大事，有好事，也有坏事，诸神之外有谁能审判我，大胆之外他们对我还能作何评说？
　　　　　　　——摘自《梦行者手册》，长矛少女西尤可著

　　冬至过后的新年第一天，太阳没有照常升起，毫无岁末的感觉，不过巴拉姆心里清楚。

　　天不亮他便离开了家，带着一袋可可、一只小陶杯和一面镜子，还有腰间的一把黑曜石刀，步行上路。他通常会带着仆人出门。一个负责帮他把购置的货物搬回家，另一个负责保护他的人身安全，尽管他没什么好怕的。但今天，他一个人上路了。

　　他顺着横贯奎科拉的宽敞整洁的大街，路过尚未苏醒的集市，出了城门。他路过库哈兰农村的椭圆形农舍和茅草屋顶，路过当初找到湍克女人的监狱，然后钻进附近的丛林。

　　雨下了整整一夜，空气沉闷而潮湿。水滴顺着锯齿状的阔叶滑落，便鞋底下的土地软绵绵的。他身上的白色长斗篷扣在胸脯处，白色头巾包着头发。翡翠饰物吊在耳朵和鼻子上，套在手腕和脚踝上。他还把面庞的上半部涂成了蓝色。

　　他要去的是一座小小的神庙，许多神庙在霍卡伊亚协议禁止

烈星 FEVERED STAR

豹神崇拜后遭到废弃,它是其中之一。这幢石头建筑一度美轮美奂、色彩缤纷,但如今业已破败。宽大的台阶布满裂缝,丛林的绿色势力几乎将其吞没殆尽。他轻手轻脚地走了进去。

他来到中央庭院一侧的祭坛处。他并非信徒,至少不是大多数人以为的那种信徒,但他崇尚力量,而此地曾经拥有强大的力量。他双手按着冰冷的石头,垂下脑袋。他念叨着三百年不曾回响于此地的祷词。然后他坐在台阶上,捏着钱袋等待。

没等多久,盗贼来了。

那人没有发现巴拉姆,后者坐在阴影里一动不动。豹领主饶有兴味地观察,看着那个男人走过庭院,欣赏饱经风霜的石刻浮雕,繁华褪尽的沧桑景象。盗贼的肩头挎着一只麻布袋。他缠着一条朴素的白色腰布,一头黑发剪得很短,紧贴头皮,碗状发型已然过时,但他的相貌却是年轻俊朗,无耻无畏的眼神更是颇具魅力。当初正是他狂妄的举动吸引了巴拉姆的目光,随后又得知他有办法潜入皇家图书馆,不错,一切都来得恰到好处。

"欢迎。"他起立现身,招呼那名盗贼。

对方吓了一跳。"七层地狱啊,"他怒目相向,骂道,"躲在这种鬼地方干什么?"

巴拉姆露出惯常的微笑,嘴唇紧抿,藏起掠食者的尖牙。"很久以前这里是我祖先拜神的地方。"

"好吧,太阴森了。我不明白为什么不在城里见面。也许可以喝上一杯。"

巴拉姆扬起精致的眉毛。"我上回说得很清楚,此番交易需要绝对保密。你没有对任何人提及我们见过面,对吧?"

"没有,"那人匆匆应道,"我信守了承诺。现在轮到您了。"

巴拉姆招手示意盗贼走上台阶,来到他所在的祭坛前。那人

犹豫不决，于是巴拉姆晃了晃手里的那袋可可。这个动作似乎打消了对方的疑虑，他三步并作两步就上来了。

"你进地下室有没有遇到麻烦？"巴拉姆问。

"盘算了好几天，结果对夜班守卫说了句好话就搞定了。我估计以前没人打过那里的主意。"盗贼扮了个鬼脸，似乎把巴拉姆当成了傻瓜。

他不予理会。"我可以看看吗？"

"我这是头一回接到偷书的活儿。"那人从麻布袋里掏出一大本装订好的手稿，放到祭坛上，"这玩意儿有市场？您有没有哪位朋友用得着手脚轻快的人？"

巴拉姆虔诚地打开布包的封面，翻动树皮纸。书页竟展开为长长的一整张，写满了文字和语音符号。他认出了自己多年苦学的古老语言，确认眼前便是他渴望获得的知识。

"您能看懂？"盗贼好奇地问。

"当然。"巴拉姆心不在焉地回答。他的注意力已经完全集中在面前的字符上，恨不得把第一页纸吃进肚子里。你拿到的是《梦行者手册》。那些吞食神之躯、施展精神魔法的人有可能发疯，躺在冰冷坟墓里的一众姐妹便是证明。但若无所畏惧，高深莫测的力量便能为你所用。

"书上说了什么？"

"嗯？"

"这本书。讲什么的？"

巴拉姆回过神来。他折好书页，合上封面，冷冷地看了一眼盗贼。"你想成为巫师吗？"

"我？"那人倚着祭坛，笑了，"我不需要魔法。"

"盗贼也曾经操弄阴影魔法，算是他们行内的手段。据说魔

烈星 FEVERED STAR

法流淌在他们的血管里。"

"老掉牙的迷信,"他说完,冲着地板啐了一口,"瞎胡闹,适合那些脑子不好的家伙。我还是与理性为伍,谢了。"他摸了摸挂在脖子上的吊坠,一枚小小的金色太阳。

巴拉姆愤怒的目光投向古老石板上的那一团唾沫。他的舌头舔了一圈牙齿,似在清理那些不说为好的言语,然后换了个说法:"如果我告诉你,太阳祭司的力量也只是来自旧神的低级魔法呢?"

"我会说您也是傻瓜,尊敬的领主。"他嘲弄地欠了欠身,"不过无论您为何需要那本书,都不关我的事,真的。我唯一的神就捏在您手里。"

可可。巴拉姆示意那人把麻布袋递来。他照做了,巴拉姆把书放进去,袋子搁在脚边。作为回报,他将装有可可的钱袋递过去。盗贼打开钱袋,眼里闪着贪婪的光芒。巴拉姆看着那人默默数钱。有关未来的畅想写在他脸上:崭新的珠宝,最美味的酒水,最漂亮的女人。

巴拉姆轻轻地拔刀出鞘。"你还要为我做一件事。"

"说。"那人的眼睛依旧盯着刚刚到手的财富。

巴拉姆淡定地迈步上前,一刀插进对方的肚子。他用力向上提刀,直抵骨头。盗贼吸了口气,钱袋脱手。可可散落在石地上,顺着祭坛的台阶泼撒。盗贼挥起拳头,无力地击打巴拉姆的胸膛。他毫不在意,抱起那人,放到祭坛上。他退后几步,看着盗贼眼中的光彩,那一度令他欣赏的无耻眼神彻底消失。

然后他动手用陶杯收集鲜血。血接够了,他便把手指伸进杯子蘸了蘸,随即在自己面庞的下半部画了几条竖线。接着在手掌和脚板上涂抹。等画完了,他把镜子放到地上,把血泼向镜面。

他吟诵咒语，召唤阴影。一个圆环在他面前出现，犹如镜面的反射。环内是翻腾的黑暗，布满周围的冰霜滋滋作响地爆裂着。他希望自己没有搞错，盗贼的鲜血能助他轻松地穿越阴影世界，若是不然，献祭在豹神祭坛上的盗贼也能让祖先欣慰地目送他此番旅行。他把麻布袋扛到肩上，低声说出目的地，然后一步跨进阴影……

……接着气喘吁吁地出现在他的房间里。他扔下麻布袋，瘫软在地。他的皮肤上结了一层亮晶晶的薄冰，呼出的气在眼前凝成白雾。他从床上拽来一条毯子，裹在身上。他躺在那里直哆嗦，什么都做不了，直到逐渐解冻。

等到缓过劲来，他来到隔壁的房间，蒸汽氤氲的浴缸已经备好。他洗净身上的血迹和阴影，换上一条北方款式的便裤。他喊了一声，仆人立刻出现。

"不许任何人打扰我。"他一边吩咐，一边布置面前的桌子：一个鲍鱼壳，一块柯巴脂，一只小木盒，旁边就是他刚刚到手的宝贝。"这一点非常重要。明白吗？"

"明白，大人。"

"谁都不行，"巴拉姆强调，"包括各家领主、我的母亲，我那个该死的表亲更不行。"

他的表亲常常到他家门口晃悠。彼的本名是提尼兹，自打从奥布雷吉回来后，便改以珀瓦吉这个敬称为名。表亲希望替萨娅的儿子求情，巴拉姆却懒得听彼的废话。坦白说，他认为表亲受年纪和情感所累，头脑已不清醒。珀瓦吉当年爱萨娅爱得发狂，如今彼似乎将那份热情转移到了她儿子身上。可以理解，他认为，只是略嫌目光短浅。珀瓦吉最大的问题是摆脱不掉的愧疚。那个孩子为何不该承受那样的命运，珀瓦吉为何最终改变了

5

烈星 FEVERED STAR

心意。

那天巴拉姆一直在听表亲说话，最后实在忍无可忍。"你忘记我们在这里做什么了吗？我们要破坏这个世界，调整天道的运转。我们要掌握三百年，不，是一千年未曾现世的力量。萨娅做到了不可能做到的事情，诞下了一尊神，你现在却要自作多情，陷他于不齿的境地？"

"我们抚养他长大，只是让他为我们的计划送死。"

"那是全人类的神圣目标！"

"可我们都没有问过他自己的意愿。"

巴拉姆嗤笑一声。"我们让他成了神，我的表亲。他不是挑选哪条裙子最养眼的少女。他是武器，而且是精良的武器。"此刻，他应该已经杀死了守望者，把太阳逐出了托瓦的轨道，开启了一个全新的时代。

是的，塞拉皮欧完成了他的使命。如今轮到巴拉姆了。

他打开书，开始阅读。

所有人梦中的意识都向你敞开，然而动物的——无论长毛的、带鳍的，还是覆羽的——梦境依然紧闭。它们在另一个世界做梦。

"好得很。"他咕哝道。反正他也没有想过使唤飞禽和走兽。

你可以吃了神之躯，但泡水饮用效果更佳。一杯下肚，能让你在梦的国度逗留半日之久，到离开之时，你将耗尽全部精力。最好有一位长矛少女守护你的肉身。

啊，没错。施展这一禁忌魔法的长矛少女都是成双成对的。好吧，这个做不到了。他接着读。

最好从探究对象的意识起步。等你有了信心，便可以开始植入想法和欲望，然后多次来回，精心培育。你不能在梦中真的杀

人,但你可以让对象服从梦的需求,从而自残,或者做出更极端的举动。当心!操弄思想可要慎之又慎。谨防纠缠其中。

他废寝忘食地读了整整一个白天,直至深夜,家人遵照盼咐,没来打扰他。书中有太多关于死亡和疯癫的警告,还有关于超凡魔力的许诺。巴拉姆怀疑作者将魔法付诸文字时已经处在不正常的状态了。不过这份文本是最后的遗珠——霍卡伊亚协议签订之后有一场大清洗运动,据说没有一位梦行者侥幸存活。

他将是这个时代的第一位梦行者,他已经准备好了。

他点燃柯巴脂,不停地扇风,直到它烧了起来,房间里弥漫着神圣的烟雾。他换上一身合乎身份的装束,与他去神庙时的打扮类似,不过此刻他披着罕见的白豹皮斗篷,脖子、耳朵和鼻子佩戴白色的贝壳。他熄灭灯火,房间里半明半暗,从高窗照进来的月光成了唯一的光源。

他从桌上的小木盒里取出神之躯。他吃了指甲盖那么大的一块,坐在软垫上等待。他没等太久。梦的国度向他敞开大门。他惊讶于其绝美,以及可怖。

然后巴拉姆去狩猎了。

CHAPTER 2

托瓦城（乌鸦栖息地）
乌鸦历 1 年

以爱为名，哪怕是最不起眼的举动都有诞生奇迹的可能。

——《奥布雷吉的花之书》

奥多·塞都在做梦，在梦中，他铺天盖地。

他是飞过辽阔海面的黑翼杀手。他是拥有尖喙利爪的嗜血浩劫。他是碾过污浊城市的雄壮流云。

他化身为一千个祈祷者的一千张嘴唇发出的喊叫。他化身为复仇的预言。他化身为蓬勃绽放、吞噬太阳的阴影。

他是乌鸦，随即化身为屠杀。

塞拉皮欧不停地嘶叫，叫啊叫啊——

有人轻轻摇晃他，他的眼皮不由自主地睁开。然而眼前全是阴影，与他十二岁以后所见的一般无二。他的鼻子里满是乌鸦的气味。他的后背感觉到粗硬羽毛的摩擦。有人忧虑地呼唤奥多·塞都。

我还活着！

然后他不断地坠落，坠落……回到了他的梦中。

梦境变成回忆，回忆逐渐成形。

他想起在黑日之下说出他的真名，他是如何粉身碎骨。

他想起他带着杖和刀前进,化作一阵旋风。

他想起他的双手沾满湿滑的鲜血,耳中充斥垂死的哭喊。挺立于他带来的乱局之中,他欣喜若狂。

他继而想起他的失败。杀死凤敌太阳祭司是他真正的目的,但她不在那里。一个骗子冒充她。一个戴着祭司面具、身披法衣的蠢材,却少了神的精魂。奥多·塞都杀了那个骗子,一刀下去,对方身首分离,而他出离愤怒,竟不知道何时动的手。

随后鸦神离开了,他的身体开始衰败。

注定如此。

意料之中。

然而有一个情况是他的创造者们未能预见的。是他的母亲不曾料到,他的导师们没有计划的。塞拉皮欧与小小的乌鸦们交了朋友。他爱它们,保护它们。在他垂死之际,这些朋友带着对他的爱和非凡的意志来到他身边,不惜自我牺牲,拯救他的生命。南方的巫师应该清楚以爱为名的牺牲有多大的力量,正如很多年前,他母亲的牺牲把这个孩子和她的神联系在一起。不过也许他们无法理解的是,乌鸦这种小小的禽鸟也拥有如此大爱,以及,一个作恶如他的人何以得享其成。

CHAPTER 3

托瓦城（乌鸦栖息地）
乌鸦历1年

不要信仰旧神。他们的意愿无从知晓，他们的力量变幻无常。他们会在你最意想不到之时抛弃你。

——《幸福生活箴言集》

"喝了。"

有人抬起塞拉皮欧的头，某种液体碰到他的嘴唇。

回忆纷飞，杂乱无章，他又回到十二岁那年，手里捧着一只装有冰凉甜水的陶杯，母亲笑眯眯地喂他毒药。她忽然变了脸，变成了空洞而诡异的骷髅。她的声音是啪嗒的脚步，来自起飞前的助跑。

恐慌充满他的胸腔，堵得他喘不过气。他体内翻涌着逃离的原始冲动，他非得阻止接下来发生的事情不可。

他猛地挥动手臂，喊叫声呼之欲出。

有人惊叫一声，被塞拉皮欧推开。他隐约察觉到喊叫的人不可能是他母亲，不过凭着本能，他满脑子想的都是必须活下来。他扑向前，撞到了那人，然而陌生的男人反应很快。一对强壮的胳膊将他死死箍住，压向地面。

幸好有长年累月的训练，塞拉皮欧拼力反抗，才没有被完全

压制。对手比他块头大，体重沉，但防守有漏洞，为塞拉皮欧提供了腾挪的空间。他晃动肩膀，前臂袭向那人的喉咙。两人拉开了距离，但不等塞拉皮欧脱身，他的下巴重重地挨了一拳。

"住手！"喊声沙哑刺耳。

塞拉皮欧的脖子被打得向后歪，他顺势一滚，双手双膝撑地。他面庞抽痛，而且身形不稳，但他马上摆了个蹲伏的姿势。他缩着下巴，举拳护头，聆听对手接下来的动静。

什么都没有。那人反而喊道："我不想跟你打！我不是你的敌人！"

"所有人都是我的敌人！"塞拉皮欧咆哮道。

"我！不是！"陌生人气喘吁吁，"我不是。"

"你就是。"

正如他此前不假思索的进攻，他此刻的反诘也毫不犹豫。他手无寸铁，没有乌鸦的视野，而且身处陌生的地方，失明是极大的劣势。他不能让对方再次先发制人。塞拉皮欧召唤阴影，命令其涌到指尖。摧毁！他心想。吞噬！

然而阴影没有出现。来的反而是疼痛，剧烈到令他抽气，肋部似被撕裂。他瘫软在地，本能地缩着身子，护住痛处。

"怎么了？"那人关切地问，"是你的伤吗？怎么——"脚步声靠近了。

"别过来！"塞拉皮欧伸手阻止对方。疑惑中，痛苦中，他要求黑暗回应他的召唤。

毫无反应。

此刻他感到恐惧。十年来都不曾体验的无助感。

他深挖下去，绝望地寻找那位神在他体内的寄宿之处，那个打小与他相伴、令他心安神定的阴影之池。

烈星 FEVERED STAR

结果……一无所获。

他已是空空如也,拢起的手掌仿佛捧着某种珍贵的东西,然而掌中空无一物。

他退回为曾经的那个孩子。孤独,害怕。等待世界变成他可以理解的模样,等待自己变成母亲许诺的神。他不能回到那里。弱小又虚弱。任凭那些以爱为借口的人摆布,其实他们的行为早已暴露他们的私心。他试图抓到什么东西,某种真实的东西,填满缺失,作为依靠。

"夏拉。"他低语道。是的,他想起了她。在他心中,她是真切而实在的。她长长的发卷上的海洋气味,她丝毫不带歉疚的爽朗笑声,她的身体被触摸时的颤抖。他紧抓那些记忆不放,以她为锚点,让自己不至于远离现实世界,以她为灯塔,前往安宁无虞的海岸。

还有乌鸦。他想起了他的乌鸦。

他摸向一直挂在脖子上的袋子,但星粉已经没了。令人战栗的恐惧感攫住他的心脏,不过,纵使他被神所抛弃,他也不相信乌鸦抛弃了自己。它们是他最长久的朋友,真正的同伴。他释放意志,要求乌鸦们回答,结果他的世界轰鸣如雷。

乌鸦。乌鸦无处不在。成百上千只身形各异、大小不同、色泽迥然的小乌鸦。它们没有弃他而去。

还不止它们,他感觉到了巨乌鸦,来自食腐鸦氏族的体形硕大的鸦类。

"贝伦达?"

我在这里,噬日者。听到脑子里熟悉的声音,他差点哭了。

"贝伦达,发生了什么事?我在哪里?"他想问为何他感觉不到神的存在,但他不敢问,他害怕答案。

你没事了。你还活着。奥括把你带到了栖息地。这里是我们神圣的家园。我们远离人类的巢穴。

"但我刚跟一个人打过。"即便是现在,他依然能感觉到面前的那个陌生人。对方在等待、观察,呼吸粗重、吃力。

那是奥括。他是食腐鸦氏族的战士,跟你一样都是乌鸦孩子。你可以信任他。

塞拉皮欧扭过头,倾听脚步移动的细节,衣物摩擦的窸窣响声。"奥括?"

"你怎么知道我的名字?"

他的注意力转向声音传来的方位。"我为什么活着?你知道吗?"

"你在跟谁说话?"

塞拉皮欧摇摇头。全都错了。这个地方,这个人。塞拉皮欧自己。"我为什么活着?"他大喊。要是一切能解释清楚就好了。

贝伦达回答:小家伙们有自己的魔法,它们用魔法救了你。它们付出了沉重的代价。

小家伙们?他悲痛欲绝。"我接受不了。收回去。叫它们收回去!"

太迟了,噬日者。它们已经慷慨献身。你的拒绝是在侮辱它们,不要这样。

羞耻感火烧火燎。他低下头。"我不是侮辱它们,我只是不能接受它们的馈赠。我……不配。"

无论你自认为配或是不配,都无关紧要。重要的是它们爱你。

"你在跟谁说话?"那人又发问了,贝伦达说他叫奥括。

塞拉皮欧愈加懊恼。"我怎么在这里?"

"我们是从太阳岩过来的。一开始我以为你死了,不过……贝伦达知道真相。是她要来栖息地的。你提到了她的名字。你是在跟她说话吗?你能……"他听得出奥括内心的疑惑,"你刚才是在跟贝伦达说话吗?"

"你对我有什么企图?"

"我……只是帮忙而已。做该做的事。"

"贝伦达说我应该相信你。"

"我不是你的敌人。"

"那你为什么攻击我?"

"我没有攻击你。"听口气,他似乎感到困惑和委屈,"我只是给你递水。"

塞拉皮欧试图回想是谁先动的手,不过一切都发生在转瞬之间,他不知道哪些是真实、哪些是梦境。他想起自己梦到了母亲,急于反抗、拒绝无助的恐慌感。其余的细节都模糊不清。

也许奥括确实没有攻击他。但也不意味着可以信任此人。

塞拉皮欧站起身来,打了个响亮的嗯哨。他察觉到一群乌鸦活跃起来,拍打着翅膀来到他身边。

"一只就好。"他低声说,于是一只乌鸦飞到他的肩头。他以前只在服用星粉之后借用乌鸦的视野,而现在没有星粉,所以不好说能否奏效。不过小乌鸦们的馈赠令他莫名地信心满满,他知道朋友们陪伴着自己,也就是说,在所有的力量当中,至少这种能力他还是有的。

他闭上自己的眼睛,睁开乌鸦的眼睛,他能看见了。

他们身处一间圆形的屋子,但很难称之为住所,说是废墟还差不多,透过墙壁上的一道大裂缝,他能望见积雪的群山。残缺的石头渗出红褐色,岩块磨损严重,因为风吹日晒,已是破碎不

堪。颜色更深的岩块带有一条条橙色和白色的线，他脚下则是松散的沙砾和细细的沙土。他们头顶上至少还有一层楼，然而上楼的木梯已经垮塌到无法修缮的地步。在这个湿漉漉的冬日，天光黯淡，令此地显得幽深莫测，同时又使人感到无所遁形。

"这是什么地方？"他问。

"我们在托瓦西边的群山深处。我相信一百多年来没有一个人踏足此地。"奥括走向最近的一堵墙壁，用戴着黑色手套的手抚摸石头。他一袭黑衣，披着厚实的布甲。"曾经有人生活在这里。终身照料乌鸦的人。"

"这里是修道院。"真相忽然浮现在他的脑海，"奥布雷吉山脉散布着类似的独栋建筑，里面住着拥有奥布雷吉信仰的信徒。这里以前供奉的肯定是鸦神。"

"是贝伦达告诉你的吗？"又是疑惑的语气。

"不用她说。我熟悉这种地方。"

他驱散了有关奥布雷吉的想法。如果放任不管，它们就会变成黑暗的回忆，他担心自己再次陷入那种孤苦无助的处境。奥布雷吉那个地方只有冷漠和孤寂。还有母亲的死亡。以及父亲的漠视。

他离那里很远，他提醒自己。一直以来，为了驱散这样的想法，他只能不断地回想自己的目标，自己的命运。此刻他正要尝试，却又犹豫了。他的命运不是已经完成了吗？他的目标不是已经在太阳岩浸润鲜血的土地上实现了吗？既然如此，他如今是谁？那个问题又来了：我为什么活着？

"你的伤怎么样了？"奥括指着塞拉皮欧的肋部问道。

他几乎忘记了自己受过伤，他习惯了忍受疼痛。他立刻按住伤口，又收回手来，惊讶地发现掌上黏糊糊、湿漉漉的。"流血了。"因为再次意识到伤口的存在,一波剧痛蓦然袭来。他紧咬牙关,停在肩头的小鸟也感同身受地叫了一声。

"让我帮你。"

塞拉皮欧立刻退开。

奥括举起双手。"我不会伤害你。我发誓。如果我想要你死,早就动手了。让我帮你。拜托,奥多·塞都。"

奥多·塞都。他还是奥多·塞都吗?听起来像谎言。

"我的名字是塞拉皮欧。"

奥括没有应承,但他走上前来,手掌摊开,塞拉皮欧默许他靠近。他的身高不如塞拉皮欧,但块头更大,他轻轻地拉起塞拉皮欧的手臂,绕在自己的脖子上,把塞拉皮欧架到一处尚未点燃的火堆边。

"你醒来之前我正准备生火,"奥括一边解释,一边扶他坐下,"烧点水给你清理伤口。"塞拉皮欧看见黑色的布条摊在地上,可能是从奥括的贴身衣服上撕下来的。那人忙着生火。等火生起来了,他又忙着添柴,把火烧旺。

"我刚才制作了一点膏药,"他接着说,"野芫荽,鼠尾草。这个时节还能采到算走运了。我们在军事学院学过基础的战场医药知识,但我这方面学得不行。水平没有长进。"他看着塞拉皮欧,"你的脸感觉怎样?"

塞拉皮欧摸了摸脸,不明所以。

"我不愿意对一个受伤的人动手,但我当时担心你会要了我的命。看不出来你有那么大力气。"奥括说完微微一笑。

他的脸被奥括揍过一拳,依然火辣辣的,但算不了什么。"都过去了,"他安抚对方,"我睡了多久?"

"一天,也许两天?不过睡得不好。你在睡梦中焦躁不安。"

火堆噼里啪啦地燃烧着，奥括嗓音低沉，他忙活的时候眉头紧皱，神情专注。

"我觉得……"奥括欲言又止，似乎在作思想斗争。最后他还是开口了。"我觉得自从连珠日到来之后，太阳就再也没有升起，也没有落下。我不知道那意味着什么。"

他的语气隐隐带有控诉的意味，塞拉皮欧反而感到高兴。他知道那意味着什么。

"鸦神挑战太阳。"塞拉皮欧笃定地说，神的缺位也能说通了。他依然忐忑。只要思考这件事，他的胸口就会在恐惧中发紧，不过至少找到原因了，是他能够理解的原因，而不是只能归咎于自身的问题。

奥括凑近，手里拿着敷了药膏、烤得热乎乎的布条。他对塞拉皮欧做了个手势，疗伤难免要触碰，塞拉皮欧同意了。

"你记得太阳岩上发生的事情吗？"奥括将布条紧紧缠在他的肋部。

"记得。"但这个回答并不诚实。塞拉皮欧一直在仔细梳理自己的记忆，尽力区分梦境和真实，然而太阳岩上的部分场景对他来说像是在远远观望。

"我从未见过那么恐怖的场面。"奥括坦率地说。

"你是战士。以前没杀过人吗？"

"我学习战争。"

"学习战争。"

"我是食腐鸦。我们身上有屠杀的印记。"他扯开布甲的领子，亮了一下颈部的黑翰。"你不能因为我生活在和平年代就耻笑我。那是我的祖先们拿生命换来的。我以前也见过杀人流血的场面，但……"他摇着头，"不能跟这次相比。"

奥括的声音有些异样,塞拉皮欧不由发问:"你害怕我吗?"

"害怕?"他跪坐着直起身来,端详塞拉皮欧的脸,"不。但对于一个与死亡相伴还甘之如饴的人,我保持警惕。"

"但我不只是人。"空虚的感觉,还有空落落的手心,都在讽刺他,都在批评他撒谎,但他假装听不见。

"有些尸体化成了灰烬,其余的祭司被精心地摆放成某种造型。为什么?那是巫术吗?神的魔法?"

"鸦神的影子吞噬一切。"他仅仅回了一句,因为老实说,他也不知道。他不记得摆放尸体的事情。他活动着手指,那种完全被附身的感觉既令人兴奋又相当可怕。

奥括回到火堆另一边,不过他显然想听塞拉皮欧说下去。

塞拉皮欧叹了口气。"我知道你想要答案,食腐鸦的奥括,但神的作为是凡人无法参透的。"即便对我来说也是。

"所以你知道我为什么担心了。"

他们坐在火堆边,默不作声,各自想着心事,然后塞拉皮欧问:"你知道我是怎么受伤的吗?"他摸着肋部的伤口。

"我认为你被捅了一刀。更多的我就猜不到了。我想应该不是刀兵干的。我曾经尝过他们狂怒刀锋的滋味,当时我的伤口溃烂了,要不了一个钟头就得丢了小命。你的伤不是那样的。而且,你眼睛周围的皮肤被狠狠地撕开过,却已经愈合了。"

塞拉皮欧忘记他已经把缝合的眼皮割开了。他试探地抬起手,感受到睫毛扑闪,扫过指尖。奇怪,那么多年弃置不用,居然还有正常的反应。肩头的乌鸦呱呱叫,他恍然大悟。小乌鸦们一并治疗了他的眼睛和各处创伤。但它们拿肋部的伤口没辙,所以,那里应该与魔法有关,仅凭乌鸦的力量不能治愈。

他双手捋过头发,突然厌倦了这个地方、这场对话。他哪样

都不喜欢,尤其是自己的无知和东拼西凑的记忆。一直以来他都有不可动摇的目标和命运,有远大的追求,不在乎别人怎么看他。但如今,奥括闪烁不定的目光,因为担心冒犯而拐弯抹角的说辞,都令他心烦意乱。还有更糟的,内心的犹疑、信心的丧失、神的缺位,都让他倍感挫败。

他站了起来。"我得回托瓦去。我跟太阳祭司的事还没完。"

他胸有成竹,只要回去了,他的目标和他的神都将归位。还有,也许,也许等一切结束后,如果他还活着,他能找到夏拉,再续前缘。后一种可能性他不敢奢求,可他确实抱有希望。"我们回去需要多久?我在这里睡觉已经耽搁了太多时间。"

奥括神色忧郁,他未说出口的想法让塞拉皮欧觉得如芒在背。

等奥括终于开口时,他的语速很慢,意味深长。"在奥多,有人长久以来都在期待你的出现,如果知道奥多·塞都回来了,他们会很高兴,但并非所有人都是这样。你在遥远的地方长大。奎科拉?奥布雷吉,你之前说过吧?"

"我是食腐鸦。"他的语气带有一丝恼怒。因为他做了那么多,奥括还给他打上外来者的标签,这比刀兵造成的任何伤口更令他痛苦。现在轮到塞拉皮欧展现身上的黑翰、露出红色的牙齿了。"你没看见吗?"

奥括依旧盯着他。"即便如此,关于托瓦,你还是不大了解。请坐。"他挑起嘴角,微微一笑,"表亲。"

亲昵的称呼令塞拉皮欧始料未及,心头一热。这就是拥有亲人的感觉吗?他心想。

奥括字斟句酌,一字一顿地说:"守望者在天创氏族当中备受爱戴。其中有很多都是氏族后代。甚至在奥多,也有不少人不

烈星 FEVERED STAR

像奥多黑那么憎恨他们。"

"还有爱戴祭司的食腐鸦?"母亲和导师们从未提过这种事,"可他们是你们的敌人。"

"你杀死的辅祭当中很可能有食腐鸦。我们和守望者之间的历史一言难尽。"

这个说法令塞拉皮欧大吃一惊。也许奥括是对的,他不了解,也许他是过于短视才会那么焦躁。他一直以来看待世界都是非黑即白:乌鸦与太阳祭司为敌,他与整个世界为敌。也许除了他和夏拉相处的短暂时光,他的人生经历诠释不了真实的世界。

"你说的是奥多黑会欢迎奥多·塞都,没说所有的食腐鸦都会这样。"

"在军事学院我们学到了一点:当你破坏了权力的平衡,有人就会怨恨你,无论你的行为是否公正。"

"我也学到过一点,是在军事学院受过训的人教给我的。'让他们害怕你。'"

"长矛少女的虚张声势。"奥括会意地笑了,"我听说你接受过长矛少女的训练。天创氏族会害怕你,"他承认,"但不会永远怕下去。恐惧会转化为愤怒,食腐鸦氏族必将成为其宣泄愤怒的对象。如果其他氏族转而针对我们,如果他们伤害食腐鸦,怎么办?你还会为食腐鸦而战,就像你在太阳岩上那样大杀四方吗?"

"你刚才嫌我杀人如麻,现在你又要求我为你们杀人。"

"我没有注意到前后的矛盾,但我想不到别的办法。"

武器,一直都是武器。无论是神还是这个食腐鸦的孩子,对他的所求都一样。他的内心是平静的,是一个人有能力担负使命的那种欣慰。但也有一种伤痛,令他觉得被无视,注定被遗弃。

"你不是奥多·塞都吗?"奥括问道,他勉力维持的耐心被愤

怒冲破，塞拉皮欧意识到自己的沉默被他视作拒绝，"当人们哭喊的时候，难道非得是为了复仇而不是寻求保护吗？难道你不能既当武器又作盾牌吗？"

奥括一跃而起，塞拉皮欧如临大敌。但对方只是踱起步来，每一步都迈得气势汹汹。

"我帮了你，"奥括说，"我照顾你。大老远把你带到你的敌人找不到的地方。我认为请求你回去为食腐鸦战斗并不为过。"

"你是说我欠你的？"

"是的！不过……"奥括犹豫了，看样子颇为懊恼，"我不是为了个人。我是为我的同胞。"

"你的同胞就是我的同胞。表亲。"

"你愿意？"

他拢起双手，搁在膝间。掌心空无一物，隐隐作痛。失去了神，他怀疑自己给不了任何承诺。那么，既然他失去了神，他还有什么呢？星星，夏拉会说，这个念头牵动了他的笑意。但他一点把握都没有。

"我去托瓦，"他应承道，"然后我们拭目以待。"

CHAPTER 4

托瓦城（郊狼之喉）
乌鸦历 1 年

  郊狼说，我无意生活在天创氏族当中。让我在月光下的冰冷崖壁上修建自己的家园，召集自己的欢宴。待到先辈们载入史册的那一日，我们再看谁的生活更美满。

——摘自《郊狼歌集》

  你是谁？
  有人轻抚娜兰帕的头发，温柔的呼吸吹得她耳朵发痒。她仿佛又变回了十岁的小女孩，在全家五口人挤着睡觉的房间里紧紧依偎着母亲。父亲和母亲在一侧，娜拉在中间，丹纳欧奇和阿克在另一侧，所有人都躺在铺地的芦苇席子上，共同盖着几条毯子。他们相互取暖，熬过托瓦的寒冷夜晚，狂风刮过狼喉，强劲得足以磨光石头；而在酷热的夏季，她和兄弟们睡在露天的圆形屋顶上。但眼下是冬季，不是吗？冬至日刚过。娜拉的思考戛然而止。冬至日有一件事。她需要想起来的事。
  娜拉？这是你的名字吗？你为何如此闪耀，娜拉？
  因为她独一无二。妈妈说的。聪明、善良、独一无二，所以她被选中去塔里侍奉。
  塔？说话声饶有兴趣，尖利刺耳。你是说天空塔？告诉我，

他们在天空塔里教了你什么。

很多东西,娜拉想说。如何绘制星星运行的轨迹,如何依照上天的样式塑造大地,如何理解星图和预测未来。

你曾是辅祭。你现在又是谁?

她回避了问题。答案令人痛苦,她不愿思考。

她转而想起妈妈,最后一次相见的时刻。也就是她前往塔里去侍奉的那天。一个春天的早晨,她的兄弟阿克和丹纳欧奇也在,但父亲没来。妈妈说他不忍心道别。

都是些幼稚的回忆。说话声很是恼火,被她的回避激怒了。忘了吧。集中精神。你现在是谁?

有人从她的头皮摸到脖颈,指甲划过皮肤,害她起了鸡皮疙瘩。她浑身颤抖。她忘了某件事。关于冬天,关于冬至日。还有丹纳欧奇说的关于母亲的事,非常重要的事。

你现在是谁?说话声相当愤怒,极不耐烦。刚才轻抚她的手指,此时扼住了她的喉咙。她张嘴尖叫,但发出来的只有干巴巴的咳嗽声。对方的手指用力收紧。

谁??

娜拉抓挠着对方,不顾一切地企图挣脱束缚。她无法呼吸。绝望涌上心头,强烈又突然。如果她挣脱不了就会死。如果她不作回答就会死。

我是太阳祭司!

沉默,犹如钟鸣之后的余波。接着是激涌的愤怒和怀疑。

你为什么没有死?

娜兰帕惊呆了。这不是妈妈。

仿佛有人钻进了她的脑子,挑拣她的记忆,就像她在塔里的藏书阁翻阅文献一样。有人在寻找什么东西。她脑子里的东西。

烈星 FEVERED STAR

你是如何做到的,太阳祭司?你解读了阻碍命运的星星吗?鸦神来的时候你为什么不在太阳岩上?

愤怒在她的意识里泛滥。不是她的愤怒,而是有人因为她的反抗而愤怒。

扼住她喉咙的手继续用力。她想要再次尖叫,这一次,鲜血漫出嘴角。血流过下巴,流过胸脯,犹如活物一般扩散,包裹了她的身体,就像一条黏糊糊的锈色毯子。恐惧之下,她的抵抗瓦解了。

又一个声音冒出来。巫术?如何做到的?

这个声音不一样。年纪更大,是个男性。她立刻听出来了。是基图埃,她的老导师。她知道不可能是他,无论钻进她脑子里的是什么,都不是真实的。然而她感觉到了他的存在,他对继任者离经叛道之举的震惊与失望。她不堪重负,败下阵来。鲜血淌过她赤裸的躯干,从大腿、膝盖流到小腿和双脚。

另一个声音钻进她的耳朵。噢,娜拉。你那天就应该死掉。

伊克坦?她的嘴巴动了动,似要念出这个名字,即便此时此刻,她的双唇还残留着呼唤这个名字的甜蜜滋味。伊克坦的声音太过真实,引得她蠢蠢欲动。她很清楚,彼和彼的氏族羽蛇一样有诱惑力,一样危险。然而她还是充满渴望。

不过别担心。任何问题都有补救的办法。

瞧!你已经流血了。

她低头一看。现在鲜血已经覆盖了全身,像是有人涂抹上去的。

涂抹。

她的意识在颤抖。

这是梦。这一切全是梦境。母亲从未问过她在天空塔当辅祭

都学了什么,基图埃从未斥责过她离经叛道的行为,还有伊克坦……噢,彼的背叛在她心里留下的伤痛最为真实,但同样是假象。当时伊克坦正在扫荡天空塔,希望救她于危难。她胸口发热,一个小小的太阳在燃烧。它照亮了她这场混乱梦魇的无数裂缝。她抓着梦境的边缘,用力拉扯。现实世界涌了进来,一瞬间便充满了她。她想起学徒在她身体上涂抹女巫的鲜血,盐块刺激她的口腔。还有那座桥,她不顾一切地飞身跳下去,被人从河水里拖上岸——

"扎塔娅!"她大喊。

"谁?"一个身披白色豹皮的男人问。

梦境粉碎了。

她从躺着的地方坐起来,脑袋撞上了近在咫尺的天花板。她的双臂被缠在两边,面部也被蒙着,她一吸气,却堵塞了嗓子眼。大块的泥土从顶上脱落,倾泻而下。她本能地翻滚,胡乱扑打,试图挣脱毯子,躲开这场规模不大的土崩。

然后她掉了下来。落地很快,但她无法动弹,地面又很硬。这次撞击导致她吐光了肺里所剩无几的空气,力道不亚于一记重拳。她晕晕乎乎地躺了一会儿。痛感从后背扩散,她透过毯子艰难地呼吸。她发疯似的抽出胳膊,终于扯开蒙面的毯子。她大口吸气,眼睛慢慢适应此处微弱的光亮。光亮来自脚边的提灯,里面那根细细的树脂蜡烛已经烧得差不多了。她知道自己在地下……在坟墓里。

她体内的肾上腺素飙升,满脑子都是恐慌。想一想,娜拉!她训斥自己。这里有空气,还有光。不管这里是什么地方,你还活得好好的。这个认知缓解了她的紧张。她眨眨眼睛,掸掉灰尘,观察周围的环境,强迫自己思考此刻的状况、可能的处境。

烈星 FEVERED STAR

她知道自己确实身在坟墓，但她不允许理智被恐惧吞噬。她翻了个身，匍匐着爬向蜡烛。蜡烛边是一只盛满了水的陶碗，一片硕大的树叶上摆着少得可怜的餐食——玉米、一把松子和烤可可豆。

她认出来了。这是供品，旱地人为逝者供奉的食物，让他们在回归祖先的旅途上果腹。天创氏族将逝者连同星图一起火化，旱地人则将逝者埋葬在狼喉深处不计其数的墓穴里。她笑了，干哑的咯咯声在耳边狂乱地回响。

她吃了供品，连那片干硬难嚼的叶子都没有放过。也许这算亵渎，但话说回来，供品本来就是为她准备的，而且她饿得要命。她完全搞不清楚在这里待了多久，不过胃里的饥饿感说明她的上一顿饭已经是很久以前了。等她吃好了，或者说至少脑子能转了，冒烟的嗓子也能用了，她坐下来，评估自己的处境。

"你在哪里，娜拉？"她大声说。她右手边有条出路，可以爬进去的洞口。想到置身于黑暗，一股寒意窜上了脊梁骨，但她还有别的选择吗？留下来只能等死，看不见前方的道路又有什么关系？她可以等人找过来，可是需要等多久？几小时？几周？永远等不到？她曾经寄希望于等待营救，最终没有人来。她不要重蹈覆辙。

她环顾四周，寻找派得上用场的物品。这里有即将熄灭的蜡烛、此前裹在她身上的毯子和已经空了的水碗。几乎没有什么能帮助她脱离困境的。但话说回来，对于这种情况她也束手无策，于是她收起了区区几样物品，匍匐着爬进了黑暗。

路很难走。她把毯子缠在身上，像长裙一样，披在一只胳膊底下，在另一侧肩头打了个结。她将水碗塞进肩上的褶皱，单手端着提灯。行动虽然缓慢，但她始终在前进。她路过了左手边一

个漆黑的洞口，突然土墙消失，吓得她失声尖叫。她拿提灯照亮洞口。烛光洒在光秃秃的土墙上，里面只有泥土而已。她继续前行。

她中途歇了一次，精疲力竭地睡着了。她醒来时，忘了自己身在何处，烛火已经熄灭。凝重的黑暗严严实实地包裹着她。

"救命！"她喊道，却不知道喊给谁听。但出乎意料的是，她得到了回应。

她的胸腔在灼烧，手掌发出奇异的光芒。她的双眼放亮。一开始，她感到难以置信。毕竟，这是不可能发生的事情。但她依然活着这件事同样是不可能发生的。虽然大惑不解，但这个奇迹更值得感激而不是质疑，她举起手来。光芒照亮了前方十几步的地形。不算多，但已经很好了。

她向前爬去。

地底的时间过得很慢，近乎停滞，很难计算是过了十五分钟还是十五小时。当发现前方没有出路时，恐惧扼住了她的咽喉，但伸手一摸，土墙很松软，于是她拿此前带上的水碗当铲子，挖了一个能够钻进去的洞。

她的膝盖磨破了，手掌擦伤了，开始渗血。很久之前吃下去的食物早已消耗殆尽，肚子又被饥饿纠缠。她没力气了，随时会被绝望淹没，被泥土掩埋。但她还在前行，胸腔内和手掌上的奇异热度令她感到温暖。她不能死在这里，不能让梦中的声音得逞。绝不。

她不知道在黑暗中爬了多久，一路上她强压恐惧，忽略陈腐难闻的空气，也不去思考希望多么渺茫、到底还需要爬多久，然后她听到了某种声音。流淌的河水。河水穿越幽深峡谷的响声。托瓦谢希河。

烈星 FEVERED STAR

她的双唇吐出低沉的哀叹，要不是无尽黑夜里唯有她一个活物，她绝不会认为那是自己发出的声音。如释重负的感觉如此强烈，几乎撕开她的胸膛。

她早已确定自己身在狼喉深处，位于散布在幽暗裂缝里的地下墓穴，距离主城区相当遥远。她是如何来的、为何在此，依然是个谜，但此刻能听见水流声，她已是心满意足。狼喉的每一个孩子都学过，如果迷了路，要聆听河水的声音。她知道只要跟着水声，她最终能找到出去的路。她身上流着血，污秽不堪，浑身的骨头都散了架，但她咬着牙继续前行，朝着水的源头，朝着生的方向。

又过了一小时。或是一天，或是一周。黑暗中她无法判断。她只知道朝着水声前进。

终于她拐了个弯，迎来新鲜的空气，奔腾的河水在耳中轰鸣。眼前有了光。她慌忙爬向前去。开口处是悬空的，于是她趴下身子，挪近了观望。她发现自己位于一面峭壁中部的洞口。悬崖虽然险峻，但并非深不可测。也许只有五六个人叠起来那么高。然而水流湍急，不知道河水有没有足够的深度缓冲她落下去的势头，或者有没有暗藏的岩石撞破她的脑袋。当然，不久前她跳进托瓦谢希河的时候可谓毫不犹豫，但如今她对于跳下去还能幸存的把握不大，尤其是还要在底下湍急的冰冷河水里游泳。

她把头枕在交叠的前臂上，内心与绝望激烈地交战。除了两眼一闭，纵身一跃，指望命运再次怜悯自己，她还有什么选择呢？她无声地大笑，笑得肩膀颤抖。天空啊，这算是怜悯吗？如果在墓穴里醒转就是命运的仁慈，它残忍起来该是多么可怕。

不。这不是命运。不是命运让她待在墓穴，看她能否醒来。是扎塔娅。或是丹纳欧奇。她也许应该心存感激，但她一点儿也不感激。她满腔都是愤怒。对那个女巫的愤怒，对弟弟的愤怒，因为他听了女巫的话，还有对自己的愤怒，因为她轻信了这两人。

她翻身躺下，头顶靠近悬崖边，盯着上方的岩壁……然后笑了。

一根打好结的、攀爬用的绳子，贴着岩壁垂下来，伸手可及。

"去你的，欧奇。"她低声骂道。因为她猜对了。这一切并非命运所为，而是弟弟设计的，他喜欢赌博和考验，娜兰帕终于想明白了，这就是考验。残酷且毫无必要的考验，她痛恨弟弟的恶趣味，但至少她有把握通过。

她又休息了一会儿，把身体挪到崖边，肩膀在半空中晃荡，双手去够绳子。她一寸一寸地把自己拽起来，离开洞口。等她完全脱离隧道、悬于峭壁上时，攀爬的熟悉感又回来了，面对此前高不可攀的绝壁，她的手脚自然而然地找到了落点。将脚趾楔入岩石，靠膝盖保持平衡，她把打结的绳子缠在腰间，爬了上去。她虚弱无力，进展缓慢得令人沮丧，但她确实是在上升。

当水流声渐渐远去，当光线越来越明亮（尽管只是昏暝的暮色），她已经离开了狼喉最深处。最后她抵达了一块突起的岩石，等她吃力地翻上去，发现自己身处一座建筑的里屋。墙边和地板上堆着木箱和大陶缸，仅仅空出一条狭窄的走道。她顺着走道进入另一个屋子，同样堆满货物，最后来到前屋，门廊处挂着帘子，与其他房间隔开。屋里没有储物柜，有凳子靠在圆桌边，货架上的罐子里装着茶叶、干制的水果和花。这是一间茶室，有一

烈星 FEVERED STAR

条秘密通道连接地下墓穴。如果说需要什么证据证明欧奇是幕后策划人，这就是了。

她不由自主地走到最近的架子前，把手伸向一只陶罐，罐子上绘有一束黄花，每一枝都盛开得繁茂典雅。她似乎能尝到它们泡出来的苦涩却令人愉悦的茶汤，感受到氤氲在面前的温暖水汽。她在天空塔的时候很喜欢喝。

天空塔。见鬼去吧。那里的生活与她无关了。

她松开手，陶罐落下去，摔成几瓣。她踩碎了脚下的茶叶，从架子上取了另一只陶罐，画在上面的一片叶子是她认得的，有提神的功效。最好是冲泡饮用，但要弄到水，再烧开，泡茶，实在是太麻烦了。她从罐子里捏了一把茶叶出来，细细咀嚼一番便咽了下去，但愿产生的效果能缓解她的疲劳，熬过夜晚。

她走上街道，冬天的风刮过裸露的双腿和面庞，毯子不足以保暖。此时狼喉的诡异暮光表明眼下正是傍晚，然而街上空荡荡的。哪怕在冬季，狼喉的街道也少有空旷的时候。她心里沉甸甸的，深感不安。不太对劲。她无声地笑了，心生嘲讽。有什么是对劲的呢，娜拉？

她路过歇业的临街店铺和大门紧闭的住宅。街上依然不见人影，但她瞥见一个小男孩在门廊处张望自己。孩子母亲出现了，把他拉走，然后拍了拍外墙上的一幅画，比了个驱邪的手势。娜兰帕盯着那幅画。它实在出人意料，她花了好一会才认出来。一旦认出来，她发现前面的一处门廊有同样的画，在歇业的小吃摊旁边的一堵墙上也有。是乌鸦的标志，在奥多，他们用乌鸦头骨标记食腐鸦氏族的住宅。怎么出现在这里了？为什么专门指给她看？发生了什么事让他们怕成这样？

娜兰帕再也没有见着一个人，哪怕是好奇的孩子，直到她抵达鲁冰花。丹纳欧奇的赌场与她记忆中一样——嵌在岩壁内的圆形建筑，前半部分暴露在外面，墙上没有窗户。刷白的墙壁在天光中格外明亮，暮色没有什么变化，夜晚迟迟不来。这样的景象诡异得令人不安，但她需要考虑别的事情。其中最重要的是弟弟以及他的女巫。

她爬上梯子，来到入口，也就是屋顶上的活板门。上次她来的时候，迎接她的是一个手持棍棒的彪形大汉，当时她女扮男装，拿着一个装满可可的钱袋。此刻她没有任何伪装，披着毯子，干涸的鲜血和泥土从身上剥落。她不知道将要面对的是什么，弟弟到底希望不希望她从墓穴中逃离，通过他的考验。她甚至不知道要对他说些什么。感谢他的帮助，还是对他的做法表达愤怒？她只知道，为了向弟弟证明自己不是娇贵而无能的上位者，这份渴望驱使她走到了这里，而让自己变得更加强大、更有价值的那份决心，是她迎接未来挑战的倚仗。

她轻而易举地打开了门，爬进寂静的赌场。赌桌全都空着，唯有四四方方的火塘还在燃烧，偌大的空间依旧是暖洋洋的。浓郁的烟草味儿萦绕不散，闻起来甜丝丝的。她感到一丝绝望。万一丹纳欧奇不在这里呢？她是不是想错了？

娜兰帕在包厢里找到了他。他坐在长椅上，背靠墙壁，双手抓着一根横在膝头的长柄棍。他的样子没有变化：精瘦到几近憔悴，耳朵上方的黑发剃得很短，连头皮都看得见，而太阳穴上方的头发抹了油，梳向脑后。一道陈年刀伤跨过半边脸颊，从耳朵拉到鼻子，厚实的翡翠刺穿他的耳朵和下嘴唇。一条条珊瑚和绿

烈星 FEVERED STAR

宝石项链绕在他的脖子上，豪猪刺毯搭在他身边的椅子上。当那对乌黑的眼睛盯着她时，她迟疑了。

可她好不容易死里逃生，被他害得吃了那么多苦头。她很快便抛开迟疑。

"我通过了你的考验，你这该死的怪物。"她吼道。

他的瞳孔逐渐聚焦，原来刚才他在睡觉。睁着眼睛睡觉。他打了个哈欠，嘴角翘起来，露出真诚的微笑。

"娜拉，"他嗓音沙哑，"我从来没有怀疑过你。"

她压下了动手打人的冲动，声音却止不住地颤抖。"你把我扔在死人的地儿，还逼我爬过七层地狱上来找你。"

丹纳欧奇不以为然地摆摆手。"我要确认你想要这样。"

"想要什么？"说话时她逼上前去，握手成拳。她挥拳就打。不等拳头挨到，他出手将其抓住。

他带着怨恨嘶声说："活下来！既然我能做到，那么你也可以。"

她愣了半晌才明白他的意思，于是怒火平息了。"为什么？谁干的？"

"现在不重要了。早就过去了。"他的笑声低沉而阴郁，"你爬出来花的时间只有我的一半。你一直都这么有野心。"

他这话说得不像是在恭维，她没有接茬。

丹纳欧奇费力地起身，一瘸一拐地走向不远处的桌子。他似乎很疲惫，上次她见到的充沛精力已然耗尽。他拿起陶壶，倒了一杯水，递过来。她一口气喝了个精光。他又倒了一杯，那对精明的眸子观察着她，但她这回换作小口啜饮，面对他的审视，她觉得刚才喝得太过贪婪。

"扎塔娅在哪里？"娜兰帕低头看着自己的胳膊。扎塔娅的血块依然成片地沾在皮肤上。"还以为她会在这里庆祝她的巫术大获成功。"

"不是巫术,"他纠正道,"是血魔法,她对我说过。南方法术。"

一股恶心劲儿顺着脊梁窜上来,她仿佛又听见那个声音,那个在梦境里审问她、身披豹皮的男人的声音。那不是梦境,是法术。魔法。娜兰帕恍然大悟,惊得目瞪口呆。

"你的眼睛。变了。"

"什么?"她本能地抬手摸脸,仿佛能摸到他所说的变化。

"褐色的眼珠有了黄色的斑点。你的眼睛跟以前不一样。"

"光线造成的错觉。"她敷衍道,但胸腔却在燃烧,恐惧翻搅着她的肠胃。是不是魔法使得心脏底下的部位产生了灼烧感?是不是魔法使得她在黑暗中手掌发光、双眼发亮?

"也许是光线造成的错觉……也许是法术造成的影响。"

他居然漫不经心地挑明了她的恐惧,她不禁扮了个鬼脸。

"告诉我,我被埋在坟墓里的时候世上发生了什么事。"她迫不及待地转移话题。她不愿去思考魔法是否改变了自己。这种恐惧难以言表。"埃切是不是成了太阳祭司?天空塔是不是彻底落到了金雕手里?其他天创氏族呢?有人问过我为什么不在吗?"

丹纳欧奇盯了她许久,乌黑的眸子高深莫测。"守望者都死了,娜兰帕。冒名顶替者及其盟友全都被鸦神的化身屠杀干净了。他们背叛了你,却也让你免遭厄运。你宝贵的天空塔完蛋了。"

她不明就里地瞪着眼睛。她放下杯子,似乎听不懂话是杯子的错。

"死了,娜拉。"他重复道,"你那帮天杀的祭司全都死了。"

烈星 FEVERED STAR

她感到天旋地转。"不可能……"

"如果有人做到了，那就不是不可能。"

"你误会我的意思了，弟弟。我可是打算亲手杀死他们的呢，怎么就死了呢？"她本想打趣，说出口的语气却苦涩而晦暗，拙劣地掩饰着潮涌于心胸的荒诞哀伤。一直被茶叶抑制的倦意瞬间决堤，她抱着头，弯下腰。

"谁干的？"她问。

"不是奥多黑。噢，别的氏族说是他们干的。他们怪罪狂信徒，还有放任他们的主母。他们甚至批评护盾长，主母的弟弟。但有人目睹了在太阳岩上发生的一切。"

"谁干的？"她又问了一遍，语气更加急切。

丹纳欧奇耸了耸肩，动作异常猛烈，娜兰帕意识到他害怕了。所以他睡觉时睁着眼睛，手不离棍。

"据说是一个人，但在细节上有分歧，传闻嘛，都是这样。据说他有常人两倍高，背后生有巨大的黑色翅膀。他身上有黑翰，随着阴影蠕动。阴影受他操纵，就像我们号令宠物或者孩子一样。他浑身渗出鲜血和黑暗，念一个字就死很多人。"

"阴影魔法？"

"某种特殊的魔法。他们说是神的魔法。"

"我一直认为魔法是耍把戏，"她坦白，"致人麻痹或迷糊的草药，玩弄光影和镜像的巧手。噢，我对那套理论清楚得很。魔法来自诸神的残骸。来自他们的骨头和陈腐的血肉。可是这算什么？一个活蹦乱跳还能喘气的神，而不是死了一千年的尸骨。你相信吗？"

他点点头，神色严肃。

"听起来像是傻子胡编乱造的。"

某种难以解读的表情在他脸上掠过。"当我是傻子吧,姐姐,因为我相信鸦神重生了。"

时过境迁也太快了。她不知道自己在墓穴里待了多久,也不知道爬过来花了多少个钟头,但她知道自己死里逃生却来到一个改天换地的世界。她依然不太能接受丹纳欧奇带来的可怖消息,但她能够明白那个熟悉的托瓦不复存在了。她不知道鸦神重生是怎么回事,也怀疑鸦神的真假。如果鸦神还在城内,是否依然很危险?会不会对付她?到时候她又如何防范?她需要帮手。孤身一人可不行,无论她此刻如何看待所谓的鸦神。然而……

她的嗓音带着重逾千钧的疲惫和悲伤。"我不知道,欧奇。也许我没有做好当傻瓜的准备。"

他瞪大了眼睛,她很清楚他在想什么。他已经当她是傻瓜了。她情不自禁地笑了一声,笑声刺耳,有几分歇斯底里,因为他是对的。她真是傻瓜。一个天真得令人恼火、轻信到不可思议、幸运得无法无天的傻瓜。想当初,她单纯地认为,凭借一颗善心,就可以说服祭司们做得更好、变得更好,如今想来真是滑稽透顶,但终究不如真正发生的事情那么荒诞。她绝对不会把自己遭受的背叛视为幸运,但又能是什么呢?她活下来了,而他们死了。看似诅咒,落在傻瓜头上却是恩典。

丹纳欧奇盯着她,就像看一个疯子。可能是的,弟弟。很有可能。

他耸耸肩。"时间自会告诉我们对错。在此之前,这里有床,还有水,你可以清洗。你不如休息一会儿?然后,我带你去见扎塔娅。我们总能想办法熬过这场风暴。我们已经逃过一劫。"

她没有反对。她只想洗掉墓穴的泥土和女巫的血,再好好睡上一觉。她摩挲着胸口处那个暖洋洋的部位。对此,她也想要有个答案。

　　他起身伸手，缺了三根手指的那只手。她伸手去接，用力握紧。没有愤怒，只有不再孤独的感激。

CHAPTER 5

托瓦城（提提迪区）
乌鸦历 1 年

没有任何潮汐比心灵更加变幻莫测。

——沛克谚语

"夏拉，回床上来。"艾谢的声音依然带着浓浓的睡意，"外面没什么好看的。"

"马上。"夏拉坐在窗台上说。托瓦峡谷的日出景象赏心悦目，至少艾谢是这样说的。她和水凫氏族的姑娘生活的这段时间里，太阳一直没有升起，所以夏拉无法亲眼验证。太阳悬在地平线上，犹如一颗肿胀的芒果，散发着黯淡的光芒，全城都笼罩在恒久不变的怪异暮色中。她知道是谁造成了太阳的反常状况，只是不知道他是如何做到的，尽管她对诡谲的天空心存恐惧，但还是满脑子都希望再见到他。

"盯着窗外看也找不到他。"艾谢轻柔的嗓音带着同情。

"我知道。"然而她停不下来，目光不断地在底下的街道搜寻。人们在房屋之间的狭缝中匆忙穿梭，缩头缩脑地抵御冬日严寒和黑暗。通向太阳岩的吊桥空无一人，在风中摇晃，从冬至日开始肆掠整座城市的强风至今不息。而远处依稀可见的太阳岩，是他最后的去处。

烈星 FEVERED STAR

艾谢身着长睡衣来到身边。她搂着夏拉,亲吻耳背,她知道夏拉喜欢这样。夏拉漫不经心地微笑,她顺着脖颈继续向下亲吻。她一手紧紧地抱着夏拉,仿佛抱着一只随时会跳开的兔子,一手上下抚摸。她的指甲掠过夏拉的前臂,然后握住乳房,拇指摩挲乳头。她在询问,而夏拉尽力回应。她闭上眼睛,强迫自己在艾谢的怀抱里放松下来,却做不到。她的目光再次投向外面永恒的暮色,投向太阳岩,大海捞针般地搜寻着。

艾谢无奈地叹了口气,停止挑逗。面对艾谢的爱抚,夏拉并非总是无动于衷。冬至日连珠发生后不久,她们在提提迪的街道上相遇了。她迫不及待地想忘却塞拉皮欧的死,于是两人在巷子里做了,周遭的世界一片混乱。天亮前,她们又急不可耐地在艾谢的房间里做了一次,夏拉承认驱使自己的更多是绝望而非欲望。当她们发现太阳依然没有升起,便又纠缠在一起,这一次更多的是恐惧。

到了下午,昨晚满大街的喧嚣消失了,不知所措的寂静统治了一切,仿佛全城屏息以待世界末日的降临。然而世界没有终结,她们不得不出门找吃的。艾谢带她到住宅区找到了泰欧迪和扎什。兄弟俩把发生在日食之下太阳岩上的惨剧告知了她们。

"超过三分之二的祭司死了。"扎什低声说道,四个人凑在一起,就着几碗冷豆子进餐,"所有的会首都死了。神谕会、医疗会、历史会,包括刀兵会。躺成一排,像是在献祭。"

"肯定是他。"泰欧迪的语气充满敬畏,几近崇拜,"还有谁做得到呢?在氏族四散逃跑之前就打败了刀兵和五六个金雕护卫。"

"别那么兴奋,"艾谢嘘声嘱咐兄弟,"他是我们带过来的,不是吗?等他们发现了就会注意到我们。"她打了个寒战,做出驱邪的手势。

"他们发现不了，"泰欧迪反驳道，但他还是压低了声音，"万一他们发现了，我们也是无辜的。我们又不知道他的计划。"

夏拉知道，但一直闭口不谈，现在也是。

"你真以为他们在乎这种细节？"扎什瞥了一眼夏拉，然后移开视线，似乎有几分尴尬，"我们知道他是奥多黑的刺客。他要去杀死祭司的事情，也算告诉过我们了。"

"也许他告诉你了。"泰欧迪的语气带有戒备的意味，"但我只当他是吹牛。"

没人吱声，这样的辩驳太苍白了。也许夏拉是唯一知道真相的，但这几位肯定早有怀疑。

"就是觉得不可能，"泰欧迪打破沉默，"不管叔叔说他是什么。"

夏拉没有参与水黾氏族同胞的争论。他们都是好人，愿意收留她。他们认识塞拉皮欧的时间不长，对他们来说，塞拉皮欧只是驳船上的一个怪人。但她见识过他的力量，塞拉皮欧屠杀她的船员时她就在场，她却什么都没说，从未警告别人塞拉皮欧有着怎样的能力。也许她自己都不太相信。她很难将那个温柔有爱的人跟杀手画上等号。那个救过她的命，从不对她品头论足，而是真诚关心她的人。那个对乌鸦说着悄悄话、抚摸它们羽毛的人。那个收获她芳心的人。

"他现在会做什么？"泰欧迪问，"你们觉得他会来找我们吗？"

他们全都扭头看向夏拉。当时她认为他死了，也就这样说了。不过后来听到流言，说巨乌鸦背上驮着两个人离开了太阳岩，他活下来了，如今食腐鸦氏族收留了他，食腐鸦从头到尾都知晓内情。她知道并非如此，塞拉皮欧不认识同族的任何人，不可能与他们共谋。但是她依然什么都没说。有什么可说的？对新交的朋友如此，更别提对其他人了。

四个人发誓再也不提起这件事，就夏拉所知，他们信守了承诺。但凭着直觉，她认为泄密只是时间问题。四张嘴太多了，守不住秘密，到头来兄弟俩之一，甚至艾谢也有可能说出是他们带奥多·塞都来托瓦的。

扎什最有可能，她心想。她能感觉到，他在吃饭时观察她，见她转过头来又移开视线。他从未质疑过她那双非同寻常的眼睛，从未打听过她来自何方，但该来的终究会来。等他内心的疑虑越来越重，恐惧化为愤怒，他将会头一个怪罪。这只是预感，但她清楚得很。很快，类似扎什那种人就会想要把降临在托瓦的灾祸怪罪到某个人头上，根据经验，她正是绝好的替罪羊。她不知道当地人如何对待淄克。他们会不会收集淄克的指骨和喉骨？会不会如她听说的那样把淄克的眼球镶在戒指上？或者，暴民们就是将她撕碎而已，如今他们的祭司都死了，太阳莫名其妙地不升不落，没心思分割她身上的部位。

"你不能留在这里，你知道的。"

艾谢的话打断了她的思绪，把她带回了窗台和空虚的内心。艾谢的下巴搁在夏拉肩头，一时间，夏拉以为这个姑娘看透了她的心思。不过瞅见艾谢闷闷不乐的样子，她就知道对方下逐客令的理由很简单，不是因为笼罩城市的黑暗而怪罪她。

"我说过你可以留下，但是——"

"你用不着解释。"夏拉表示理解。她们已经突破友谊的界限成为情人，但夏拉心有所属，艾谢选择理智地结束这段关系，毕竟长痛不如短痛。夏拉可以自我辩护，毕竟她们在一起的时候，她以为塞拉皮欧死了。

"我会走的,等……"夏拉打算说傍晚,不过托瓦已经不分白天黑夜了——只有介于两者之间的可怕状态。

"不着急,"艾谢客气地说,但夏拉听得出她的意思,"我知道你没地方可去,情况又这么复杂。"

夏拉哈哈一笑。"复杂倒也是一种说法。"

"听我说,我想帮你。我们是朋友,对吧?即便这个……"她指了指床,"没有结果。"

"我很感谢。"

"你为什么不去找他呢?他很可能在奥多的大宅里,跟他的同胞在一起。"

"我想过。"自从她听说有人看到塞拉皮欧活着的传闻后,满脑子都是这件事。她翻来覆去地思考这一奇迹,寻找其中的漏洞。她不敢奢望,但如果说谁能活下来,她相信必然是他。不是因为他的求生欲望——他似乎对待自己的使命非常认真,而是因为她希望他活下来。她只能选择相信。

她说:"泰欧迪说奥多封区了。到处都是护盾和武装卫兵。桥也封了,唯一的路线就是从坎恩过去。那里的氏族是……"

"羽蛇。"

"是的,羽蛇。他们不会让任何人通过的,除了食腐鸦。这条路也走不通。"

"你不能……?"艾谢摸了摸喉咙,做出唱歌的口型。

夏拉耸耸肩。"不行。"

塞拉皮欧不是唯一一个背负血债的。夏拉也害死了无辜的人。不是故意的,她告诉自己,但你没有任何事情是故意做的,对吧,夏拉?对于死人而言,动机好坏没有区别。

烈星 FEVERED STAR

她一时哽咽，扭头避开艾谢，因为羞愧的热泪随时可能涌进眼眶。

记忆中连珠日的画面一一闪过——一个蓝衣女人无声地翻下吊桥，消失在底下的河水中。一个身着新年华服的绿眼男人遭到人群踩踏，丝毫也不反抗，就像被带去屠宰的温驯牲畜。因为她的歌而变得温驯。要不是她使用魔法，那人现在还活着。毫无疑问。他不是唯一的受害者。当晚因为她鲁莽地使用力量，有多少人丧命？

你所有的行为都是鲁莽的。前去托瓦的航行以全员丧命而告终，爱上一心送死的男人，瞧瞧你现在在哪里吧，在一个对你失去兴趣的女人的床上。再一次唱歌杀人有什么值得惊讶的？难道不是迟早的事吗？

"夏拉？"

"我没事。"她擦了擦眼睛。艾谢不懂，还以为她在为塞拉皮欧伤心。事实上，她流泪是为自己，或者更具体地说，为她选择的自欺欺人的生活，拒不面对很久以前被涕克驱逐的缘由。连珠日证明她摆脱不了自己的过去。她能怎么做呢？

"我想你应该没有酒了吧？"

艾谢犹豫片刻。"你想要的话，我们还能找到一点巴切酒。我相信扎什那里还有。"她的语气算不上刻薄，但确实有几分失望。

"不了。"夏拉狠狠地掐了一把手掌，借助疼痛稳定情绪，"当我没问。"

"也许库伊叔叔可以帮你进入奥多，"艾谢轻声说，"他是食腐鸦，可以自由出入，至少在封区之前是可以的。不妨问一下，如果他答应了，那么你也许可以找到答案。去找塞拉皮欧……如果你认为他没有危险的话。"

"他不会伤害我。"夏拉深信不疑,"无论你认为他是什么人、做过什么事,他都不会伤害我。"

"我知道你很有信心,夏拉,但假若他真如大家所说是一位神,谁知道他会做什么?即使他只是凡人,他也是一个大半身子泡在圣血中的凡人。"

那么我们真是天生一对,她心想。但她嘴上说:"我知道。"

她离开艾谢的怀抱,踱起步来,拉远了两人之间的距离。艾谢抄着胳膊,一副听天由命的表情。

"我应该知道叔叔在哪里。如果一切顺利,也许今天你就可以进入奥多。"

然后你就把我这个麻烦打发掉了,夏拉心想,我们一拍两散。要是我能这么轻易地打发自己该有多好啊。

但她没有泄露任何一点想法,只是点头应承,拿起借来的衣服。

※

两个女人走过提提迪的街道。天气严寒刺骨,冻得夏拉以为血肉都结冰了,她很不习惯。她缩在厚厚的斗篷里,斗篷是在港口城市托瓦谢希得到的,然而每一处开口都漏风——脖颈处、手腕处——她的皮肤似乎会开裂,渗出白霜来。

她们先是去找驳船,顺着长而弯曲的小道来到码头。驳船与夏拉记忆中的一样,但她来城里仿佛过了几年,而不是区区几天。

"在这里等着。"艾谢跳过码头和驳船之间的狭窄空隙。"叔叔?"她走上甲板大喊。夏拉看着艾谢打开那扇门,她和塞拉皮

烈星 FEVERED STAR

欧曾经挤在里面的小床上,她曾经坐在里面,听他讲述以自己的死亡为终结的使命。夏拉扭过头,眨眼挤掉毫无价值的泪水。

艾谢关上门,继续寻找。不一会儿,她一无所获地回来了。"这里没人,看来他去窝冬了。碗柜是空的,床铺也扒干净了。"

夏拉心里一沉。

"不过还有一个地方他可能会去。他有时候住在一间屋子里,离这儿不远。他跟一个女性朋友同居,叫奥玛塔娅。"

夏拉抬头看了看太阳。这是她判断时间的习惯,但如今只有日食。"我们要去拜访她吗?"

"看样子只能去了。"

她们掉头回去,开始爬台阶。等到了顶上,夏拉的腿脚发热,酸痛难忍。她此前冷得要命,于是尽量往好的方面看待爬上数百级台阶这件事,但又很难说服自己。艾谢注意到了她的痛苦,于是无奈地笑笑。

"不远了。"

"我适合在海上生活,"夏拉承认,"渧克那里好像没有台阶。"

她们走上远离大路的一条小道,越走越深。码头周围都是宽敞的大路和广场,但这里的路逐渐变窄,房屋破旧,土坯砌得既密又高。她们最后抵达了一座 D 字形的建筑,进入一扇没上锁的门,来到庭院里。内庭的景色相当宜人。脚下是紧实的泥土,低矮的木篱笆后面,可见一排排未犁的菜田。庭院中央有一眼冒泡的泉水,蒸汽弥漫在冬日的寒气中。

"这里有泉水?"夏拉惊讶地问。

"这一带都有温泉。温泉升高了地面的温度,道路可以免于封冻。你没有看到水沟吗?"

她看到了。一条条狭窄的水沟顺着大路延伸,甚至钻进偏僻的区域。"我以为它们是用来排雨水或污物的。"

"它们的确能排雨水,不过城区的建筑师也能利用它们引导温泉融冰或者灌溉。你真的应该在春夏时节来提提迪。这里是一座鲜活的花园。"

"那可再好不过了。"夏拉撒谎。她自知一旦离开托瓦,永远都不想回来了。

她们来到门前,门楣上有一个潦草涂画的乌鸦标志。艾谢眉头一皱。"这是干什么?"她抬手用指甲刮过红漆。红漆纷纷剥落。

门突然打开,艾谢来不及收手。有人站在她们面前的门内。库伊叔叔。

"侄女。"他态度生硬地问候艾谢。他看见了夏拉,但没有打招呼。"什么风把你吹到我这里来了?"

"这是什么,叔叔?"艾谢指了指乌鸦符号,"你画的?"

"别管这个。稳妥为上。"他突然转身,进了屋子。显然此人不想跟她们说话,但她们还有什么选择呢?艾谢希望摆脱夏拉,夏拉也希望离开。她们对视一眼,彼此心知肚明,然后艾谢跨过门槛,夏拉也跟着进去。

屋子仅有一间而已,大概十五步长,宽度也差不多。她看到一张床和两只衣箱,架子上摆放着杯盘,不见厨房和厕所。两者很可能要在别处公用,也就是说这里只用来睡觉和处理私事。夏拉注意到门边有一个旅行包,但不确定旅行包的主人是刚来还是打算离开。

屋子里的一架织布机格外显眼,一束束染色棉纱堆在座位周围的篮子里。而落座其中、忙着操作板条和梭子的女人,夏拉猜测，应该就是奥玛塔娅了。

"婶婶。"艾谢礼貌地招呼女人，但对方仅仅含混地应了一声，手上依然在忙活。敲击板条的响声突如其来，吓了她们一跳，库伊叔叔则长叹一声。

"跟你叔叔讲讲道理，艾谢。"奥玛塔娅厉声喝道，语气尖锐得就像织布用的骨梳齿尖。

"讲什么道理？"艾谢小心翼翼地问。

库伊叔叔跨步站稳，抄起双臂，仿佛在船上迎接惊涛骇浪。"我要去加入奥多黑，我意已决。别的话我一概不听。"

奥玛塔娅咬得牙齿咯咯作响，态度不言自明。

"正好你提到了这事儿，叔叔——"艾谢开口道。

夏拉走上前。"我跟你一起去。"

他们全都转过头来。

"这人是谁？"奥玛塔娅问。

"我们就是为这事儿来的，"艾谢解释道，"据说那边封区了，只准食腐鸦进去。夏拉想——"

"你肯定知情。"夏拉一直在观察库伊叔叔，注意到说话时他的眼睛发亮，类似他最初得知塞拉皮欧是奥多·塞都的时候，"所以你现在要走。"

库伊点点头。"我看见巨乌鸦回来了，那位年轻的战士就在背上。"

"你看见塞拉皮欧了？"

奥玛塔娅奚落道："塞拉皮欧？这算什么名字啊？"她说话的语气类似刚才对待库伊叔叔的态度，夏拉此前不知道他们在吵什么，现在却想知道。

"你什么意思？"她问。

"一个异族的名字。"女人冲着库伊摇晃手指,"一个伪神,专门扰乱弱者的心智,这就是他了。"

"他母亲是食腐鸦,"库伊叔叔立刻接话,同时瞪了一眼夏拉,警告她不要插嘴,"他有黑翰和血色牙齿。他是食腐鸦。"

奥玛塔娅不为所动,依旧怒气冲冲。"他对食腐鸦知道什么?"

夏拉咬紧牙关,对这个女人、对所有人愤怒,愤怒如海浪一般涌起。"他杀死了你们的敌人。"

"那他就是杀人犯!这可是你说的。据说他是为了乌鸦,但谁又清楚他的真正目的?可是这家伙——"她指着库伊,"就像一条喂过一次的流浪狗,竟然愿意追随他。"

"你知道他为你们吃过多少苦吗?"夏拉质问。尽管室外严寒刺骨,狭小的屋子里却那么闷热,令人窒息。"他牺牲了一切来帮助你们,可当他需要你们的时候,你们在哪里?当他还是孩子,孤零零在奥布雷吉生活的时候?当他母亲弄瞎他眼睛的时候?如今你们就因为他的血统不够纯正、取了一个异族的名字来指责他?"

艾谢拉着她的手臂。"冷静,夏拉。没人说这种话。"

"你们对他负有责任,"她说,"他对你们已经仁至义尽。"她气得嗓音颤抖,一时间夏拉不知道她说的是塞拉皮欧还是她自己。

奥玛塔娅从手边的碗里捡起一颗坚果丢进嘴里。她默不作声地咀嚼,作为对夏拉的回应。

库伊叔叔疲惫的眼睛望向夏拉。"你想去奥多?"

"是的。"

"我从太阳岩那边的桥上走。我们必须经过守在那里的天创卫兵。他们也许会盘查，会怀疑你。有传言说，冬至日的前一天，一个生着梅红色头发的外来女人跟奥多·塞都在一起。对你来说是有危险的。"

看来已经有关于她的流言了。是的，她毫不怀疑很快就有人来找她，离开这座活见鬼的城市又多了一个理由。夏拉挺起胸膛。"我不怕。"

"也许你应该怕。"他提起旅行包，甩到肩上，"现在就走，不然就别去了。"说完他便出门了。

一阵寒风从敞开的门缝灌了进来。夏拉打了个寒战，因为突如其来的冷气，或是因为库伊叔叔的警告，她也不知道究竟哪个才是原因。但她确实浑身发冷。

"老傻瓜。"奥玛塔娅咕哝道，但夏拉听到了其中的悲伤。老女人猛地拉下板条。"别回来了。"她喃喃自语。

夏拉摇摇头。她跟这个陌生人吵什么？她在托瓦城里待得太久，这种感觉十分强烈。大海在召唤她，渴望在胸中奔腾不息。她要找到塞拉皮欧，远走高飞。至于去哪里，她也不知道。离开这里就行。

她跟着库伊叔叔出了门。走到院子当中时，她听见有人喊"夏拉！等等！"

艾谢快步追了上来。

"很抱歉，"艾谢呼出的气在暮色中变成白雾，"奥玛塔娅的态度不好。"

"可她说错了吗？"夏拉反问，"你们托瓦人痴迷于血统。"

"淆克不是吗？"

"不是。淆克都是私生子。我们没有父亲，共有母亲，谁都算不上纯正。重要的是亲情，而不是……"她摆手示意这座城市,"什么血统。"

"现在轮到你出口伤人了?"艾谢委屈地说。

夏拉沉重的叹息声发自肺腑。"我很抱歉。我不是有意冒犯你。只是……"寒风钻进斗篷的边角,她冷得发抖。

"你来不来?"寒风带来了库伊叔叔的声音。他在大门外等待,夏拉知道他不会等很久。

"还有一件事,"艾谢匆匆说道,"给你。"她脱下身上的蓝色毛边斗篷。"我们交换。一个外来人很容易引起注意,也许叔叔说得对,他们已经听说了你。换上这件斗篷,戴好兜帽,把你的头发遮起来。"

夏拉放下包裹,脱下在托瓦谢希得到的斗篷,换上艾谢的深蓝色斗篷。她摸了摸厚实的布料,感受着毛皮贴着脖子的柔软触感。"这件很贵重。"

"用来交换没什么不可以。"

"谢谢你,"她动情地说,"不光为斗篷,还有很多事情。我很抱歉,把我的麻烦事带到你家里……你床上。我就不该——"

"我们。"

"什么?"

"不只是你。是我们。我是成年人了,如果你还记得,是我勾引你的。"她心照不宣地微微一笑,"你以为我不了解你,其实我比你自己还了解你。总有一天,你不会再埋没真实的自我,埋没那些有心陪伴你的人,对吧?到时候能拥有你的人真是幸运啊。但不会是我。"

"我有那么糟糕吗?"

艾谢的笑容变得灿烂了。"你就像潮水一样。"

夏拉笑了。她不知道这个比喻是好是坏,但无论怎样都很传神。虽说刚才自怨自艾,但她从不吝于自我嘲讽。这不是她第一次被人当成灾星了。

艾谢抱着胳膊发抖。"这里给人的感觉不好,对吧,夏拉?"此时她神色严肃,一脸关切,"我说的是太阳,没错。但还包括人。我很害怕。"

夏拉又有了此前的感觉。城市屏息以待,可怕的事情即将发生。没准太阳从天上掉落,或者天空四分五裂。没准有一百万只乌鸦从天而降,啄食他们的眼珠和舌头,正如它们对付她的船员一样。她不知道。她只知道有什么事情即将爆发,到时候免不了鲜血淋漓。

她抓住艾谢的前臂。"保重。"

艾谢拉起兜帽,罩在夏拉头上。戴好兜帽之后,她又扯了扯帽边。犹豫片刻,她凑上前来,亲吻夏拉的嘴唇。不等夏拉抗议,她抽身退开,伸出一根手指按着夏拉的嘴唇。

"去吧,"她说,"去找他吧。但千万当心。据说风暴已经来了,但我感觉,这只是一个开始。"

CHAPTER 6

托瓦城（奥多区）
乌鸦历 1 年

　　理解敌人不是通过他们展现的此面，而是他们不曾展现的彼面。

　　　　　　　——摘自《军事哲学》，霍卡伊亚军事学院教材

　　奥括本来打算推迟他们的归期，等奥多·塞都的伤情稳定了再说，然而又过了一整天，伤口依然不见好转。红金色的脓液不断渗出，尽管伤者极力掩饰，但奥括知道他疼痛难忍。他们还是越早回去越好。

　　关于如何回去，他们有过争论。奥括倾向于秘密行动，但奥多·塞都义正词严地声称要光明正大地回去，反复重申此前的意见，将对方的恐惧转化为自身的优势。虽然奥括不赞成，但军事学院的老师们经常谈及面对冲突时戏剧效果的重要性，以及展现绝对力量的好处。他无法反驳奥多·塞都的说法，最终还是同意了。他们要大张旗鼓地回去。

　　随之而来的问题是如何骑行。两人是一起骑着贝伦达来的，不过如今有很多巨乌鸦聚集在这里，不需要让贝伦达承载两人的重量。

　　"我可以骑库察。"面对修道院外面的鸦群，奥括提议。他内

心仍有一种孩子气的想法，不愿贝伦达跟着别人，即便有充分的理由。"我们得做一套临时的鞍具，虽然我不知道……你笑什么？"

"说实话，我不需要缰绳，也不需要鞍。"

"那你怎么操纵——"

"不需要。"奥多·塞都走向贝伦达。巨乌鸦发出欢快的颤音以示欢迎。他抚摸着长长的鸟喙，凑到她耳边低语。"贝伦达会成为我的眼睛。她以前做过，比我更清楚怎么做。"

"你怎么坐稳当？"

"她不会让我掉下去的。"他和贝伦达的额头贴在一起，"对吧？"

"骑在巨乌鸦背上可不容易。氏族子弟为了这份荣誉毕生都在训练。"

"那么很高兴我不是氏族子弟。"奥多·塞都驾轻就熟地爬到贝伦达背上，仿佛这个动作做过上百次。他做得轻松自如。完全不像奥括所以为的盲人。不要因为成见而低估他，他告诫自己。想想太阳岩上的惨状。

奥括早先把鸦羽斗篷给了奥多·塞都，此刻依然披在后者身上。那是他唯一能御寒的衣物，奥括并没有舍不得。不过，眼看斗篷披在他身上很合适，尽管浑身是血、衣裤破烂、蓬头垢面、眼睛黯然，他仍显得威风凛凛，奥括心里确实不大舒服。因为某些难以言表的情绪——嫉妒、钦佩、好奇——他目不转睛地盯着对方，胸口堵得慌。

"你还在担心吗，奥括？"奥多·塞都以打趣的口吻柔声问道。两人一天之内建立的友谊尚需小心呵护，但开开玩笑未尝不可。

"没有，"他以同样的语气口是心非地回应，"你要是掉下去，我相信贝伦达会救你一命，为你的鲁莽行为擦屁股。"

见他咧嘴一笑，奥括的心情也不错，这种友爱的瞬间令人愉悦。

塞拉皮欧歪着头，似在倾听什么。"贝伦达说你还不如刚刚孵出鸡崽的鸡妈妈。我不会摔坏的。"

奥括考虑要不要提醒他有伤在身，事实上他当然会摔坏，特别是在飞行途中坠落。"我可不敢打包票。"

塞拉皮欧扭过身子，好像在寻找什么。"太阳在哪里？"他问，"我的皮肤感觉不到。"

"压在地平线上，还是被阴影遮着。"

"很好。"

他的语气有几分邪恶，奥括不禁打了个寒战，玩笑话带来的愉悦实在是杯水车薪。他再一次掂量自己的做法是对是错。两人坐在火堆边的时候，他说的是真心话，关于奥多·塞都有责任帮助食腐鸦，关于既然他自称他们的神，那么他不仅要当复仇者，还要当保护者。然而，此人还有野性的一面，令人不安的一面，他做不到完全信任，而此刻他们即将启程回去，奥括对于自己带回托瓦的是什么人、是什么命运深感忧虑。

奥多·塞都抓住贝伦达脖颈处的羽毛，双手陷进深处。"你觉得飞回去需要多久？"

周围的山脉积雪覆顶，柱状的深色石崖寸草不生。这里的风景有一种荒凉且致命的美感。人是不可能攀登到栖息地的，但要说飞回托瓦？"不算很久。几个钟头而已。"

奥括跨上库察的后背，翻身坐在鸟鞍上，牵起缰绳。库察是在连珠日之后不久来的，仿佛知道奥多·塞都在这里。奥括忽然意识到,乌鸦们可能都知道。天空啊,或许奥多·塞都跟所有乌鸦都对话了。这个念头让他的胸口堵得更厉害了。如果可以跟乌鸦对话,哪怕就一次,他怎样都行。但你愿意付出他付出的代价吗?他戴着手套的手张开又握紧。你愿意双手沾满鲜血吗?

他按着系在鞍上的普通布袋。袋子里装着太阳祭司的面具。他从太阳岩上悄悄带回了面具,一直秘而不宣。他有意将其扔掉,找一处高高的悬崖扔下去,让它永远消失在这片荒芜之地,但如今他准备返回托瓦,面具还在手里。等等再看,他心想。等我知道的多一些。等我搞清楚再说。他差点相信了自己的借口。

"记住,在保证安全的前提下尽可能飞得低些,"起飞前他叮嘱道,"飞得太高,空气稀薄,皮肤容易冻伤。"

"寒冷对我没有影响。"

"那一定是因为你的奥布雷吉血统。"奥布雷吉山脉以漫长冬季和大雪封山闻名,他早就看出来了,对方是半个奥布雷吉人。

塞拉皮欧面色一沉。

奥括的本意是开个玩笑,但他意识到说错话了。他清了清嗓子。"我想请你帮个忙,奥多·塞都。"

"说吧。"他语气生硬。

"转告鸦群一声。叫它们跟我们一起回去。所有乌鸦都回去,至少是巨乌鸦。我们要隆重登场。"

他的态度变得温和了,似乎把刚才的不愉快抛到九霄云外。"看来你还是接受了我的建议。那我们就搞出一个大阵仗来,让托瓦不要太快忘记。"他俯身对贝伦达低语。

巨乌鸦大叫着,群鸦纷纷回应。

贝伦达一飞冲天。整个鸦群随之起飞,库察也在其中。它们离开了栖息地,犹如一整个庞然大物,拍打着黑色的翅膀,飞上天空。

事实证明奥括的估计没错，几个钟头后，他们飞抵托瓦上空。他们从西北方进入，低低地掠过塞伊。他在空中搜寻雕的踪影，因为金雕氏族有可能派出巡逻队，但他没有发现骑手，人们站在街上，目瞪口呆地仰望鸦群。他冷冷地笑了。他们回来的消息很快就会传到金雕主母的耳中。

他打了个手势，示意奥多·塞都带领鸦群继续飞行，越过峡谷，前往奥多的鸟舍。他知道贝伦达会把奥多·塞都安全地带到那里。他打算在降落前去瞧一眼提提迪和坎恩的情况。

他斜斜地转向左边，贝伦达果然没有跟来。他坐在库察背上，目送他们离开。等到他们安全地飞远了，他低头望向下方的街区。提提迪很是安静，街上人不多，对他指指点点。又一位主母得到了警告，他心想，随后越过狼喉，掠过东城区，靠近坎恩。

他紧张地在空中搜寻羽蛇的踪影，但这里的天空同样是空荡荡的。

"好了，回家吧，库察。"他拍拍巨乌鸦的脖子。

有什么东西从底下飞上来，在他面前一掠而过。他瞥见了翠绿和青绿的鳞片，波浪般起伏的羽毛。他骂了一声，急忙拽着库察爬升。巨乌鸦大声鸣叫，另一条羽蛇疾速飞过，距离很近，带起一阵风，吹动了他的头发。他面对的是两名羽蛇骑手。对方身披盔甲，胸膛和双臂覆有厚厚的绿色鳞甲，头盔上的双角也是模拟他们坐骑的形态。其中一条羽蛇竖起红宝石色和黄水晶色的羽毛，吐着分叉的芯子，嘶嘶地发出警告。

"冷静！"他喊道，但不清楚对方是否听得见他说话。几个氏族当中，羽蛇和食腐鸦关系最好。他们是邻居，世世代代进行自由贸易，在长矛战争中羽蛇求援，食腐鸦是第一个响应的氏族。他们的交情永世不忘。

骑手没有发动进攻，奥括的心跳有所缓和。库察呱呱大叫。她耐不住性子，急于参加战斗。他稳住库察，双腿夹紧，压低身体伏在她脖子上，随时准备行动。一分钟过去了。两分钟。

奥括明白了。他们只是来传递信息的。他点点头，表示收到了警告，继而掉头离开坎恩。他们没有追上来，等乌鸦带他回到家里，他的紧张感才消失。

奥多·塞都在鸟舍里等候。

"乌鸦们听到了库察的叫声，都焦躁不安。"他招呼道。

"我撞见羽蛇了。"奥括从库察背上溜下来。

"他们有何企图？"

"警告我们不要接近坎恩。"他环顾鸟舍。鸦群都在这里，安顿好了。可他原本以为鸟夫们会来迎接他们，把水槽灌满。"有人来过吗？他们肯定知道我们到了。居然没人来迎接我们，照料乌鸦。"

"也许我们不受欢迎。"

"也许出什么事了。"

"如果出事了，乌鸦不会警告我们吗？你在自己家里还有危险吗？"

这个问题戳到了痛处。办完母亲葬礼之后的一段时间里，他被怀疑和紧张折磨得不轻，如今他又有了同样的感觉。他在修道院意外收获的平和心境被破坏了，大宅里似乎再一次弥漫着不祥的气息。"你不明白。"

奥多·塞都习惯性地歪着脑袋，似乎在等待奥括解释。他很想解释。天空啊，他真的很想。

他克制着内心的冲动，他恨不得把一切都告诉塞拉皮欧，把藏在心底的秘密倾吐出来，让人分担那些危险讯息带来的压力。

对于把塞拉皮欧这样一个危险人物带回来，他确实担忧过，但如今他反而想要告诫奥多·塞都，在食腐鸦的厅堂之间潜伏着的是什么。但他如何说得出口？他对谋杀的怀疑没有凭据。画有一个破碎符号的信纸，埃莎关于母亲之死的谎言。谎言叠加谎言，无可救药。保守着这样一个烂在心里的秘密，他如何信任别人？他恨不得爬上大宅的屋顶大声疾呼，召集全体护盾去调查，找出杀害母亲的凶手，将其绳之以法。然而事实是他只有一封写于二十年前的密信作为证据，如果现在他发起指控，只会让本就危如累卵的局势雪上加霜。守望者没了，他在天空塔求不到公道，情况变得过于复杂，他不能毫无根据地表态，赌上自己的名声指控天创氏族。他需要证据，有了证据他就不会犹豫。

而令奥括最为害怕的事情，哪怕是对奥多·塞都，他都不敢压低声音说出来。食腐鸦内部的人谋杀了他母亲。他最大的担忧是姐姐参与其中。如果这是真的，那该怎么办？没有证据就公然指控她？分裂自己的家族？罢黜埃莎，让食腐鸦陷入争夺主母之位的内战？如果他指控失败，毫无疑问他会被驱逐和流放，虽然他一度远离托瓦的政治和他的家族，但这里是他的家，他是绝不会抛弃的。他甚至希望自己从未读过采亚在军事学院交给他的信，同时，他又认为自己无所作为是懦夫行径。最终，还是要有证据。对于姐姐来说，得有证据。对于他来说也一样。

奥括叹了口气。"此事改日再说。今天我们需要集中精力面对大宅里的情况，那是我们躲不掉的。"

他在前面带路，快步走下弯弯绕绕的台阶，穿行于厅堂。奥括没发现有什么不对劲的。他没有听到哭声，感觉不到异样。也许是他杯弓蛇影了。大宅和平常一样安静，但也许是因为时间关系。不过，往常大宅里到处都是仆人、旁系亲戚和登门拜访的氏族子弟。难道他们因为害怕大屠杀造成的后果，都逃离奥多的统治中心，回到自己家里了吗？一种怪异的氛围笼罩着日食之下的城市——可能是这个原因。或者只是他的想象。他告诫自己不要疑神疑鬼，但身为战士，保持警惕是他的本能。

他们来到大厅的门前。关闭的木门背后有人高谈阔论。奥括抬手准备推门。

"等等。"奥多·塞都碰了碰他的胳膊。

"有什么好——"

"我听到了你的名字。他们在里面谈论你。你不好奇他们在说什么吗？"

奥括闭上了嘴。

奥多·塞都得到默许，开始解释门内的情况。"他们知道我们回来了，互相催促着发言。有人主张安抚几个氏族。说你奥括有过错，所以该由你来承担责任。"

"有什么过错？"

"现在说话的年纪稍大。他似乎很担心。他说氏族不会满足于可可。"

"那肯定是我表哥采亚，前面说话的是我姐姐。采亚当然要跟她讲道理。"

"你姐姐说如果天创氏族要求的话，食腐鸦可以血偿。"

奥括骂了一句脏话。"我不要跟小孩子一样躲躲藏藏了。让她当着我的面说。"

他猛地推开大门,雷鸣般的声音响彻大厅。当他阔步走进去的时候,所有人都望向他,争论——当然是争论——戛然而止。

他一眼扫去,看到六名护盾在圆形大厅的墙边站立,大厅中央有四个人。大宅各处的墙壁仍保留着天然的浅灰色,来自修砌所用的火山石,而位于大宅中央的厅堂则刷成了白色,显得宽敞舒适。窗户开得既高又窄,哪怕是小孩也钻不进来,一道道天光洒在色彩华丽的地板上。周围的墙边筑有不可移动的长凳,足以在聚会时容纳他的大多数直系亲属。此刻的大厅空空荡荡,只有卫兵和聚在中间的人。

埃莎穿着贴身长裙,领口、裙边和袖口装饰有光亮的鸦羽。她的头发梳到脑后,瘦削的面孔和乌黑的大眼格外醒目。采亚在她身边,一袭护盾制服,宽阔的肩膀和肌肉发达的身材酷似奥括,只不过年龄大上一轮。他披着灰红色的厚毯,以黑曜石搭扣收在肩头,但令奥括欣慰的是,他没有佩戴代表护盾长身份的红色羽毛。虽然奥括仅仅离开了数日,但他预计到可能有这种情况发生。

埃莎和采亚之外是他的两位姨母——因为被公认贤明睿智,她们担当顾问的角色。头发开始花白的玛塔娅,方下巴的朱娜。他们都在激烈地争吵。话题正是他。

他刚刚出场时埃莎愣住了,但等他气势汹汹地走过来,她已经恢复了惯常的冷漠。

两名护盾离开墙边,迎面而来。他们架起长矛,挡在姐弟之间。

奥括咬紧牙关。"让开!"

"他们不会让开,"埃莎高傲的态度令人恼火,"除非你冷静下来。"

"我是你们的长官,"他冲着两名护盾啐了一口,"你们给我退下,否则我要动刀了。"

"他们只是服从我的命令。不要用暴力威胁他们。"她转而对朱娜姨母柔声说,"也许如你所说,他已经变成了野兽。"

"埃莎,"另一个姨母玛塔娅喝道,"他是我们的奥括。我们不能诋毁家人。"她绕过卫兵,上前拥抱外甥。

埃莎瞪了她一眼,摆摆手示意卫兵退下。

"你好吗,外甥?"玛塔娅问,"我们都非常担心。你突然失踪,可把我们吓坏了。"

"我没事,姨母。"他轻轻地挣脱姨母的怀抱,"不过我似乎回来得不巧,我姐姐正准备拿食腐鸦的命偿还守望者的命。"

"你来得真是时候,弟弟。"她递来一张信纸,"我们正在商议天创氏族的要求。"

他走上前去,接过信纸,飞快地浏览了一遍。信上要求提供解释和补偿死难者。要以传统的方式,也就是血偿。信上有另外三个天创氏族的签名。无不证实了奥多·塞都在门外听到的内容。

"你的计划就是把我交给他们?牺牲自家兄弟,安抚我们的敌人?"

"我绝不同意。"玛塔娅抗议。

"恕我直言,姨母。"埃莎语气生硬,"是我要你来提建议的。身为主母,我有拍板的权力,也只有我。"

"你不是可以随心所欲的女王,埃莎。"玛塔娅话说得硬气,却从奥括身边退了一步,显然承认埃莎的权威。

埃莎不作回答，仅仅把头抬得高了一些。"我说了，天创氏族不是我们的敌人。至少，在你屠杀祭司之前不是。"

"我……"奥括瞠目结舌，仿佛被拧开了气阀，愤怒一泄而空。这时候他才明白埃莎对朱娜姨母所说的话，说他是头野兽。"你认为我要为太阳岩上的惨剧负责？"

"你在连珠日那天逃跑了。我们还能怎么想？"

"我哪有能力屠杀那么多人！"

"你在霍卡伊亚军事学院受训多年。谁又真正了解你，谁又知道他们在那里教了你什么？"

"每一任护盾长都去过军事学院。"他指着表哥说，"包括采亚。"

"我们知道的是，"埃莎不予理会，自顾自地讲下去，"你在我们母亲的葬礼后去见了奥多黑，而我们都知道他们在连珠日一大清早攻击天空塔——"

"什么？"这倒是第一次听说。

"那帮家伙没能得逞，"采亚解释，"他们甚至没能通过进入欧扎的桥。一些年轻的奥多黑成员于拂晓时分集结，计划攻击天空塔。但桥上有守望者，他们被发现之后立刻撤退了。没有伤亡，第二天他们的领导者也承认了，主要是害怕为太阳岩上的惨剧担责。但我们知道他们没有杀害祭司。"

"所以只有你了，奥括，"埃莎点明了，"众目睽睽之下，你是唯一去了那里又离开的，在——"

"守望者是我杀的。"他背后响起奥多·塞都的声音，"我为那场屠杀负责。"

寂静降临。大厅里灯火摇曳。从窗户里透进来的光线早已暗淡，此时几近收敛殆尽，他们全都置身于阴影之中。一向快言快语的埃莎目瞪口呆。而刚才冲出来阻挡奥括的卫兵,此时在墙边挪动着脚步,但谁都没有上前。一名卫兵跪了下来,长矛当啷一声落在地上,口中急促地念着祷告词。

奥括感到奥多·塞都来到身后,犹如一股黑色潮汐逐渐逼近。他忽然想起奥多黑的警告,奥多·塞都是风暴,是自然的伟力,奥括浑身发抖,汗毛倒竖。

刚才还是开着玩笑的普通人,忽然摇身一变化作黑暗,奥括心想,我要如何理解这个人,这位神?

他又想起奥多·塞都说的,神的作为,凡人无法参透。

按上肩头的冰冷手指吓了他一跳,但对方只是要他让路而已。奥括让开了。

他注意到埃莎打量着这个男人。染血的衣裤,凌乱的头发,清澈的眼睛,黑翰粗犷地覆盖着他赤裸的胸膛和手臂,还有,他披着奥括心爱的鸦羽斗篷。她无所畏惧地与他对视,声音却在颤抖。"你是谁?"

他听见玛塔娅低声祈祷,朱娜强忍呜咽。

"你知道此人是谁,姐姐。"灯火沉静,阴影退散,但在他胸中扩散的寒意难以抑制。

朱娜深深地鞠躬,玛塔娅也一样。

"奥多·塞都。"采亚低呼着那个名字,面无血色,仿佛亲眼目睹鬼魂显灵。

倒也差不多,奥括心想,他不属于现实世界。

奥多·塞都张开双臂。"奥括唯一的罪过就是带我离开太阳岩,让我在鸦群中疗伤。如果你们天创氏族要找人负责,那我便负责好了。"

埃莎咽了口唾沫,努力打起精神。"你为祭司的死亡负责?

就你一个?"

"祭司为他们的命运负责。我只是我们的神复仇的武器而已。"

"我们的神……"埃莎喃喃道。

"鸦神。"朱娜低声道破真相。

埃莎闭上眼睛,奥括看见她的咬肌在颤抖。"怎么——"

门外的骚乱打断了她的话。

埃莎发出高亢刺耳的笑声。"又怎么了?"

奥括打了个手势,让卫兵们去调查情况,他们立刻行动,离开大厅后随即关门。外面有人喊叫。听上去至少有十几个人。

奥括凑近了。"你能听到什么吗?"

"声音很多。听不清是谁……有一个叫梅卡的人。他非要求见不可。"

"天空啊,"埃莎喃喃道,"奥多黑真是胆大妄为。他们一直在我门前闹腾,吵着见我,要我采取行动。但我已经告诉他们——"

"不是求见你,"奥多·塞都纠正,"是求见我。"

主母瞪大眼睛。

奥括简直能看见姐姐的脑筋飞速转动。她突然意识到奥多·塞都可以轻而易举地攫取权力,攫取她的权力,如果她不能迅速掌控局面的话。一个屠杀守望者的人。在氏族看来罪大恶极,但在奥多黑眼里是英雄。他们四目相对,她旋即移开视线,似要隐藏想法。但他已经看到了令人不安的东西。

"埃莎,你要怎——"

"弟弟,"她两眼发亮,以不容置疑的口吻吩咐道,"我命你以护盾长的身份去跟梅卡和奥多黑交涉。毕竟你们认识,他听得进你的话。你去安抚他。告诉他……"虽然她是对奥括说话,目光却落在奥多·塞都身上。"告诉梅卡他们,我和奥多·塞都明日接见他们。告诉他们,他历尽千辛万苦而来,击败了守望者,今晚很是疲累,需要休息。"

"其他氏族呢?"她身后的朱娜焦躁不安,"他们的要求怎么办?"

"什么怎么办?"埃莎厉声反问,"让他们等着。现在要处理食腐鸦的内部事务。"

她走上前,挽着奥多·塞都的胳膊。奥括看见她的手在颤抖,但她终究壮着胆子做了。"我们从后门出去,"她以令人信服的语气沉声说道,"避开人群。我带你看看大宅,找个私密的地方谈谈。"

奥括想要说点什么,提醒奥多·塞都千万当心,这个世界上有比祭司和刀兵更隐晦的危险。但他是一位神,不对吗?他应该提醒姐姐才对。

奥括眼睁睁地目送埃莎带着奥多·塞都离开。

采亚来到他身边。

"她不再是那个跟你一起长大的小女孩了。"

"我已经不知道她是谁了。"他承认。

"她是你的主母。"采亚斩钉截铁地说,"这就够了。"

奥括脸颊发烫。采亚说得对。要是母亲看到他质疑姐姐会怎么想?

采亚把手按在他肩上。"责任,奥括。你只需要知道责任就行。想得太多只会搅乱你的脑子。尽到你的责任,你就不会走错路。"

"当然。"他干脆利落地冲着采亚点点头。责任,没错,但是对谁的责任？埃莎？食腐鸦？奥多·塞都？最后一个念头忽然冒了出来，却是发自真心的疑问。

"责任。"他念叨着走到大门前，将其拉开。但他心里依然充满疑惑。

CHAPTER 7

托瓦城（奥多区）
乌鸦历 1 年

> 他们对我说
> 你不是我们的人。
> 你血统不纯，你出身卑劣。
> 你是凶邪祸害，永远非我族类。
>
> ——摘自《刀兵之夜哀歌集》

塞拉皮欧不得不任由食腐鸦氏族的主母带领，在大宅的廊道里七弯八拐，但一路上他很快注意到，他们走的并非奥括带他从鸟舍进来的路线。他尽可能地记忆这条路线，以便到时候能返回：主母的裙摆扫过石地悄无声息，没有她弟弟在螺旋阶梯上疾行时回响的脚步声；温度在升高，说明他们离户外很远；人和石头的干燥气息，表明他们已经深入大宅内部。他不喜欢这样，身处陌生的地方，距离乌鸦太远。

"我想回鸟舍去。"他打断了主母的话，后者正在解释建筑上的细节。

"什么？"她诧异地问，"现在吗？"

"是的。"他觉得对这个统治食腐鸦的女人多少需要表达一点尊敬，然而他一向不擅长礼仪。母亲还活着的时候，他在父亲家里学过基本的规矩，他的导师们，尤其是佩达，要求他给予尊重。他知道怎么口是心非地说场面话，但好比靴子里进了一颗小石子，令他很不自在。

"我以为你有兴趣看看祖先的家园。"

"没有兴趣。"去太阳岩之前他还是有兴趣的。他原本兴致勃勃地想要了解当地历史和自己的同胞。然而他体内发生了深刻的变化，他现在只想躲到一个安静的地方独处，搞清楚怎么回事。

"我觉得建筑是很迷人的，"她接着说，"尤其是修造建筑的石料种类。古老的石头，本地的石头，才是最好的。外来的石头不可靠。"

"大宅里有很多外来的石头吗？"

"一块也没有。"

"我认为石头来自哪里关系不大，只要坚固适用就行。"

"不然。外来的石头也许在外观上与本地的石头别无二致，但差异很快就会暴露。"她带着他继续向前走去，"我记得一个故事，说一个男人想用外来的石头修建家宅，不用旧石料，因为外来的石头很新很漂亮，花哨得很。但他打下地基没多久，就发现石头的孔洞太多，已经开始破裂。"

他听懂了言下之意，反驳道："也许是他对石料操作不当。难道不是建筑师的错吗？怪罪到材料上当然很容易，但石头就是作为石头使用的。"

"从一开始石头就是坏的。再怎样都无法挽救。"

"想来真是奇怪。"

"事实就是，错误也许发生在锻造的过程中。不恰当的烧制和敲打，原材料本身存在的缺陷。如果不熟悉整个过程，就很难解释所有可能发生的错误。"

烈星 FEVERED STAR

他停下脚步,转身面对她。"我的锻造过程中没有发生错误。"

"我们都有自身认识不到的错误。这就是人性。"

"你忘了我不仅仅是凡人。"

"如你所说。"他感觉到对方的注视和评判。判断他是否是构建食腐鸦未来前景的可用之才,是否存在缺陷。

"你和你弟弟差别不大。"他说。

"噢?"

"他想要把我当成武器对付你们的敌人。你敲打我,也想利用我。但我不知道你的意图所在。"

"如果你指望我们不按自身需求重新塑造你,那你就太天真了。毕竟你做了那种事。你……威力太大。"

他笑了。"你有刀吗?"

"什么?"她警惕地问,同时松手,退开一步。

"你害怕我?认为我会伤害你?"

"在我家里吗?你没有这个胆量。"

"是的,我不敢。"

他伸出手,须臾,掌上多了一把刀的重量。"一位建筑大师必须在石料里找到什么?"

"第一是强度。"

他一刀划过前臂。他感到皮肉在黑曜石刀刃所经之处绽开,血如泉涌。她吸了一口气,好奇多过反感。

"还有呢?"

"孔隙。"她似有所悟。

他清楚自己不能依靠神力召唤阴影,但他认为也许用血可以做到。在修道院时他没有想到这一点——当时他心神不宁。不过此刻他想起了老导师的话，并且很有把握。

"某种程度上对巫术来说，孔隙也是关键所在。"他在裤子上擦净刀刃，将其插进腰带，用另一只手摸了摸流出来的鲜血，"我们的世界和阴影国度之间的屏障存在孔隙，献祭即可渗透。"他抬起染血的手。"一旦突破屏障，巫师便可操弄魔法。"这个动作曾经如呼吸一般自然，如今却需要专注，他不禁皱起眉头，不过他确实察觉到阴影应召而至，缠绕着手指，轻触他的手掌，吸食鲜血，"我不是普通的石头。"

"这种魔法在托瓦消失了整整一个时代。"她充满敬畏地轻声叹道。

"我开启了新的时代。"他转动手掌，让阴影变成他希望的形态，不一会儿他就捧着一只黑烟形成的乌鸦。她高兴地笑了，于是他放飞了鸟儿。乌鸦在他手上盘旋片刻，随即消散于无形。

"血没了。"

"阴影需要喂食。"他简单地回答。他没有解释这种魔法所需的代价，他以前从未付出过代价。鸦神作为他的一部分，是阴影消耗不尽的源泉。然而如今他感到疲倦，魔法似乎以他的灵魂为食，很有可能就是这样。

"我承认你引起了我的兴趣。"她又挽起他的胳膊，两人继续前行，"但我不确定你如何能为食腐鸦带来好处，不管奥多黑怎么想。不管我弟弟怎么想。如果我要利用你，那就得为我的族人带来好处。所有的族人。而不仅仅是那些把你当成神的人。"

"你不信？"他忍俊不禁。

"我相信你擅长杀人，魔法使得炉火纯青。但要说到神？我一向不怎么信神。"

"你真的很像你弟弟。"

他们走到台阶前，爬上楼去。随着他们爬得越来越高，温度降低得很明显。

"我从小到大都在接受成为主母的训练，以你理解不了的方式。我无比地、全然地爱我的族人。我为他们效力，而不是他们为我效忠。这是我的使命，随着我母亲去世，我完全接受了这一切。"

"你以为我不熟悉从小到大只为一个目标活着的感觉吗？"

他们停了下来。"那么你必须理解，我绝不允许任何东西、任何人进入这座大宅，除非食腐鸦有利可图。你非同凡响，我弟弟似乎愿意接受你声称的身份，愿意带你进入我们的地盘。奥多黑当然相信你是他们千呼万唤的救世主的血肉化身。可我看不到神的迹象，那不是魔法和武艺可以作证的，我也不确定你屠杀守望者是为了食腐鸦谋取利益，还是让我们成为众矢之的。你也许自认为救了我们，但事实上你让我们面临更大的危险。"

她打开一扇门。"这是你的房间。"

"我说过我要回鸟舍去。"

"鸟舍离这儿不远。这里有床，还能梳洗，我会派人送来食物和衣服。我请你暂时留在这里，虽然我觉得你若想离开，随时可以做到。但如果你真心不希望我们对立，那就证明给我看。"

他微微颔首，满足对方的愿望不过是举手之劳。他进了门。

"用来修建大宅的石头还有一个必备的要素需要考量。"

"是什么？"

"成本。即便很有价值的石头也常常叫价过高。所以，你最好轻装上阵，以免担子太沉，让你付出出乎意料的代价。"

她关上了门。他等待着，听她的脚步声在廊道上远去。等她走远了，他试了试门锁。纹丝不动。她把他反锁在里面了。他又拉了拉门，确认自己是否身陷囹圄，结果还是一样。再次遭到囚禁，他反而觉得好笑，继而开始探索这间陌生的监狱。正如她所说。一张床，一个水盆，别无其他。是的，与牢房无异。

在房间的另一头，他又发现了一扇门。门是实心木板，相当厚重。他摸到门锁处，发现只有门闩，于是将其拉开。冬日的寒风涌了进来，逼得他退后一步。在他的视野中，黯然失色的太阳散发着光和影。不远处，有乌鸦啼叫。

"一扇无处可去的门。"他喃喃道，但不确定这个论断的对错。他怀疑如果仔细聆听，能听到十几层楼之下托瓦谢希河的水声。"她应该是希望我跳下去。"

他正要关门，又若有所思地停止动作。他放飞意识，四处搜寻。她说鸟舍离得不远，但愿她没有撒谎。乌鸦们立刻响应了。他召来了一只。不一会儿，那只鸟儿落在他手上。他用指头摸着乌鸦的脑袋，在陌生的地方能接触到朋友是一种安慰。

"去找奥括，"他吩咐乌鸦，"带他来这里。"他正准备释放鸟儿，忽然又想到什么。"去找那个梅卡，奥多黑的领导者。把他也带过来。我们玩点有意思的事情。"

乌鸦飞走了。

塞拉皮欧关上了天空门。他走到床边，四仰八叉地躺了下去，把方才到手的刀子塞在填充芦苇的床垫底下。他伸懒腰时扯到了肋部的伤口，但他不以为意。疼痛是他能够承受的，忍耐不适也是他为数不多的特质之一。于是他耐心等待接下来发生的事情。

耐心得像一块石头。

CHAPTER 8

托瓦城（郊狼之喉）
乌鸦历 1 年

　　魔法是混乱。求之者祸福难料。

——《幸福生活箴言集》

　　娜兰帕在鲁冰花错综复杂的地下通道中穿行，寻找扎塔娅。丹纳欧奇派了仆人帮她洗浴，还拿来几件干净衣物，所以此时她穿着朴素的白裙，系着红黄相间的腰绳，替代了那条血迹斑斑的脏毯子。形象有所改善，虽然不大。那个仆人名叫芭雅，竟然想办法给她弄到了一件斗篷和一双暖和的衬毛靴子。换上这一身行头，她便出发了，独自一人去找女巫。
　　娜兰帕疲惫不堪，她想过休息一会儿，却根本做不到。恐怖的画面塞满了脑子。一开始是那些祭司同僚的各种死状——喉咙被割开、颅骨被打裂，有的细节过于毛骨悚然，完全来自她的想象。等到眼前不再浮现死者的骇人面孔，她又梦到身披豹皮的男人们审问自己，指责她的失败，然后扼住她的咽喉，令她无法呼吸。窒息感和危机感使她心力交瘁，于是她请在门外打瞌睡的仆人芭雅告知扎塔娅所在的房间。她希望扎塔娅可以解释那些梦，若有办法帮她免于梦魇的折磨就更好了。也许她可以详细询问女巫在连珠日那天施展的巫术，没准能为她胸膛里持续不断的灼烧感和掌上怪异的闪光找到解释。当然了，此刻不存在迫在眉睫的危险，也没有被深埋于泥土之中，她怀疑手掌不会再发光了。也许一切都是她过度活跃的大脑产生的臆想。她极力回忆提灯当时是否熄灭了，是否残留微弱的光芒，但她想不起来。她在坑道里的苦难经历已模糊不清。她后悔当初没有利用天空塔的藏书阁多了解一点魔法，不然不至于如今对历史和南方巫术两眼一抹黑。

"脑子里只有星星。"她刚刚成为神谕会的辅祭时，基图埃如是评判她。但他的语气是亲切的，她不觉得有何不妥，即便听了基图埃接下来的谆谆教导。"你要寻找周围的快乐，娜兰帕。你不能一天到晚专注于天空。大地也有美好的风景。"

当时她想起了生活在狼喉的童年时光，对基图埃的言论不以为然，但她敬爱这位老导师，所以不置一词。无论如何相信美好，这个世界一天天、一次次地令人失望。

她找到扎塔娅的房间，敲了一下门，随即推开。她担心若是乖乖等在门外，扎塔娅也许不会放她进去。

一股浓郁的香味扑面而来，她的鼻腔里充满迷迭香、薰衣草和薄荷的气味。她被熏得晕头转向。香味来自房间一角的壁炉，几只小壶煮得咕嘟冒泡。蒸腾的水汽顺着一根高高的烟囱通向户外，毫无疑问上面的邻居也沐浴在香气之中。

"你在做什么？"娜兰帕惊呼，"好香！"

扎塔娅伏在壁炉前的桌边，弓着修长的后背，面对研钵、木杵和一堆野薄荷。周围是大小各异的陶罐，装满形形色色的药草和植物，有很多娜兰帕都不认识。

"你不该先敲门吗？"女巫恼怒地瞪了一眼娜兰帕，埋怨道。

"我敲了。"

"敲门之后通常由屋内的人决定是否开门。"

烈星 FEVERED STAR

"我担心你不让我进来。"

扎塔娅哼了一声,足以证明娜兰帕的担心没错。

"不过我觉得你也许愿意见我,你应该也好奇在连珠日那天施展的巫术有何效果。"

扎塔娅的后背动了动,娜兰帕似乎察觉到了某种情绪。羞愧?否认?真是奇怪。她以为女巫必然是一副得意洋洋的样子。

她依然不等对方邀请,径直来到桌边落座。她摸向一堆碧绿的豆荚,似乎有一层银色茸毛覆盖其上。

"什么都别碰!"

娜兰帕闻言收手。"有毒吗?"她忽然想起当年吃了从洞里采回来的蘑菇,被母亲痛骂一顿。

扎塔娅放下木杵。"你来干什么?"

"跟你谈谈。"

看样子女巫跟娜兰帕一样疲倦。她双颊凹陷,眼底有深深的泪沟。她依然身着上次那件泥沙色的袍子,仅比肤色鲜亮少许,但头发长了些,在她面庞四周飘来荡去,犹如柔和的黑色光晕。

"你的头发长得真快。"娜兰帕一边说,一边心不在焉地揉着胸脯。

"你来就是为了谈论我的头发?"

"不,当然不是。"

扎塔娅双臂抱在胸前,眯起眼睛,端详娜兰帕。须臾,她发出一声含混的喉音。她转而面对那些陶罐,挑了一只黑白相间、形似细长手指的瓶子,搁在娜兰帕面前。

"喝这个。睡前在茶水里加一滴。要是超量,你可能就再也醒不过来了。只能喝一滴。喝了就不会做梦了。"

"梦?"她尚未提及梦的事情。

"你做了噩梦，不是吗？"

娜兰帕惊得说不出话来。

扎塔娅点点头。"有这样的传言。说的是在鬼门关转了一圈又回来的人。常常有瘴气附在他们的灵魂上，做梦也不得安宁。"

"我认为不是。"她不知如何解释梦境的真实感，更像亲临现场。更像魔法。"而且我没有死。是你救了我。"

对方又不置可否地咕哝一声。

"我当时听见了你的声音，感觉到了你的触碰，但我的舌头动不了，不能告诉你。"娜兰帕下意识地揉着胸口，解释道。

"你就是为这个而来的吗？问我魔法的事情？还有你胸口的灼烧感？"

娜兰帕目瞪口呆。"你怎么知道？"

"你一直在揉，表情还很痛苦。显然那里不舒服。"

她揉了吗？也许是的。"是魔法吗？巫术？"这个词依然难以说出口，"是不是……你复活我造成的后遗症？"

眼看扎塔娅嘴角一撇，娜兰帕慌忙补充道："这是丹纳欧奇的看法。"

"你告诉你弟弟了？"她似乎感到意外。

"他也注意到了。不是我的胸口，"她说，"是我的眼睛。"

扎塔娅把凳子挪近。"让我看看。"

娜兰帕不由得畏缩了。"什么意思？"

"拉开你的衣领。让我看看。"

"我的皮肤没问题。"她匆匆说道。

"你在我面前有什么好遮掩的？"

她有什么好遮掩的？她来找扎塔娅就是求得一个解释，但此刻又犹豫不决。她本来希望扎塔娅可以指点迷津，现在却有了别的想法，重重疑虑突如其来，阻隔在两人之间。

"不给看就走吧。"扎塔娅厌烦地说，"我无所谓。"

娜兰帕顺从地拉开领子，让女巫检查。对方摸索着她的心胸处，指头的触感异常轻柔，继而扎塔娅示意她整理好领口。她捏着娜兰帕的下巴，观察眼睛。她的距离近得令人不安，薄荷味儿的温热呼吸喷在脸上，但娜兰帕配合着她，一动不动。过了一会儿，扎塔娅放手了。

"怎样？"

"你心脏位置的皮肤温度有点高。也许里面有感染。也许某个比我更精通医术的人能搞清楚。"

"我不认为这是感染。"

扎塔娅扬起眉毛。

娜兰帕语速很快，不等对方说服自己。"是我在地道里才开始有的，当时烛火熄灭了。我什么都看不见，底下黑得伸手不见五指。但后来我抬起手，掌心开始发光。"她一直在留意扎塔娅的反应，但什么都看不出来，"还有我……我的眼睛好像也在发亮。很热。我很热。地道里温度很低，但我很热。"她尴尬得涨红了脸。"我知道我说的像是疯话——"

"不，"扎塔娅打断了她的话，"不是疯话。"

一线希望与畏惧交织在一起。"那是什么？"

扎塔娅咬着下唇。

"到底是什么？"娜兰帕追问。

"祖母们有一种方法可以检测这种事情。"

"什么事情？"

"通神。"

"你认为是这样吗？"娜兰帕对"通神"这个词略知一二，是古人描述的一种状态，针对那些被认为与神有过接触，从而拥有非凡力量的人。不过那是在守望者组织成立之前，在他们竭尽全力消灭迷信之前。

"有可能。巫术很强大。也许会留下痕迹。"

"可是，通神？"她抑制不住内心的怀疑，"通过你的血？"

"不仅仅是我的血，"扎塔娅纠正道，"还有盐与烟。"

她想起女巫塞在舌底的盐块，还有萦绕四周的辛辣白烟。

扎塔娅说："那些都是稀罕物，很珍贵，但你弟弟说过让我尽力而为，于是我尽了全力。盐来自遥远北方的一片湖泊，当地人称众神墓地。据说那是神的汗水。"

"我知道那个地方。那里有太阳神滴落的黄金，用来打造太阳祭司的面具。我们做辅祭的时候学到过。"她学到的是世代流传的神话，为了解释自然现象而编造的故事，但她此刻依然感到脊背发凉，"白烟呢？"

"神之骨，磨成白砂。"

"也来自墓地？"她揉着忽然刺痛的后脑勺，"你认为使用那些……神的东西……给了我某种持续的……"持续的什么呢？力量这个词太异想天开了。但还有什么词可以描述？

"有个办法可以搞清楚。"扎塔娅把手伸过桌子，从一束晒干的野生洋葱底下拽出一面镜子来。娜兰帕认出那是占卜镜，扎塔娅正是通过那面镜子看见了重生鸦神的回归，预言了太阳祭司的死亡。

"镜子能发现我是否通神？"

"它是连接阴影国度的通道，在阴影之中，你可以看见很多事。过去，现在，未来。据说那些最伟大的巫师甚至可以绕道阴影国度跨越一小段距离。"

她闻所未闻。"怎么做到的?"其实她知道。她亲眼看见扎塔娅使用镜子。

鲜血与渴望。好吧,她体内多的是鲜血,渴望强烈到无以复加。她所纠结的在于信仰,不止如此,她实在不愿意打破禁忌。二十年来她所学到的一切都与操弄魔法背道而驰,但如果她希望理解自己身上发生的变化,还有什么选择可言呢?

扎塔娅拿来一把黑曜石小刀。

"这次不用魔鬼鱼的刺了?"娜兰帕干巴巴地问,记忆犹存的舌头止不住颤抖。

扎塔娅抓着娜兰帕的胳膊,把刀刃压进肘窝下方的皮肉。娜兰帕疼得嘶嘶吸气,不过痛感转瞬即逝,扎塔娅用力挤压伤口,让血流出来。等到血量够了,她翻转娜兰帕的胳膊,让温暖的液体滴到污浊的镜面上。

天空啊!娜兰帕心想,我居然在做这种事情?她当然是信以为真才甘心献上鲜血。如果事实证明这种行为愚不可及,除了自尊她又有何损失?如果是真的,那么收获也许难以估量。不知道如果伊克坦看到现在的我会怎么说。你怎么走到这一步了啊,太阳祭司?

是前任太阳祭司——伊克坦戏谑的语气悄然而至,呛得她把涌上喉头的复杂心绪咽回了肚子里。

"开始吧,"扎塔娅把娜兰帕的血涂满镜面,又递来一块布给她包扎止血,然后说,"想看什么就问。"

娜兰帕看向镜子,她的影像不过是阴影中的红色污渍。她想问很多不同的问题。她是如何活下来的?重生的鸦神是谁、他是否还在追杀她、他复仇的渴望是否已经得到满足?她可以相信弟弟吗?魔法真的存在吗?然而从她嘴里冒出来的问题太意外了,连她自己都没有想到:"我是谁?"响应随即到来。仿佛有人或者什么东西抓着她的脑袋,把她拽了下去。她惊慌地喊叫着,但对方更加用力,她翻滚着坠入阴影国度。

☀

  巨物的叫声在空中回荡,震颤着娜兰帕的骨头。爪子抓向她的眼睛,她扭转身体,抡圆了长长的尾巴,鞭笞攻击她的黑色巨鸟。受伤的巨鸟退缩了,但又有一头猛兽扑了上来,一只有着血盆大口和锋利尖牙的猫科动物。它一跃而起,企图收获猎物。它的爪子扯下了她喉咙处的金色鳞片……

  ……她从意料之外的睡眠中惊醒,猛然抬头。她差点惊叫出声。她打瞌睡了。噢,伟大的诸神,她做了什么?她应该保持警醒。她急忙望向袋子。还在那里,鼓鼓囊囊的,装满金子,阿诺的手臂依然搂着她。在这个禁忌之地,最后仅剩的二人依偎着相互取暖。她呼出的气在眼前化作白雾。但阿诺不是这样。恐惧充塞她的心胸。她翻身去看。阿诺贴在后面,缩成一团,皮肤冻得惨白,睁着死气沉沉的眼睛。她放声尖叫,冲着……

  ……炙热的熔炉,火舌舐舐着凝灰岩模具,她稳稳当当地把烊金倒进细长的沟槽。锤声四起,其他人正在锻造守望者的四张面具。他们做的是好事,即便不能为梅里迪恩大陆带来千年的和平,也能保证数百年不燃战火。有人喊她的名字,她回过头去。她被一刀割了喉咙,来不及叫出声。她倒下了,鲜血混进了金水……

  她经历了十几张面孔、上百个场景。她是一次又一次成为太阳祭司的辅祭。敌人威胁她,刀兵解决敌人。有的敌人成功了,她被囚禁、罢黜、处决。她瞥见自己跳下天空桥,底下的河水遥

烈星 FEVERED STAR

不可及。

  一个男人背身而立。他四周电闪雷鸣,狂风撕扯着他的头发和斗篷。他高高地立在山巅。不,不是山。是塔,他脚下是光滑的石头。他双手捧着什么。她熟悉那件东西就像熟悉自己的脸一样,双颊和嘴唇的弧度,金子的光泽。他举起太阳祭司的面具,戴到自己脸上。她大喊一声,她知道必须阻止他。她知道如果他成功了,一切都完了。她的心跳声在耳际轰鸣。风暴粉碎了她的警告。她伸手去抓,可惜离得太远,雨帘中的他身影模糊。她试图跑起来,腿脚和身体却动弹不得。她看不清他的脸,认不出他的肩背和长长的黑发。他歪着头,似乎听到了她的声音,然后转过身来。很快她就能看到他的脸,马上。

  扭曲的嘴唇带着狰狞的笑容,念出她的名字,然后——
娜兰帕尖叫着醒来。

  她所在的房间变得黑暗冰冷,壁炉的火熄灭了,空中依然弥漫着迷迭香和薄荷的香气。她仰面躺在地上,然后她抓着此前坐的凳子,爬了起来,重新落座。她肩膀很痛,应该是摔下去时撞到了石头,同时脑袋发晕,心脏依然在胸腔里怦怦直跳,紧张感仍未消退。

  那些画面还在她脑子里翻腾,情绪却多于记忆。她看到的是什么?她去了哪里?过去还是未来?她不知道。隐喻还是现实?感觉非常真实:遇袭、背叛和死亡。她强忍着没有呜咽。

  "扎塔娅?"她颤抖着轻声喊道。可是女巫不在这里。

  "欧奇?"她换了个名字呼唤,明知无人回应。占卜镜已经没有了她抛洒的鲜血。不,她投喂的鲜血。她的血。她打了个寒战,举起镜子,扔了出去,仿佛那是一条活生生的毒蛇。她等着听镜子落地时破碎的响声,却没有等到。

镜面不见血污,她的手臂却是血淋淋的。她大惑不解,随即发现充当绷带的绑布已然滑落,在她去……无论去了哪里的那段时间,伤口一直在流血。她皱着眉头,强压恶心感,重新缠好了手臂。我需要医疗者,她转念一想,不禁自嘲地笑了。我唯一认识的医疗者早已弃我而去。

她接下来的念头是找到丹纳欧奇,然而正常思考对她来说都成问题,她依然受困于此前目睹的狂乱景象,更不提失血过多的影响。

休息片刻。这就够了。一会儿就好,闭上眼睛,摆脱那些残像——那个面目模糊的男人,倾盆大雨,眼见他霸占太阳祭司面具的恐惧。她把头搁在地上,缩起抖如筛糠的身子,陷入深深的昏迷。

"娜拉!"有人狠狠地摇晃她。丹纳欧奇急切的喊声在她耳边响起。"醒醒!娜拉!"

她的脑袋耷拉在一边,眨掉眼里充盈的雨水。那张面孔,那抹残酷的笑意,那副面具。

"不!"她大喊一声,推开弟弟。他后退时绊到了凳子,慌忙抓着桌边才免于跌跤。扎塔娅站在重燃火焰的壁炉前,吃惊地张着嘴巴。

"你去哪里了?"娜兰帕责问女巫。

"我喊不醒你,所以去找人帮忙了。"

"你怎么了?"丹纳欧奇半是关切半是怀疑。

"没什么。我只是……"告诉他什么呢?对他们坦白多少呢?"我肯定撞到头了。我现在没事了。"她伸出双手。

烈星 FEVERED STAR

丹纳欧奇拉她起身,她一时站立不稳。他抓着她的胳膊,小心翼翼地避开包扎的伤口,又扶她坐下。

"扎塔娅说你做了噩梦,找她抱怨,她给了你药剂,但你还没喝就昏迷了。"

她看了一眼女巫,然而后者一副无动于衷的样子。扎塔娅为何不让丹纳欧奇知道镜子的事?娜兰帕说过,丹纳欧奇尚未得知她手掌发光以及疑似通神的其他表征,所以扎塔娅只是替她保密吗?或者,告知丹纳欧奇的后果存在危险?直觉告诉她,暂时瞒着弟弟是明智的选择。至少等她搞清楚了再说。但直觉同样告诉她,关于她所见的幻象还是瞒着扎塔娅为好。

她现在真正想做的是在天空塔的藏书阁里待上一个下午,尽情搜寻其中的知识。她一定能找到关于通神的内容,哪怕是只言片语,也能找到那些幻象的相关解释。太阳神有着金光灿烂的形态,凭借燃烧的长尾和致命的利爪对抗乌鸦和豹子,其中意象可谓一清二楚。有一幕幻象源自她自身的担忧。其余的则不是。名唤阿诺的、被冻僵的同伴,锻造过程中的谋杀。两段记忆既私密又全然与己无关。

"我不知道发生了什么,"她说,"也许我还没恢复过来。"

丹纳欧奇咕哝了一声,半是责备半是怀疑。"我让你等我。"

"我知道。我……我睡不着,想到扎塔娅可以帮忙。不过我现在好多了。"她打起精神,无力地冲他笑笑。黑白相间的瓶子还在桌上,她拿起来给丹纳欧奇看。

他眼里的怀疑有所消解。

"扎塔娅把我找来也好。我们还有别的事情需要商议。"他将一张折叠的信纸放在两人之间的桌上,纸上画着三片歪歪扭扭的叶子,"我们上次分开后,我给一个朋友写了信。对方也是一个老大，龙舌兰之家的老板。她回信了。"

"你在信里写了什么？"

"既然我们要对付食腐鸦，娜拉，我们需要他们的援助。"

她早已做好面对重生鸦神的准备，但从未考虑攻击食腐鸦。她对食腐鸦氏族没有意见，尤其是那位年轻的护盾长。这是丹纳欧奇谋划的行动，她不太信得过。

所以扎塔娅没有把她潜在的力量告诉丹纳欧奇？扎塔娅是不是知道丹纳欧奇想要利用这种力量，利用娜兰帕，达到某种危险的目的？

"无论你是否乐意，内战已经爆发。"他当然注意到她的迟疑，"食腐鸦在奥多集结军队，据说天创氏族被迫选边站。我们可以提供另一个选项。"

"发生那种事情后，其他天创氏族很可能疏远食腐鸦，但问题是，为何狼喉的老大们愿意支持我？我们互相看不惯，守望者和——"她差点说出"你们这里的人"，好在及时收住。

"守望者都死了，你是幸存者。狼喉最中意幸存者。而且你是郊狼的女儿，别忘了。"他皮笑肉不笑，言下之意再清楚不过。"你既是郊狼，也是太阳。你将成为一个强大的象征，特别是在你杀死重生鸦神之后。"

"说得轻巧。"

丹纳欧奇的口吻带上了凶狠的意味。"非得轻巧不可，因为我就是这样承诺他们的。"

原来这才是他的意图。利用娜兰帕强化他在狼喉的权力。讨厌的姐姐迷途知返，还仰仗于他。相当于一个天创氏族的成员将其曾经的地位和威权拱手赠与如今的盟友，不过狼喉出身却也容易被他们接纳。

"如果你仅仅把我作为一个象征，那么谁来领导狼喉？"她冷冷地问道，答案显而易见。

丹纳欧奇仰靠着椅背，快活地咧开嘴，但姐弟俩的眼神同样冰冷。"啊，娜拉，别这样嘛。如果你遭遇了重生鸦神还能活下来，我们当然联手统治。"

如果我活不下来呢？她心想，你依然大权在握，重生鸦神更加可怖。

"我知道我不是传统意义上的主母，"他的笑容更灿烂了，"可是，去他的传统，对吧，姐姐？天创氏族会接受我们的，因为一边是我们，一边是残暴的鸦神，我们都知道他们绝不会向后者低头。不过我们不要考虑得太远。第一步是向狼喉的老大们证明自己。"

"我们要怎么做？再经历一次考验？"她想起自己是如何从坟墓里爬出来的，以及丹纳欧奇煞费苦心的安排。她揉着胸口发热处，那股奇异的力量竟然带给她前所未有的舒适感。

他拍了拍桌上的信纸，然后递到两人之间。

"我们很快就知道了。"

CHAPTER 9

托瓦城
乌鸦历 1 年

> 唯有傻子才把她的家建在海龟背上，等它游走时又怨天尤人。
>
> ——涕克谚语

夏拉沉默地走在提提迪区，艾谢的叔叔领先一步。她身上裹着新到手的斗篷。它比之前的斗篷更暖和，袖口和领口收得很巧妙，御寒效果极好。她对港务长的那件斗篷恋恋不舍，但艾谢的临别礼物值得感激。如此慷慨的馈赠令她受之有愧。

"跟紧点，"库伊叔叔叮嘱道，她这才回过神来，"桥快到了。"

桥。正是她唱过歌的那座桥，许多人死于非命的那座桥。

一时间，她迈不动腿了。蓝衣服的女人，绿眼睛的男人。

"我尽力而为，不是吗？"她喃喃自语，"人群发生了骚乱。我只能放手一试。"

一个刺耳的声音在记忆中响起。你永远都在试来试去，夏拉。屡试屡败，然后逃避责任。让别人给你擦屁股。你瞧，这次没人帮你了。这次，你要为自己的所作所为付出代价。

沉重的往事、残酷的真相，令她不寒而栗。死在桥上的人平

烈星 FEVERED STAR

添了她的一分负罪感,正如很久以前在渧克那里第一次面对死亡,她不得不接受双手沾血的事实。

"妈的。"她咕哝道。她真该让艾谢找来扎什和他的巴切酒。沉浸在自责的情绪中对她没有一点好处。她想要,不对,是需要,借助外力封闭记忆,将其遗忘。然而这里什么都没有,唯有寒风和陌生的城市。

他们路过在崖壁上固定吊桥的巨大石柱,来到上桥处。他们起初的几步晃得厉害,但夏拉目睹过吊桥经受狂风的冲击,对它的牢固程度深信不疑。等他们登上太阳岩的时候,雾气弥漫四周,整个台地影影绰绰,阴森恐怖。几个托瓦人顺着唯一一条开放的道路前行,个个埋头赶路,行色匆匆。沿途零散分布着几名卫兵。

"天创氏族的护盾成员。"库伊叔叔压低声音,"绿甲的是羽蛇,不算很坏。但要当心那些金甲卫兵,头盔不带角的。那是金雕。食腐鸦的凤敌。如果他们知道了你的身份,就会找你的麻烦。"

"他们为什么守在这里?"

"主要是阻拦好事的看客。还有扒拉遗物的家伙。"

"什么遗物?"

库伊叔叔耸耸肩。"武器,刀子,器官。任何可以卖掉的东西。"

她用拇指摩挲着残缺的小指关节。

后颈忽然针刺般疼痛,似乎有人盯上了她。她壮着胆子瞟了一眼对方,与一名金雕护盾四目相对。她立刻回头,挽起库伊叔叔的胳膊。

"快走。"她催促。

不一会儿,他们走过太阳岩,踏上通向坎恩的桥。她扭头回望。此前注目她的卫兵已经消失在雾气中。她摇摇晃晃地继续前行。

他们下桥之后,雾气消散。面前的道路笔直向前,然后一分为二,一头向东进入坎恩,一头朝西进入奥多。坎恩与提提迪大不相同。羽蛇的地盘上尽是起伏的丘陵,低矮的房屋漆成绿色和蓝色。之字形道路的上方,可见一幢色彩鲜艳的大宅的圆顶,白墙上绘有羽毛飘逸的巨蛇。要不是目前的处境,她肯定好奇心爆棚,恨不得四处溜达,闲逛一整天。然而此刻且不提那份闲情逸致,真要溜达,她只想拉上塞拉皮欧。为什么相识不久,他就在自己心里占据了那么重的分量?她不知如何解释,也不知道该怎么处理失控的情绪。她甚至不能说接受了自己的反应。但它已然发生,否认也于事无补。

在相处的那段时间,他们之间存在一种特殊的关系。不是性爱,虽说她确实渴望他的抚摸和亲吻。包括现在,一想起他吮吸自己指间的蜜糖,她就脸红耳热。但不仅仅是他唤醒了她的欲望。还有他表达关心的方式,不刨根问底,不评头论足。而且他不因为她的独特、她的魔法敬而远之,在她偶尔连自己都不敢面对的时候。

他们是朋友,做过一个晚上的爱人。他的存在使她有了前所未有的归属感,求之不得的接纳感,以及她害怕永远得不到的宽恕。她渴望找回那种感觉——她需要他。

我要带他离开这里,她心想,既然他已经完成对那位鸦神的责任,他便恢复了自由身。他可以离开这个寒冷的地方,跟我远走高飞。我们到哪里找一条船,驶向新月海的边际。找一座属于我们的岛,像真正的海盗一样打劫商船,过上无拘无束的生活,

烈星 FEVERED STAR

不受世俗所困。

她不该放任自己思考这种不着调的事。多么幼稚的幻想，多么虚妄的假设。尽管他们的联系那么紧密，彼此却又那么缺乏了解。然而，她倔强地守着这个梦，仿佛守着毁船者来临之际航向陆地的最后一线希望，不顾一切地祈祷，惟愿他们共同抵达不存在的海岸。

不过当她和库伊叔叔来到奥多的边界处，她的希望便如锚沉底，不等水波复位就一落千丈，无影无踪。

"啊，糟了。"她轻声念叨。

奥多是灰暗的色调，黑色和灰色的火山岩配上漆红的门板，犹如渗血的石头缝。门楣和栅栏以乌木搭建。连路上都铺着灰石。还有随处可见的乌鸦标志，绣在旗子上，画在墙壁上。她表面上不动声色，但心已碎成千万片。

"怎么了？"库伊叔叔问。

"没什么。"

她一度指望带走塞拉皮欧，但见到奥多的那一刻，她想象不出还有什么地方比这里更适合他。她真的要带他离开此地吗？假如她提出要求，他愿意走吗？

她属于大海，生在海上，长在海上。她能生活在这座严酷冰冷的城市里吗？塞拉皮欧希望她留下来吗？

疑虑太重，冷彻心扉，但她终于还是沉住了气。

"要想知道答案，只有一个办法。"

✵

他们接近了一道草草搭建的通关大门，底下的小桥正是坎恩和奥多的交界处，一名卫兵抬手示意两人停下。卫兵一身黑衣，无疑是食腐鸦,肩头扛着一根镶有黑曜石碎块的大棒。她怀疑地打量着他们的蓝色斗篷,眉头一皱,撇下嘴角。

"嗬,水黾,"她拦下了他们,"你们来这里干什么?"

"不是水黾,"库伊叔叔说,"是食腐鸦。"他解了斗篷,拉开衬衫,袒露胸膛。夏拉看见了黑翰。刻痕看起来挺新鲜,皮肤上浮肿未消。刻的是熟悉的乌鸦标志,他家门上就有,不仅如此,周围所有的门板和墙壁上都画着乌鸦的翅膀和头骨。

卫兵疑虑重重地盯着黑翰,然后伸过手来,指头划过皮肤。"新的。"她语气刻薄。

"我归宗晚了,"库伊叔叔坦承,"但终究是回来了。去问护盾长奥括大人。他认识我。他能为我担保。"

卫兵抿紧嘴唇。"她呢?"

"我侄女,"库伊叔叔撒谎,"她只有我这个亲人了。鸦神召唤我们的时候,我不能把她一个人丢下。这孩子很老实。"

夏拉垂着头,装成一个听话的侄女,严严实实地护好头发和眼睛。

"你有什么事?"卫兵问。

"我们响应奥多·塞都的召唤。"库伊叔叔抬手一挥,示意临时关墙和卫兵后方的营地。他双眼放光,夏拉怀疑有表演的成分,但可能很大程度上发自真心。"我们与同胞同在,愿意奉献生命——"

"走吧。"卫兵打断他的话,让到一边,放他们通行,"找个火塘,找个休息的地方。"她朗声唱道,似是背诵稿子。"食物会送到手上,茅厕在营地北边,不准使用武器,不准争吵斗殴,违者必遭驱逐。概无例外。"

"赞美奥多·塞都。"库伊叔叔连连点头。夏拉亲眼看到卫兵翻了个大白眼。可以想象,这个女人无数次听到同样热诚的临别宣言,早已麻木了。她发现不是每一个乌鸦氏族的人都像她此前遇到的那么虔诚。

营地里很热闹,但也不至于人满为患到挤不过去。她估计最多有两百人聚在一块场地上,如果并肩而立,此处可以容纳一千人。靠近通关大门的多是有家有口的,父母带着婴儿和淘气的孩童。他们已经围着小火塘安顿下来,无所事事地等待着。至于等待什么,夏拉不知道。

他们越是深入营地,她看到的貌似奥多黑的人越多。尽管天气寒冷,却有不少人裸露着胳膊和后背,展示身上的黑翰。她以前只见过塞拉皮欧的,从黑翰讲述的故事中得知他的身份,她也逐渐懂得欣赏,发现其中的美,而这里的很多黑翰都堪称艺术品。刻画精细的乌鸦形象,极尽渲染的羽翼细节,疑似代表祷词的符文,当然还有到处可见的乌鸦头骨。不少黑翰描上了新鲜的红色染料,正如他们祈祷时张嘴暴露的牙齿一样。

"这里的人都是奥多黑吗?"她问库伊叔叔。她从未与信徒相处过,除了塞拉皮欧以外,这次遇到这么多信徒,她不禁心里打鼓。根据经验,他们不可能喜欢滞克,尤其是一个计划把他们珍贵的奥多·塞都带走的滞克。她没有把这个计划告诉库伊叔叔,当时闭口不提绝对是明智的选择。就让他误解吧,以为她只是想要见见朋友,而非把塞拉皮欧救出狂热信徒的老巢。

"大多是奥多黑,"库伊叔叔回答,"不是全部。有的跟我一样,拥有食腐鸦血统,但家不在奥多。有的也许住在当地,但奥多·塞都现身后,他们专程过来看他。还有的观察天象,认为日食是未来的预兆,于是改变了立场。"

"人真多。"

"还会有人来。"

"为什么?"

"他们等了好几代人,就为了这一刻,夏拉。他们怎能不来呢?"

这句话太像塞拉皮欧会说的了,令她忐忑不安。

"我们去那边坐。"库伊叔叔指了指不远处的火塘,有三个人坐着聊天。其中两个是女人,还有一人裹着黑色斗篷,戴着兜帽,一时间辨认不出男女。他们没有炫耀黑翰和红牙,她见状有所释然。她不知道对奥多黑说什么,而且向塞拉皮欧祈祷的做法太荒诞了,想想就好笑。她希望他也同样觉得荒诞,但又怀疑他不会这样认为。

"可以跟你们坐在一起吗,朋友?"库伊叔叔问三人之中最年长的那位,她一身黑衣,披着细珠和羽毛镶边的红色斗篷。她的黑发夹杂着白丝,剪成齐刘海的发型。她身边的女人衣着类似,样貌也差不多,夏拉猜测她们是亲戚,有可能是母女。

"欢迎你们。"年长的妇女和蔼地说。库伊叔叔望向另外两人,对方都点头同意。

"感谢。"他应道,夏拉也附和了一声。库伊叔叔坐在女儿身边,夏拉挨着他,左侧便是裹着斗篷的陌生人。她一屁股坐在地上,舒舒服服地放松腿脚。此前从提提迪区过天空桥再到坎恩区,一路跋涉令她腿脚酸软。在陪着塞拉皮欧逛街的那天前,她足有二十天生活在海上,一时间适应不了陆地。如今她付出了代价。身边的陌生人拨动火堆使其烧旺,她感激地点点头,凑近了烤手烤脸。

"你的关系离得挺远?"年长的妇女礼貌地问道。她打量着他们的蓝色斗篷,和刚才的卫兵一样。

"不算远,"库伊叔叔说,"我祖父是食腐鸦。"

"啊。"女人打消了疑虑,"那你呢?"她看着夏拉。

"他侄女。"她低着头咕哝道。女人的笑容变得不那么真诚友善了。无所谓。

身边的人拨弄着火堆,嗓音低沉悦耳。"口音奇怪的侄女。说话要当心点,水黾。"

夏拉顿时紧张了,但其他人似乎充耳不闻。如果对方意在威胁,她不知道是不是应该无视,要不要作答。

"别慌,朋友,"不等她做决定,陌生人接着说,"我只是说了我观察到的。我看得出来,别人迟早也看得出来。"

她瞟了一眼库伊叔叔,后者正在跟食腐鸦女人聊天,没有注意到这边的对话。

"你有什么想法?"夏拉嘶声问道。

"只想烤火。"

"她说什么时候送吃的来,夏拉?夏拉!"库伊叔叔一脸期待地看着她。

"嗯?"她努力模仿艾谢的口音。夏拉不太熟悉托瓦语,但天生喜欢学习语言,在与艾谢及其兄弟相处的日子里,她的词汇量大大增加,但口音明显有缺陷。她真想让每个人都说贸易语,但那样的话她的身份就暴露了。

"那个卫兵。她说有吃的。"

她耸了耸肩,深深地缩进斗篷,希望结束这场对话。库伊叔叔无奈地叹了口气,扭头对两个女人说:"反正,她说有吃的送来。"

"她说了是什么吗?"年长的妇女问,"我希望是炖菜。一顿美味的炖菜才合胃口呢。"

夏拉不再理会他们的对话，转而对陌生人说："你要举报我吗？"

"为什么？"对方忍俊不禁，"你做了什么值得我举报？"

"夏拉！"库伊叔叔又喊她。

她忍气吞声。"怎么了，叔叔？"

她听见身边的陌生人轻声窃笑。

"卫兵是不是说奥多黑见过了主母？"

她摇着头，单肩一耸。

"梅卡带着一帮奥多黑到大宅见过主母了，"陌生人对他们说，"我们说话这会儿，他们正在谋划未来的打算。"

"梅卡是谁？"库伊叔叔问。

"奥多黑的首领。奥括大人的朋友。"年轻的女人回答。

"我也认识奥括大人！"库伊叔叔不自觉地挺起胸膛。

陌生人倾身凑近。"怎么认识的，朋友？"

库伊叔叔面色一变，自知失言。"家族里有人认识他，"他慌忙解释，"我们见过一次。"他看了一眼两个女人，对方似乎不太相信他说的是实话，他当然隐瞒了真相。

"奥括大人不就是带奥多·塞都离开太阳岩的人吗？"夏拉问。

"是，"年长的妇女热情地回应，"大清算！"

"大清算？"陌生人柔声反问，"他们是这样称呼的吗？"

"没错！有人说奥括大人是奥多·塞都的帮手。说他手里拿着杀死刀兵祭司的刀，算是为他母亲葬礼上发生的事情做了个了断。"

陌生人似乎有所触动，但无论是什么反应，没等夏拉确认就消失无踪了。

"葬礼上发生了什么?"库伊叔叔的目光来回跳跃。

年轻的女人迫不及待地讲起了故事,但夏拉听得心不在焉。她更有兴趣研究身边的人。夏拉起初以为三个人是结伴而来的,但陌生人似乎并不认识母女俩,也许只是坐在一起烤火而已。她只能看到那人尖尖的下巴和弯如满弓的下嘴唇,双手掩在手套里。

"……一场婚礼!"

"什么?"女儿的一声惊叹吸引了夏拉的注意力,"你刚才说的是葬礼。"

"葬礼已经说完了。我们在猜想主母的婚礼。"

"他们认为她会跟奥多·塞都结婚。"库伊叔叔轻声说,带着同情的口吻。

夏拉惊得哑口无言。

"他们是绝配,"母亲误以为夏拉不相信,"毫无疑问,到时候谁也不敢挑衅强大的食腐鸦。"

库伊叔叔拍拍夏拉的膝盖以示安慰。"猜想而已。不管是主母还是奥多·塞都,谁都没有亲口说过。"

"他们不是因爱结合,"母亲说,"这是联姻。"

"但也可以有爱,"女儿反驳,"主母那么漂亮。"

"而且有钱。"叔叔补充。

"还有权。"陌生人歪头冲着夏拉说。

夏拉站起身来,这帮外人胡乱揣测塞拉皮欧的命运,听着恼火。她知道是流言,但也不必非得坐在这儿听。"我去撒泡尿。茅厕在哪里?"

两个女人同时指着北边,听到她粗俗的表达方式,年长的妇女神色异样,但夏拉一点儿都不在乎。她拔腿就走,不等有人训斥她或者发生更糟糕的情况——有人主动提出陪她去——便快步走向她们指点的方向。

"快些回来吃饭!"库伊叔叔在背后喊道。她举手挥了挥,表示听见了。

茅厕就是一圈齐腰高的篱笆作为隔断,围起来的一道深沟。她见过更简陋的,甚至简陋到恶心的,再说了,她的膀胱从不怕羞,露天方便也无所谓。但若要蹲下来,斗篷很碍事,于是她将其脱了,搭在边上。从背后看,她有一头梅子色卷发,但在暮霭中颜色暗沉,众人也都懂得非礼勿视。

她尽快解决完,即刻披上斗篷,拉起兜帽。她感觉有人盯着她。是火塘边的那个陌生人,听出她的口音、知道她撒谎的那个人。对方站在不远处注视着她。她一时愣怔,不知道那人看到了什么。看到了多少。好吧,她的发色可以解释——来自南方的时尚潮流之类——至于她的眼睛,对方应该看不清楚。

有什么关系呢?她懊恼不已。如果塞拉皮欧真的快要爬上食腐鸦主母的婚床,谁在乎她是谁、为何而来?只是猜想,她提醒自己。只要不是他亲口所说,那便是流言蜚语。就算是真的,他们二人也从未许过山盟海誓。她那么快就和艾谢上床了。要是嫉妒塞拉皮欧另觅佳偶,她就太虚伪了。虚伪就虚伪吧,她心想,我便是历尽七层地狱也不会再轻易放他走。

她冲着陌生人点点头。她很想比画一个粗鲁的手势,但点个头能够表达她对这件事情的想法。陌生人也点头回应,甚至摸了摸掩在兜帽底下的眉毛。她冷哼一声,朝着火塘去了。

她的肩膀忽然撞到了人,她立刻转身,低声道歉。是此前遇见的卫兵,放他们进来的人。

"等等!"

女人不悦地扭过头。

"我……你能不能……我有个东西。给奥多·塞都的。我认识他。"

女人面无表情。"你可以把礼物放在门口。有专人把它们送去——"

"不!不是礼物。呃,是礼物。给我的礼物。"她从兜里掏出人鱼木雕,迟疑片刻,塞到卫兵手中。"奥多·塞都给我的。他的名字是塞拉皮欧,这是他亲手为我做的。我的名字是夏拉。我是他坐的那艘船的船长。你能不能,你能不能把这个交给他,告诉他我在这里?我只有这个要求。告诉他我在这里。"

女人翻来覆去地看着木雕,似乎有了兴趣。

"拜托,好吗?"

她无可奈何地叹了口气,但夏拉看得出来她被勾起了好奇心。"好吧。夏拉。"

"给塞拉皮欧。"她冲着卫兵喊道,后者已经踏上返回大门的路途。

"该死。"夏拉不知道这样做对不对,是不是虚掷了最宝贵的东西。但她只能一试,不对吗?

她回去的时候,库伊叔叔和两个女人正端着炖菜,一边讲故事一边开怀大笑。她的肚子叫得厉害,库伊叔叔冲她招招手。

"有福同享。"他说。碗里基本上只剩汤水,玉米和南瓜块已经吃完,不过能有吃的她就很感激了。在连珠日之前,托瓦谢希河上的航行期间,因为他对塞拉皮欧过分热情,夏拉一度怀疑他的动机,但最后看来,他是一个表里如一的人——一个相信自己遇见了神的虔诚信徒。而且他对待夏拉不薄。

"你的库伊叔叔说你是水手。"年长的妇女说。

夏拉喝了一口汤。"是吗？"

"我是芙蕾丝。"女儿按着心口说，"这是我母亲赫兰。"

夏拉抬头看着陌生人在身边坐下，手里端着一碗炖菜。她瞥见对方碗里满满的都是蔬菜，不禁叹了口气。

"你是什么人？"她没好气地发问。她不怕威胁，甚至不在意在茅厕里被偷窥，但对方居然拿到一碗那么丰富的炖菜，她倍感受辱。

"彼是在你们之前来的，"芙蕾丝帮着回答，"跟着一群从羽蛇那边过来的信徒。"

"啊，"库伊叔叔说，"即使羽蛇出身的人也会明智地追随重生鸦神。"

"我们两大氏族从长矛战争起就是同盟，"彼说，"收到我们求援的消息后，食腐鸦是最早响应，起兵对抗长矛少女的。如今我们站在同一阵营，绝对是正确的选择。"

"学者。"赫兰叹道。

"说得好。"库伊叔叔笑呵呵地问，"你叫什么名字，朋友？"

夏拉身边的人顿了顿，似在思考如何应对。彼开口回答时有几分冷讽的意味，仿佛讲了一个外人听不懂的天大的玩笑。

"重生鸦神让我们都获得了新生，不过你们可以叫我伊克坦。"

CHAPTER 10

托瓦城（奥多区）
乌鸦历1年

> 敌我冲突存在输掉一次战斗的可能，萧墙之争则有输掉一场战争的风险。
>
> ——摘自《军事哲学》，霍卡伊亚军事学院教材

嘈杂的响声传来时，奥括正在专心交谈。一开始声音很低，如同微风中招展的旗子呼啦作响，容易被人忽略。但那种声音比风声更有节奏，更为刻意，而且越来越响，直到不能忽略。

"什么声音？"他打断梅卡的话。对方正在介绍奥多黑献给奥多·塞都的礼物。通过响声判断，其中有武器，还有他们在太阳岩上找到的、非说是属于他的物品。奥括惊讶于他们竟敢踏足血流成河的台地，但梅卡认为那里是见证食腐鸦辉煌战绩的地方。奥括不愿争论，他知道说服不了梅卡，但绝不同意把武器交给塞拉皮欧。根据奥括的亲身体验，那人赤手空拳已经很恐怖了。有了武器，后果难以预料，必须慎之又慎。

梅卡不再说话，张着嘴倾听。他们位于一个隐秘的角落，远离大厅里的人群，梅卡的妻子菲优和一些奥多黑都在那里，处于护盾的看守下。

又有动静了。现在听来是沉闷的敲打声，就像有什么东西在

撞击远处的墙壁。

两人环顾四周。奥括没发现任何异常。

梅卡在宽大的螺旋阶梯上爬了几步，探身从狭窄的窗口向外张望。嘈杂的声响又来了，梅卡骂了句脏话，慌忙收回身子。

"是什么？"奥括担忧地问。

"是乌鸦，大人。"他轻声叹道，然后退到一边，让奥括来看。

窗台底下有一大群乌鸦来回绕飞，犹如黑色的旋风，撞击着正下方露台处关闭的大门。

"它们在自残。"梅卡回到他身边，望着这一幕不可思议的场景。

"它们想进来。"可是为什么？它们从未做过类似的事情。

他与梅卡面面相觑。"奥多·塞都。"

奥多黑的首领冲了出去。

"开门！"奥括喊道。下方应该有卫兵，但他怀疑他们听不见他的命令。他正准备跟上梅卡，忽然听到露台处传来轰隆隆的响动，大门敞开了。

他冲回窗口。

梅卡站在门廊处，张开双臂，一大群乌鸦飞掠而过。奥括听不见他的叫声，他的身影也很快消失在鸦群中，但最后一眼瞥见的是奥多黑欣喜若狂的表情。这才是最令他害怕的。

顷刻间，鸦群扑面而来。奥括急忙下蹲，护住脑袋，然而鸦群呼啦啦地飞过去，未动他分毫。

沉重的脚步声在台阶上响起，梅卡回来了，笑得那么放肆。"它们要我们跟上！"

"你怎么知道？"

梅卡已经爬上台阶，追着鸦群去了。

"大人？"

奥括闻声扭头，一名护盾不知所措地瞪着眼睛。

"留在这里，守着那些奥多黑。"他吩咐道，随即快步追赶梅卡。他爬了一层楼便追上梅卡，两人一同尾随着鸦群，来到大宅的次高层，位于鸟舍的正下方。鸦群穿堂而过，梅卡跟了上去。

"等等。"奥括抓着他的胳膊，"不对劲。"

年长的男人扭头问道："怎么？"

"这是废弃的楼层。"

"以前是什么用途？"

"关押罪犯的监牢。有天空门。"他意味深长地对梅卡说。他当时差点从梅卡家的天空门掉下去。

鸦群依然疯狂地向前飞扑，越发急迫。它们的响动大得令人难以思考。但奥括只能想到一个理由，能够解释乌鸦为何带他们来这里。

"逐间检查。"他干脆利落地吩咐道，快步走向前去，"我负责对面，你负责这边。"

梅卡不置一词，大步上前，挨个儿推开环形廊道内壁的牢门，奥括则检查靠外的监牢。第一扇门因为经年不用已经变形，他不得不强行打开。监牢里黑洞洞的，空无一人。第二间、第三间也一样。在鸦群的陪伴下，他们绕了将近一整圈。最后，在顺利地推开倒数第二扇牢门之后，奥括正要习惯性地关门，忽然意识到里面有人。

"这里！"他话音未落，梅卡已经来了。

奥多·塞都软绵绵地躺在一张芦席上，盖着奥括的鸦羽斗篷。他的双手垫在后脑勺底下，眼睛闭着。他似乎睡着了，却见从床上到地上有一道细细的血流。

同一时刻梅卡肯定也看到了。"我去找菲优来！"他大喊一声便离开了，廊道上响起沉重的脚步声，顺着来路渐行渐远。

奥括跪在床边，双手悬在奥多·塞都身上胡乱比画。他不知道该做什么，更担心掀开斗篷看见可怕的一幕。

"奥括。"奥多·塞都说话了，眼睛依然闭着。

奥括大吃一惊，旋即镇定下来。"你不舒服吗？是你……是你让乌鸦来找我的吗？"

奥多·塞都睁开一只乌黑如墨的眼睛。"谢谢。"他说，不过奥括认为他感谢的对象并非自己。

他把斗篷掀到一边，站了起来。奥括发现流血的正是原先的伤口，简单包扎的绷带早已被血渗透。奥多·塞都按着肋部，疼痛难免，但他一言未发，走过去打开天空门。他小心翼翼地让到一边，说："你们可以回去了。等我和护盾长谈完了再去看望你们。"

乌鸦们听话地扑扇起翅膀，仿佛收到了解散的命令，呼啦啦地飞了出去。要不是在修道院里见过奥多·塞都对乌鸦说话，奥括面对这样的场面必然敬畏有加，但如今对于此人与乌鸦诡异的沟通方式，他已是见怪不怪了。

"你怎么在这里？"奥括脱口而出。

奥多·塞都挑起嘴角，笑意若隐若现。"你觉得呢？我可不是自己要来的，乌鸦孩子。"

当然不是。是埃莎安排的。可是为什么？她在想什么？

奥括非常清楚她在想什么，而且相信这间牢房早已为他准备好了。

门口传来杂乱的脚步声，梅卡带着菲优和一个不知道名字的奥多黑回来了。那人怀里抱着一大包东西，外面裹着毛毯。两名护盾跟在他们身后。

"他受伤了！"梅卡指着奥多·塞都说，菲优快步上前。她突然停步，目光在梅卡和奥多·塞都之间来回跳跃，似乎举棋不定。

"我们找了一位医师，"奥括解释，"真正的医师。如果可以，她需要检查你的伤口。"

"啊。"他放开按着肋部的手。掌上依旧沾满红金色的脓水。"感激不尽。"

菲优闻声而动，抓着奥多·塞都的手。等他坐回床上，她开始检查伤口，完全投入医师的本职工作，刚才的迟疑消失不见。

"发生了什么事？"她直截了当地问。

"早前受的伤。害我不得安宁。"

"早前？"

"太阳岩，"奥括接过话茬，"我治不好这种伤。"

他听到另一个奥多黑，也就是抱着毛毯的人，倒吸了一口气。他回头看见那人闭着眼睛，喃喃祈祷。

"太阳岩。"菲优的语气充满敬畏，"是守望者造成的吗？"

她摸了摸伤口，塞拉皮欧痛得皱起眉头。"我不记得了。"

"所以伤口已有好几天没处理，还在溃烂。你回来的时候就没想到说一声吗，奥括？"

他涨红了脸。菲优这话让他觉得自己像个不听话的孩子。"我现在说了。"

"你也太不上心了。"

"我不是故意的。当时伤口止血了，我就忘了。反正我会为他找医师的。"

"反正。"菲优不为所动,奥括发现自己处境不利,越是争辩,越是不能令人信服。"梅卡,把药箱给我,然后你们都出去。这个地方太小了,人多嘴杂,净说些没用的话。"

梅卡按妻子的吩咐办了,然后拉上另一个奥多黑离开监牢。

奥括犹豫不决。"他很重要,菲优。不是我不信任你——"

"别见怪,大人,在如何对待奥多·塞都的问题上,我不认为你有资格判断谁值得信任、谁不值得信任。"

她的反击相当到位,他哑口无言。该死啊,埃莎,他心想,你陷我们于不义之地。

"看好了,"他出去时吩咐护盾,"她有任何需要你们都要尽力满足。我们要奥多·塞都恢复健康。"最后一句话他说得很大声,在场的人都能听见。

他碰了碰梅卡的肩膀,招手示意,然后带着梅卡走开了一段距离。等到看不见旁人了,他说:"你在这里看到的一切,不要告诉任何人。"

"可我在这里看到了什么,大人?"他提高了低沉的嗓门,愤愤不平地说,"奥多·塞都像罪犯一样被关在监牢里?被捅了刀子,扔在那里等死?"

"没有人捅他刀子。"

"你看到了他肋部的伤口。"

"我的意思是,他不是今天受的伤。不是埃莎干的。"

梅卡抄起胳膊,压在厚实的胸膛上。"她干了什么?"

恼怒和疲惫终于爆发了,他倾身向前,嘶声说道:"别跟我没大没小的。我还是你的大人,她还是你的主母。"他自觉这番指责充满了酸腐味儿,但又必须让对方搞清楚状况。

梅卡闻言一凛。他深深地、充满嘲弄地鞠了一躬。"抱歉,食腐鸦的奥括大人。"等他起身时,已是神色冷峻,面无表情,拒人于千里之外。

奥括咬紧牙关。天空啊,这家伙真是顽固不化,一言不合就翻脸。就像你一样,他心想,但很快驱散了这个念头。

"给我时间,梅卡。然后你再告诉奥多黑。然后你……"他要怎么做?闯进姨母们参加的食腐鸦议会,要求埃莎作出解释?姨母们还算尊重梅卡,愿意听他说。但事情会闹得不可收拾。奥括将眼睁睁看着氏族分裂。

梅卡依然不肯示弱。"你要知道,我尊重你是看在你父亲的面子上,而且奥多黑追求的是一个崇高的目标,食腐鸦氏族的复兴。"

奥括屏住呼吸。父亲?从来没有人提过他父亲。这是禁忌。他正要接话,梅卡说了下去:"我们是一个重新获得希望的族群,是奥多·塞都带给我们希望。"他扬起下巴,示意监牢的方向,"不是你。也不是你的主母。"

"如果你必须选择呢?"他知道不该问,但这也是他自己思前想后也回答不了的问题。

梅卡的目光变得柔和,但依然抄着胳膊,表情冷峻。"何必问这种问题,奥括,明知道答案不是你想要的。"对方以同情的口吻念出他的名字,仿佛对他的了解胜过他自己,奥括深感不安。

"这是背叛。"他警告。

"当心,大人,切莫把对奥多·塞都的忠诚和你家人的言而无信混为一谈。你父亲不会犯同样的错误。"

奥括惊愕地张着嘴。对方第二次提到他父亲。"你怎么知道——"

"梅卡?"

两人同时扭头。是菲优。

"好了。"

梅卡答应一声,走向妻子,留下奥括不知如何是好。他忽然想起初次骑上巨乌鸦的情形。他当时十二岁,还在跟青春期较劲,身材瘦长,手脚笨拙。采亚带他去城外的一处蓝色湖泊,骑手们的训练地。大地平坦广袤,无边无际;夏日晴朗,水天一色。当他第一次催促贝伦达飞上天空时,世界陡然倾斜。他晕头转向,分不清天空和大地。他胃里翻江倒海,急于找到一样东西作为倚仗,最后他实在坚持不住,掉进了底下的湖水。

此刻他的感受是一样的,不知道方向,分不清上下,注定要落进底下冰冷的水中。

他听见梅卡和菲欧在交谈,于是走了回去。他没有进去,而是站在门前的护盾身边。另一个奥多黑已经打开了包裹。是礼物,奥括想起来了。第一件是一根白色杖子,杖身雕刻着乌鸦的翅膀,雕得相当精美。凭着在军事学院受训的经历,他认出了这种款式——长矛少女的传统武器。

"我们到处找您的刀,奥多·塞都,"菲优把杖子放到他手上,"可惜找不到。"

奥多·塞都坐在床上,身上缠着绷带,手握杖子,一脸虔诚。"刀很可能碎了。这件礼物足够珍贵,无与伦比。"

"当您获胜的喜讯传来,我们有些人冒险去了太阳岩,想亲眼见证。我们把它带了回来,我们知道它是属于您的,不能被金雕或者别的氏族霸占,甚至销毁。"

"我以为找不到了。"

梅卡开口了。"我们无比荣幸。"

"你们如何看待你们所见证的场面？太阳岩上发生的事情？"他询问跪在面前的奥多黑，脑袋却微微偏向奥括。

"裁决。"菲优第一个回答，"以鲜血偿还我们祖先的荣耀。"

"解放，"梅卡唱道，声如洪钟，笃定不移，"食腐鸦再也不会屈服于任何人。"

"如果您开启了一场战争，如族里的人所说的，"带着杖子来的奥多黑热切地说，"那么请您相信，我们已经做好了战斗的准备。"

菲优把脸贴在塞拉皮欧的脚上，当她抬起头来，奥括看见两行热泪滑过她的脸颊。这一幕令他无所适从。

"我们随时为您牺牲，奥多·塞都，"梅卡说，"只要您一声令下，我们甘愿抛洒热血。"

奥括束手无策，跌落的感觉强烈到不可抑止。

CHAPTER 11

奎科拉城
乌鸦历 1 年

  有人叫我傻瓜，因为我试图掌握这种野蛮的魔法。但他们只有一次叫我傻瓜的机会，死人的哀鸣一文不值。
——摘自《梦行者手册》，长矛少女西尤可著

  "我们有麻烦了。"巴拉姆对珀瓦吉说，后者来到了他设在家宅低层的办公室。他更愿意在自己的私人房间里接见表亲，只为省去拖着身子下楼的辛劳。他正值壮年，身强体健，无病无伤，但因为静坐太久，肌肉酸痛，脑子里仿佛塞满了梦之蜜糖，黏稠厚重。手册提到过梦行魔法对身体的消耗很大，但他不太理解是怎样消耗的。毕竟，实践起来只需要坐着不动。而巴拉姆仿佛被一个彪形大汉挥舞铁拳狠狠揍了一顿，腰背处的痉挛疼痛难忍，他强行咽下一声呻吟。

  尽管身体和精神都付出了代价，他还是很乐意在梦境里漫游，可惜被仆人打断了，因为他安插在托瓦的眼线写来一封十万火急的信件。起初他大骂一通，因为他明确下令任何人不得打扰他。然而等他读完信，他又庆幸仆人审时度势，自作主张违背了他的命令。这个消息是当务之急。

  "你好，表亲，"珀瓦吉问候他，"你今天看起来就像狗拉的

一坨屎。"

巴拉姆的模样糟透了。他不自觉地捋了捋散乱的头发,放在平日,他总是束得整洁得体。这个动作牵扯到肩膀,痛得他龇牙咧嘴。"这就是你的聊天方式?"

"不。聊天是多么客气啊。这是我表达愤怒的方式。这段时间我一直想见你,可你那些该死的仆人死活不放我进门。我还留了好几张字条。"

"是吗?"巴拉姆尽可能忽视桌子一角那沓未读的信函。

珀瓦吉当然注意到了,气得吹胡子瞪眼。"然后你大半夜找我过来,似乎我除了等你召见之外没什么正事可做。"

巴拉姆端详着表亲。身上的衣物是清洗干净的,厚厚的花白头发梳得一丝不苟。"真的?你有什么正事可做?"如果非要巴拉姆猜,珀瓦吉一直在屏息静气地等他召见。

"当然没有,"表亲说,"但这不是重点。重点是——"

巴拉姆摆摆手,制止珀瓦吉出言不逊。"我收到了托瓦那边的消息,来自我安插在金雕的眼线。你想不想听?"

珀瓦吉气得眼皮打颤,但彼掩饰不了内心的渴望。"你知道我想听。我们的孩子成功了吗?守望者垮台了吗?"

这不是珀瓦吉头一次管萨娅的儿子叫"我们的孩子"。巴拉姆对塞拉皮欧当然不抱有如此亲密的情感,但毕竟珀瓦吉和他共同生活了好几年。感谢豹神。要不然,他即将拜托表亲的事情将难以启齿。

"他成功了。守护者死伤惨重,除了少数年轻人和老弱病残,他们树倒猢狲散,各寻出路去了。"

珀瓦吉点点头,但彼似乎不是很开心。"啊,到头来他是个好小伙儿。我讨厌我们为他安排的命运。"

一如既往的痛惜。

"我还有几个惊人的消息告诉你,"巴拉姆说,"他没有死。"

珀瓦吉脸上阴云密布。"你开玩笑也不看时机。"

"好在我不是开玩笑。"

珀瓦吉倾身凑近,揉着喉咙,似在松解堵在那里的某种情绪。"告诉我。"

"他完成了杀死太阳祭司的任务,但我所不知道的是,金雕在守望者当中策划了一场政变,推举他们氏族的人成为太阳祭司。"他瞟了一眼表亲,轻蔑之情溢于言表,"一个未授职的祭司。"

巴拉姆看着对方逐渐理解自己的意思。

"七层地狱啊,"珀瓦吉轻声叹道,"现在我真希望你是在开玩笑。"

"可不是,表亲。可不是嘛。"

珀瓦吉的笑声介于逗乐与哽咽之间。"二十二年的计划,就被金雕的诡计搅黄了。"

"不止二十二年,"巴拉姆干巴巴地说,"如果算上我们研究的时间。你绘制了星图,破译了上百本符文典籍,我翻译了那些天知道佩达从哪里找来的晦涩说明。"

"还有萨娅。"珀瓦吉柔声说。

巴拉姆不愿提及她的牺牲,但珀瓦吉说出来令他感到欣慰。巴拉姆不知道自己是否爱过萨娅,然而若说他此生爱过某人的话,那便是她了。两人方方面面都很般配,而共处的时间稀少且珍贵。但无论如何,对于此时隔桌而坐的二人来说,萨娅对复仇的热爱胜过对他们当中任何一人的情感。

他清了清嗓子,也清掉那段苦乐参半的回忆。

珀瓦吉热泪盈眶，眼珠子亮晶晶的。"他怎么可能还活着？"

巴拉姆耸了耸肩。"我不过是个卑微的商贾领主。"

"谦卑这种品质一向不适合你。"

"可我真是一无所知。"巴拉姆夸张地叹了口气。

"说说你的推论吧，表亲。"

"真正的太阳祭司，被授予太阳神之力的那位，还活在城里某处。只要她活着，太阳神的一部分就活在托瓦。同样的，我猜测萨娅的儿子之所以幸存，是因为他对鸦神还有用处。鸦神还需要附身的道具，让太阳祭司血尽而亡。"

"如果她还活着，她会不会召集起残余的守望者？会不会重整祭司组织？"

"谁知道呢？我估计她的日子所剩无几，奥多·塞都将不眠不休，直到杀死她。"

"可是随着时间流逝，太阳的力量逐渐回归。鸦神也许已经错失良机。"

"这件事说来蛮有趣的。目前看来，托瓦依然处在日食之中，被月亮遮没的太阳悬在原位，不升不落。"

"不可能！"

"显然不是不可能的。"

"两位神仍在角力？"彼试探着发问。

"直到其中一位在尘世间的代言人获得胜利为止。应该是这样。不过我要竭尽所能，为我们的事业助一把力。"

珀瓦吉怀疑地眯起眼睛。"所以你搞成这样一副鬼样子？你在研习什么巫术吗，巴拉姆？你去了阴影国度？"

"不。是更好的东西。"他把盗贼的麻袋带到了楼下，此时他取出那本书，放到桌上。珀瓦吉把书摆正，读出封皮上的文字，眼睛顿时瞪圆了。

"七层地狱啊，"彼喃喃道，"你从哪里搞到的？"

"我一个月前与图恩大人共进晚餐，据她听到的传闻，这本书就在这里的皇家图书馆里。一直以来我都以为它被锁在天空塔。"

"协议签署后，他们没收了所有与梦行魔法有关的东西。"珀瓦吉虔诚地抚摸封皮，"我以为它三百年前就被烧毁了。"

"我不知道它如何来了奎科拉。我猜这里头有故事。不过就我的需求而言，图恩大人的小道消息和一个有胆量的盗贼已经足够。"他回想起溅在胸前的温热鲜血，当他一刀捅进盗贼的肚子时，对方眼里的神采悄然而逝。那一幕在他脑海里继续演化，死者嘴唇翕动，呼唤他的名字。他驱散了那些画面。"如今它被当成旧日的遗存。在新的时代，谁都不会认真对待梦行魔法。"

珀瓦吉直起身子，十指相抵，顶着下颚。"除了你。"两人对视良久，珀瓦吉大笑一声，打破沉默，"见鬼，巴拉姆，那是什么感觉？"

"恐怖。"他坦承。即便是现在，他都感觉周遭的世界不大真实，色彩过于明艳，时间忽快忽慢。他需要集中精神把嗓门提高，提醒自己对面还有一个人。"欲罢不能。"

"据说会让人发疯。"

巴拉姆抹了一把脸。"我相信这个说法。但我也相信其中蕴藏着发动战争和几乎可以统治整块大陆的力量。说吧，说这种事不值得冒险一试。"

"我说不出口。"

当然了。珀瓦吉拥有同样的野心。所以他们才与萨娅共谋，实现了鸦神的重生。

烈星 FEVERED STAR

"你在那里看到了什么?"珀瓦吉问,"在梦的世界。"

"很多奇观。"他打了个寒战,"很多可怕的景象。我还没有做好详细描述的准备——"他抬手制止珀瓦吉抗议。"到时候我自然会说。我找你有别的事情。"

"说。"

"就在我们说话这会儿,金雕去了霍卡伊亚。他们将正式宣布守望者垮台,托瓦需要领袖。他们的目标有二。一是解散托瓦的代言人议会,为金雕的统治清除障碍;二是寻求梅里迪恩各方势力的支持,对抗食腐鸦的威胁,以及回归旧神怀抱。我们当然支持他们。一则替他们向霍卡伊亚大君请愿;二则若他们有需要,提供武力援助。"

"七大领主都同意了吗?他们知道多少?"

"七大领主那边我来负责。等他们发现金雕不会延续守望者的征税政策,他们很快就会上道。"

"贪欲至上。"珀瓦吉的口吻充满厌恶。

"是买卖至上。要感谢他们那么实在,除了自己的财富之外看不到更远的东西。"

"滞克呢?若真要撤销协议,你需要征得她们的同意。"

"两百年来没人见到任何一个滞克,但还是给她们送信吧,通知她们守望者已经垮台,以及我们将在霍卡伊亚会合。我不指望她们到场,不过还是得守规矩,以免日后授人以柄。"

"我来写信。"

"如果可以的话,还要安排船只。我会说服七大领主仅需派出两位陪我们同去。维护奎科拉的利益绰绰有余。"

"打断一下,表亲……"

巴拉姆示意珀瓦吉说下去。"前往霍卡伊亚需要花费好些时日。说服七大领主,安排好家里,准备好船只,或许不止一艘。我们不妨在立春日零时整点见面。"

巴拉姆眉头一皱。"力之平衡点。我不喜欢。我们最好在烟尾星辰之下的霍卡伊亚见面。"巴拉姆不像他的表亲曾经是守望者,但他知道烟尾星辰将在一个月后重现。

"彗星代表统治者的死亡……"

"以及新秩序的诞生。"他微微一笑,"我很喜欢,而且谁都懂得其中含义。"

珀瓦吉站起身来。"那么我这就告辞去办事了。要在一个月内抵达,有很多事情要做。"

"还有一件事。"

珀瓦吉静静地等待。

"你身体状况如何?"

表亲皱眉不解。"很好。回到湿润的环境里,对我的肺大有好处。"

"好。"他双手交握,"萨娅的儿子。他是个麻烦。"

曾经的祭司面色一沉,巴拉姆早已料到。但他非说不可。

"我们的计划里没有他的位置,"巴拉姆不冷不热地说,"他本应死去才对。"

"我看不出来有什么问题——"

"你看出来了。没错。也许托瓦的混乱局势能解决我们的麻烦,他在与太阳祭司的冲突中被杀死,但如果他偏偏命硬……"

珀瓦吉肩背松垮,垂着头,下巴抵着胸膛。

"他非常强大,"巴拉姆说,"是我们亲手打造的。如今他在食腐鸦手里。如果他们想到了利用他的最好方式,他们与金雕的对峙将成为真正的麻烦。占领一座群龙无首、四分五裂的城市是一回事。攻打一座万众一心、背靠重生之神的城市可是另一回事。"

珀瓦吉沉默许久。等彼抬头之时,彼的嘴唇扭曲变形,浮现一抹悲伤的笑意。"他杀了他们,你知道的。佩达和艾迪。"

巴拉姆眨了眨眼。"你从未提过。"

"我不太肯定,直到我看见他拿着艾迪的杖子。她不可能把杖子送人。"

"绝对不会。"他的语气带有一丝怜爱,"她很看重自己的武器。"

表亲叹了口气。"若说我对于他还活着这件事一点儿也不高兴的话,那肯定是撒谎。我很珍视他,可以说视同己出。但他很危险,我承认。他一直都很危险。佩达教他自律,艾迪和我训练他成为战士和法师,而萨娅为他实现目标灌注了无穷的信心。"

"如今他尝到了屠杀的滋味。"

"但愿他不会沉迷其中。"

"我见到的他拥有某种天真的特质,正如许多宗教狂热分子,他还继承了母亲的部分美貌与魅力。如果他战胜了太阳祭司,他也许真的能召集一支军队。"

"而且家族的纽带,食腐鸦的纽带,必将变得强而有力。我们一直让他与之隔绝。当时看来是正确的选择,然而现在……"

"食腐鸦会利用他保护他们的城市。我们倒是有一个解决办法。我一直在梦的国度寻找他,可惜运气不佳。如果他以凡人的身份存在于世上,那么他根本不做梦,不然就是鸦神遮蔽了他。百思不得其解,但话说回来,我还不太精通这种魔法。"

"如果你找到他了,你打算怎么做?"

"暂时只是观察。也许埋下失败的念头。我只希望你明白,不管是通过梦境还是别的办法，他必须死。如果我失败了，你也许是唯一能够接近他……"他意味深长地打住了。

珀瓦吉已是老态毕露。"你是要我——"

"如果还有别的选择，我绝不会要求你什么。但你应该做好准备，硬起心肠来，表亲。"

"别拿我开心，巴拉姆。我曾是天空塔的刀兵。"

"我不是拿你开心。我知道失去萨娅对你的影响。"

"两次失去她，"彼轻声解释，"第一次是因为你，然后是死亡。结果你还要我做这种事，要我杀死她唯一的孩子？"

巴拉姆累了，梦境之旅召他回去。"也许到不了那一步。"他摆摆手，"去吧。给霍卡伊亚和淠克写信。明早我去见诸位领主。既然我们早已走上这条路，那就走到底好了。无论付出怎样的代价。"

CHAPTER 12

托瓦城（奥多区）
乌鸦历 1 年

不要只为证明你会游泳就沉掉你的船。

——滞克谚语

夏拉听着食腐鸦和羽蛇有一搭没一搭地闲聊，主要是道听途说的消息和对无尽暮色影响下的气候以及玉米价格的担忧。那对母女，赫兰和芙蕾丝，还会时不时地猜想奥多·塞都的性格，还有不远处高墙大院里的主母及其护盾包括别的住客在做什么。夏拉发现他们的闲话毫无价值可言，听着反而烦躁。库伊叔叔偶尔投来同情的目光，但两人都没有透露关于塞拉皮欧的只言片语。他们心知肚明，自己掌握的信息既宝贵又危险，所谓机密，往往都是这样。这确实是机密，不对吗？因为赫兰和芙蕾丝的猜想可以用来形容任何人，却与她认识的塞拉皮欧毫无关联。

伊克坦似乎更乐于倾听，只是偶尔评说一二，彼时而言辞犀利，犹如磨砺锋锐的刀刃，时而幽默感十足，引得众人欢笑阵阵。她依然提防着伊克坦，但也觉得彼此前的行为仅仅出于好奇，而非心怀恶意，对一个自称水氓却露出马脚的女人充满好奇，怪不得彼。要是他们交换立场，她同样会怀疑这种人。现在是结交陌生伙伴的场合。

随着时间流逝，话题自然而然地聊到了尽头。奥多黑的首领或者大宅主母那边都没有消息传来，营地里的人渐渐进入了梦乡。

"我去找些柴火来。"库伊叔叔打着哈欠说。他站起身来，抓了抓后背，慢悠悠地走向营地中央。

"是不是得有人守夜？"伊克坦轻声问。

"防谁呢？"赫兰吃了一惊，"附近有护盾，谁也不敢在这里伤害咱们。要我说，我们在全城最安全的地方。"

"我觉得彼指的是防着小偷之类的人，母亲，"芙蕾丝说，"不过我相信这里的人都是朋友。"

"拥有共同的目标不代表人就诚实可靠，尽管我们总是抱有这种想法。"伊克坦说话时并不看夏拉，但她对号入座了。

"我守第一班。"夏拉毛遂自荐，她不单单是为了出一口恶气。这里到处都是陌生人，而且笼罩其他城区的恐惧气氛似乎在奥多感受不到，另一种情绪取而代之。期盼的情绪，血腥的气息，以及对血腥的进一步渴求。她不知道哪种更糟糕。

"我守第一班，夏拉，"伊克坦说，"我喜欢第一班。到时候我喊你起来守第二班。行吗？"

她打了个哈欠，忽然意识到自从连珠日之后就没有好好睡过觉，于是答应让伊克坦守第一班。因为不需要保持清醒，她缩在斗篷里，期待睡意降临。她很快睡着了。

夏拉梦到了桥，但这次不是濒死的蓝衣女人和绿眼男人，而是卡洛，她曾经的大副。他瞪着夏拉，嘴巴大张。他的眼窝空洞洞的，被乌鸦啄了眼珠。你应该用歌声救我们的命，卡洛大喊，

烈星 FEVERED STAR

声音犹如轰然扑来的海浪,你的歌却害死了我们!

她的辩驳消散在狂风中。她站在淹没大腿的血池里,雨水抽打面庞,死人漂过身边。

卡洛变化为一个渧克女人。强大。威严。哪怕是在梦中,夏拉都能感受到她雷霆万钧的训斥。愚蠢的姑娘!女人嘶声说道,你不该爱上他们!

她颤抖着醒来。噩梦萦绕不去,犹如缠着脚踝的海藻,死活要将她拽到水底。但只是一场噩梦,她终于还是摆脱了。很快,她唯一听到的声音就是库伊叔叔轻柔的鼾声。

她坐了起来,睡眼惺忪地环顾四周。库伊和两个女人都睡着了,身边却不见伊克坦。彼答应叫她起来守第二班,这会儿却不知所踪。

她想到也许伊克坦是贼喊捉贼。说服新认识的同伴,非要自己守第一班,还有更好的办法实施偷窃吗?她提醒自己,哪有什么值得偷的东西,除了披在身上的斗篷和一小袋可可;她把唯一的贵重物品交给了卫兵。她似乎过于轻信那人了。几个钟头过去,如石沉大海。

在她睡着期间,营地里的人变多了。他们刚到时是两百人,此时已经翻倍。这块场地终于有了拥挤的感觉。从关卡到岩壁,再到大宅门外,到处都是家庭和信徒的聚集点。如果人数持续增加,他们应该不得不停止放人进来。然后呢?见不到神的人可能会暴动,尤其是考虑到已经笼罩在城里的紧张气氛。到那个时候,夏拉希望躲得远远的。渧克不擅长应对这种局面。

但那是对未来的担忧。此刻,营地里的大多数人都安睡于不变的蓝色暮光下,只有区区几处火堆洋溢着橙色火光。围坐的人不是在悄声聊天,就是在玩帕托。

她睡意全无，坐立不安，决定再去找那名卫兵。如果她所托非人，至少可以找对方要回人鱼木雕。

她穿过营地，一路上戴着兜帽，压低脑袋。他们此前经过的路上挤满了睡觉的人，她回到关卡的时间是来时的两倍。尽管已是午夜，依然陆续有人抵达。她走向附近的一名卫兵，对方是个上了年纪的男人，坐在凳子上，背靠着墙，双脚抬高，一副懒洋洋的样子。

"打扰了。"夏拉尽可能模仿托瓦口音，"我在找一名卫兵。是个女人，跟我差不多高。束着黑头发，粗眉毛，下巴有道疤。她之前在门口执勤。"

"你说的是乌娜。她一个钟头前换班了。怎么了？"

"我们是老朋友。"她撒谎。

"遗憾。到时候我转告她吧。你叫什么名字？"

"我晚点再来看看。"她颔首致意，转身离开。

"你可以去大宅前门附近找找。也许会碰到她。"

夏拉低声道过谢，悄然离开。她原以为会被敌视，至少受到怀疑，不料对方竟然很乐意帮忙。也许只要你通了关，就被当成自己人了。也许这里的人真的因为共同的目标而联手。她没有真正思考过塞拉皮欧可能造成的巨大冲击，可能对这些人产生的积极影响。她考虑的仅仅是自己的渴求和命运的变数。她又有了第一次看到奥多时的那种感觉，她心知这里就是塞拉皮欧的归宿。

不知不觉中，她已经来到大宅的前门附近。她看见乌木门板上雕刻着乌鸦标志，几名凶神恶煞般的卫兵守在门前，模样比起他们守在关卡的同僚更是不善。而在前方的墙壁上开了一扇浅灰色小门，与弧线形的墙壁融为一体。要不是有个熟悉的身影从门里钻出来，吸引了她的目光，她根本不会注意到那扇门。

是伊克坦，她万万没想到在这里遇见彼。小门关闭之前，她瞥见一名卫兵的脸在里面闪过，然后伊克坦穿过营地走回去，仿佛彼刚才并未在大宅里干过什么秘密勾当。

伊克坦丝毫不曾透露彼在大宅内部有熟人，当然也不曾透露彼能找卫兵开后门。如果她早知道，她可以直接请彼帮忙。

"喂！"她喊了一声。

她隐约看到伊克坦望了过来，却不打招呼，反而低下头，加快脚步，消失在人群中。

"因为共同的目标而联手，"她愤愤不平地说，"看来根本不是这样。"她自嘲地笑了。她一直担心被伊克坦当成探子，却忽略了真正的探子就在眼皮子底下。可是什么样的探子在大宅里与人密谋之后还得偷偷摸摸出来的？她对阴谋诡计向来敏感，此时已心存怀疑。她需要知道伊克坦背地里在干什么。

她快步追上去，尾随彼来到营地北端，看见彼经过库伊叔叔和睡着的母女，朝着茅厕的方向去了。有意思。显然伊克坦无意返回此前的火塘，继续扮演朝圣者的角色。那么，彼要去哪里呢？

"曜！喊你呢，那边的。穿蓝衣服的！"她扭头发现有两名食腐鸦卫兵快步接近。是伊克坦揭发她伪造身份了吗？彼明明说了不去举报，结果还是把她作为外来人举报了吗？

夏拉对当权者的怀疑可以说渊源深厚，而且她绝不要再进监狱。于是她朝着自己认定的伊克坦所去的方向继续前进，躲开那些喊她的卫兵。她尽可能利用人群打掩护，走到茅厕时，她故意绕来绕去，然后从茅厕后方出来，贴着岩壁行动。她拐过土沟的尽头，正好看见伊克坦走下一段步梯。

步梯？底下除了河岸还有什么？她敢不敢跟下去？也许还不

如回头跟卫兵打交道。他们未必有什么恶意。她自嘲地笑了。每当有人喊她，企图追上来，她哪次有好果子吃了？跟着伊克坦尚有保全自由的可能。

步梯贴着面向河流的岩壁而建。木头踏板貌似不太牢靠。风迎面吹来，掀起她的兜帽，她能看见底下托瓦谢希河翻腾闪现的细小浪花。她深吸一口气，向海水母亲祈祷，然后抬脚踩上了第一块平台。木头在脚底嘎吱作响，但她不允许自己停下来思考。她走了十二级阶梯，来到第二块平台，然后掉头继续向下。

她瞥见伊克坦的斗篷，于是加快了脚步。她召唤歌声来到咽喉处，嗡嗡以待。然而，曾经的慰藉已成为她忐忑的心结。万一她再次害人性命怎么办？正如她在连珠日歌唱时失控，害了那么多无辜的人一样，怎么办？她卸了力量，鼓起勇气追下去，但速度放慢了，因为双腿走了太多路而疼痛，伊克坦的脚步却更快了。

她走下一段又一段步梯，仅仅停了一次，抬头张望是否有人追来。上面不见人影，底下的河里却有人。一条船。一条小型河船，往返于托瓦谢希河的各区之间，用艾谢的话说叫渡船。船上有两人划桨，慢慢靠近步梯底部以木板搭建的临时码头。

船在等伊克坦，她知道。她也明白，如果此刻追不上彼，她就再也见不到彼了。她拼尽全力加快步伐，相比暴露行踪的危险，她更担心速度不够快。她来到拐角处，刚刚摸到栏杆，整个人忽然凌空飞起，有人一把抓住她，将她猛地推到岩壁上。

岩石擦破了后脑勺，她感到呼吸不畅。锋利的刀尖顶着下颚，随即响起一个抑扬顿挫的熟悉声音："当心，渧克的夏拉。你接下来要说的话将决定你是生是死。"

她不敢动弹，两眼瞪大，喘不过气。

121

"你跟踪我，真是蠢得难以置信。"伊克坦凑到她耳边低声说，"说吧，你为什么要这样做？"

"我看你去见了护盾，"她死死地盯着抵在脖子上的刀尖，气喘吁吁地说，"我要知道你对他们说了什么。"

"为什么？"

这个问题很简单，她随便就能编出好几个理由，也许能说服伊克坦，逃过一死，但那一刻她能想到的理由只有一个："因为我不能再次失去他。"

时间一秒一秒过去，刀子抵得很近，刀刃贴在喉咙的凹处。她双膝吃痛，吸进肺里的空气少得可怜。此情此景，太像她在船上差点被巴特杀死的时候，尚未完全愈合的伤口就在稍稍靠下的位置。恐惧从肠子里爬上来，堵在喉咙里。她这样子坚持不了太久。

"你是说奥多·塞都。"

"我是说塞拉皮欧！"她嘶声说道，几欲落泪。

上方传来一声喊叫，伊克坦低吼着骂了一句脏话。"看来你把护盾引过来了。"

护盾？难道他们不是伊克坦的朋友？

"我估计我还有二十秒钟时间，然后船上的人就会开船，不管我有没有上去。你可以留下来向护盾解释，你这样一个谎话连篇的外乡人为何跟我到下面来，而我很有可能是个探子，甚至比探子还危险。你也可以跟我上船，离开这里。那样的话，你就得讲清楚你的身份，还有你所知道的关于奥多·塞都的事。"

"滚。"她咬着牙关骂道，泪水滚落脸颊。

伊克坦的微笑杀气腾腾。"我会告诉你一个秘密，夏拉，因为我发现你很有趣，但也有点笨。食腐鸦不是你的朋友。他们可能也不是他的朋友。无论他们为他作了什么安排，都没有你的份儿。选吧，渧克。跟我走，得到一个机会，或者留下来，面对食腐鸦的慈悲心肠。"

伊克坦放开她，走了。她瘫软下去，弯腰驼背，双手撑着膝盖，再一抬头，彼不见了。

海水母亲啊，她是怎么站错了边的？理智告诉她，伊克坦说得对，无论她如何向食腐鸦辩解，对方都只会充耳不闻。实际上，当她天真地向那名卫兵乌娜坦白相告时，她的命运或许已经不可逆转。毫无疑问她将被扔进大宅深处某间阴暗潮湿的地牢，等到腐烂了他们才会想起有人被关在那里。塞拉皮欧很有可能成亲，加冕为乌鸦王，或者别的什么高贵头衔。如果她跟着伊克坦离开，顶多算是一时受挫，绝不至于到蹲监狱那么可怕的程度。她不能，绝对不要，再次进监狱了。她心中充满恐惧。

可是，真要远离塞拉皮欧，也许在他最需要自己的时候，让他孤单一人身处蛇窝？她不是没有离开过。她还能再来一次，依然问心无愧吗？

"我是不会抛弃你的，小塞。"她低声说，"我保证。我一定会回来。坚持住。"七层地狱啊，千万别结婚。

上头传来一声大喊。她被发现了。到了下决心的时刻。

她跟上伊克坦，一步两级地跨下台阶。她落到地上，撒腿就跑，头也不回。伊克坦已经上船，船刚刚离岸。她一跃而过，直接跳上了船。

"那儿。"船上的一个水手示意她去伊克坦身边的窄小座位，距离他们操纵方形船帆的位置挺远。她一屁股坐下来，心脏依然怦怦直跳。奥多渐渐消失在身后，追来的卫兵越落越远。

"明智的选择。终究没有蠢到无可救药。"

"快告诉我——"

彼伸出一根手指,按住她的嘴唇,意味深长地瞟了一眼两个水手。

"安静,等我们到了敌意不那么强烈的水域再说话。去霍卡伊亚的路上我们有的是时间聊天。"

CHAPTER 13

托瓦城（奥多区）

乌鸦历 1 年

> 内心矛盾的人仅对自身的痛苦有深刻见解。
> ——《幸福生活箴言集》

奥括立在凌驾于奥多高处的大宅露台上，望着汇集而来的人群。当天早些时候，他和奥多·塞都飞回托瓦时，场地内空无一人，但人们很快纷至沓来，他们回来的消息无疑传遍了全城。很多人是跟着奥多黑来的。但在梅卡和菲优等人离开几个钟头后，人数还在增长。此时人们从墙边排到了可俯瞰托瓦谢希河的岩壁远端，营火在诡异的暮色中燃烧，祷告声如轻柔的呢喃，裹挟在吹拂大宅的风中。

他们是我们的救星？奥括心想，还是灾厄？

从背后传来的轻柔脚步声引得他回头。埃莎换下了正式礼服，只穿了一款式样简单的束腰黑袍，盖住了脚上的便鞋。她披着一头松散的黑发，脸洗得干干净净。他移开视线。

"你很像母亲。"他望着底下的人群，说道。

"你觉得那里有多少人？"她来到他身边，轻声问道。

"五百。可能不止。"

"不全是食腐鸦。"

烈星 FEVERED STAR

"对。还有其他氏族。护盾报告说其中还有羽蛇和水黾。以及来自下游小镇的非氏族人,甚至为冬至日远道而来的外乡人。诡异的太阳吓跑了一多半,但也有不少人留下来。"

埃莎打了个寒战,风卷起发丝,一股脑地扔在她脸上。"他们要干什么?"

"一睹真神的风采?"他猜测,"亲眼见证人间的奇迹?"

她点点头,裹紧了长袍。"你的鸦羽斗篷呢?"

"我给他了。他要还我,不过……"

他看不懂姐姐的表情,但十之八九是失望。他恼怒地紧抿着嘴。她做了那种事情,有什么资格评判他?

"你在想什么?"他终于开口,挫败的嗓音异常刺耳,"埃莎,关进牢房?"

"他会毁了我们。"她轻声说。

"你并不知道。"其实他有所预感。也许在修道院里打斗时他就感觉到了。梅卡的事情发生后,情势已难以改变,犹如山顶的积雪,等待雪崩的那一刻。

"现在他在哪里?"她问。

"他非要待在那间该死的带有天空门的牢房里。我吩咐一名护盾守在门口,以防他有什么需要。鉴于你来了这么一手,很难说服梅卡不要带他去奥多黑总部,所以我尊重了他的意愿。至于他为何不挪窝,我也不知道。"

"为了表明态度。"

"针对我们的怠慢?"

"更糟糕。他在谋划什么。"

"你能怪他吗?我们都没有真诚地迎接他。"

"我们不能拱手把他交给奥多黑。那可是一场灾难。"

"也许你应该在把他关进牢房之前想到这一点。"

"你认为梅卡会去找姨母们吗?你看到她们今天的反应了。他可以念叨到她们耳朵起茧。如果消息传到平民百姓那里,传得满城风雨,我们的事业必将面临灭顶之灾。"

"我们的事业是什么,姐姐?我曾经以为拯救食腐鸦是我们的事业,结果不知道什么时候就迷失了目标,也许就在你把奥多·塞都扔进牢房的时候。"

她神色懊恼,看来多少还有几分理性。"我以为如果他明白这里不欢迎他,他自然会离开。这是……"她吁了口气,"这是博弈,奥括。只要他愿意,随时都可以离开牢房。他很清楚。我也清楚。"

"奥多黑可不这样看。"

"我根本就没想让他们看到。"

"你凭什么认为你能跟他博弈?"

"天创子弟都知道——"

"他不是子弟!"

她抄起双臂,转身背对他。"别把我当成孩子一样教训。我毕竟是你的主母。"

责任,他提醒自己,你俩是同一阵营的。"请原谅。"他真心诚意地说。她的肩背松弛下来。

"他没你想象的那么不明事理。"她缓和了语气,"告诉我,带奥多黑去牢房找他是谁的主意?"

"纯属巧合。他的乌鸦飞过来的时候我们正好在谈话。"

"巧合?"她嗤笑一声,"你真的相信是巧合?"

"这不重要。"争论已经过去的事情,他不知道意义何在,"我们要找到解决办法。"

烈星 FEVERED STAR

露台前有长长一道石制栏杆,她背身倚着,双手收进袍袖。"真希望母亲在这里。你不想她吗?"

她的话刺痛了他的心。他当然也怀着同样的希望。如果母亲还活着,事情将是另一番光景。她知道如何欢迎奥多·塞都,如何应付梅卡。但她不在了,阴阳两隔,如今姐弟俩只能自力更生,举步维艰。"她给你写过信吗?"

她眉头一皱。"信?"

"是的,私人信件。也许写在她去世之前。"

"她每天都能见到我,为什么要给我写信?如果她有话对我说,直接说就是了。"

"但如果是秘密呢?"

"她给你写信了吗,奥括?所以你自打回来就表现得那么古怪吗?"

埃莎也许肤浅,但绝不是傻瓜。他谨慎地点了点头,留意着她的反应。她扒开被风吹乱的头发,走近了一步。

"她说了什么?"她的嗓音轻如叹息,颤颤悠悠。

"再问一次,关于她的死,你是怎么对我说的?"

她捂住嘴巴。"天空啊,奥括,她说了跳下去的原因吗?"

"我……"他犹豫了。她的反应出乎意料。他以为姐姐会避而不答或是装聋作哑,但她的眼眶分明盈满泪水,她的目光充满期待。是他误会姐姐了吗?羞耻犹如一颗小石子堵在喉咙里。"她写的不是遗书。"他说。

她急急地吸了口气,扇动着手掌,似要驱散某种情绪。

"我想念她。"泪水打湿了她的脸颊,"但如果她在这里,情况可能更糟。"

奥括皱起眉头。"此话怎讲?"

"她对待奥多黑太心软了。"她指着底下的数百人说,"这就是证据。梅卡公然上门要求,要求,参见奥多·塞都。"她的一部分悲伤化作愤怒。

"你刚才还说你希望她在这里。"

"没错,私心而已。作为她的女儿。但对梅卡和他的狂信徒来说,她心慈手软,导致他们越来越胆大妄为。"

"我认为你对她的评价有失偏颇。"

"你不在场。你不知道。"这话令他大受打击,但她仿佛浑然不觉,继续说下去,"她过于同情他们的诉求,导致我们与天创氏族和守望者长期不和。如今奥多·塞都来了,让我们最可怕的噩梦成为现实,她的宽大无私为他送上了一支信徒大军,可供他随意调遣,那帮家伙效忠的对象是他,而非主母、护盾或者托瓦城内任何势力。不必否认。"

听了梅卡的言论之后,他哪还有否认的余地?但他闭口不提。

"我们可以联合起来。"奥括轻声说。

她缩了回去,活像挨了他一拳。

"结盟,"他飞快地说,"你聪明过头,反而看不到其中的好处,埃莎。"

她打了个寒战,于是他递上自己的斗篷,但她摆手拒绝。使她发抖的不是寒冷。

他说:"如果我们和他联手,食腐鸦将永远不需要向别的氏族低头。长久以来我们被他们踩在脚下,任凭他们摆布。我们没什么值得骄傲的,没什么值得称颂的,刀兵之夜永远沉甸甸地压在我们身上。我们被压弯了腰。我比谁都清楚这一点。"

她神色凌厉。"在敬神这件事上,你还不如我虔诚。"

烈星 FEVERED STAR

是吗？他不能断言。他深知自己穷尽千方百计，只希望姐姐、族人和鸦神能拧成一股绳，但他仿佛在崖壁上摸索，一步踏错，便是万丈深渊。

"他今天在大厅里走向你的时候，你在想什么？"他问。

埃莎的笑声短促而尖刻。"我必须在他面前活下来。"

"他没有那么可怕。他有另外一面……"

"他杀守望者就像割田里的麦子。如果他认为有必要对你、对我们动手，你以为他会犹豫吗？这是那些一心向神的狂信徒的诅咒。对他来说我们只是达成目标的手段。"

"不对。当时在栖息地，他……"

"我今晚一直在藏书室里翻查资料，搜寻关于旧神显灵或者附身人类的各种传闻，你知道吗？"

一定要谨言慎行，他心想。"我以为你不相信这种说法。"

"宁可信其有。"

"你有什么发现？"

"有一个故事，讲的是奎科拉的一个女人自称拥有豹神的胃口，她吃了自己的丈夫，然后被邻居纵火烧死。另有一份记载，写的是长矛战争中的一个梦行者，声称在梦中弑神，却因此精神错乱，她被关了起来，说着关于各种幻象和阴影的胡话。"

"恐怖故事。"

"是的，"她承认，"但也说明化身为人的神可以被杀死，他们不是金刚不坏之身。"

他想起在栖息地的洞穴里，塞拉皮欧醒来时的慌乱。那时候的他是脆弱的。"而且他受了无法愈合的伤。"说出这件事让他产生了背叛的感觉，但事实摆在那里，她不可能发现不了。

"你开了个好头。"她赞许地看着奥括，"我已经派人调查他的过去。他必然有来处,我要搞清楚他的出身。他有什么喜好。"

"他应该是在奥布雷吉长大的。"他只是陈述事实而已,算不上泄密。

"那么我马上派人去奥布雷吉。秘密行动。"见奥括神色不悦,她补了一句。

"我不明白这有什么意义。"

"不,你明白,护盾长。军事学院一定教过你,开战之前要知己知彼。"

"我不认为他是我们的敌人。"

她冷哼一声。"别说傻话,弟弟。"

所有人都是我的敌人。耳边忽然响起塞拉皮欧在修道院里说过的话。奥括当时激烈反驳,但此时此刻,他说得没错。

"我要说的是,先以结盟之名束缚他,如果失败,我们再考虑采取你那个更加……激进的策略。但背叛和谋杀不是我们的首选,埃莎。"

"你这是把不可能关起来的东西关进笼子。你企图平息一场风暴。"

"而你是拿刀子对抗闪电。"

"我们有什么选择呢?不是反抗,就是被吞噬。"她哈哈一笑,"他说阴影吞噬万物,而他不正是活生生的阴影吗?不管他是不是神,我可以说他的本性就是吞噬一切,有他在,食腐鸦就活不下去。要我说,趁我们还有机会,你应该杀了他,不然等到有一天,奥括,你会发现事情无法挽回。"

营地里有什么声音传到他们耳边。一首歌,低沉而哀伤。奥括听出来了,它来自《刀兵之夜哀歌集》。它是对逝者的祷告,向他们的神呼唤公正的裁决。奥括很想说服自己,奥多·塞都确

烈星 FEVERED STAR

实带来了食腐鸦期盼已久的裁决，但他在太阳岩上目睹的场面绝对谈不上公正。他想起梅卡说过的话：我们是一个重新获得希望的族群，是奥多·塞都带给我们希望。不是你。也不是你的主母。

奥括深感怀疑。

怀疑一切。

"奥括大人？"

两人抬头看见一名护盾站在门廊处。此人名为艾图亚，是采亚招募进来的，仅比奥括年长几岁，一向尽职尽责。他和奥多·塞都回来时，此人也在大厅里负责守卫，而且并未下跪。

"什么事？"

"营地里有个女人求见奥多·塞都。"

奥括干笑一声。"神啊，伙计。那里有五百人，人人都想见奥多·塞都。"

"她叫夏拉，她直呼塞拉皮欧这个名字。她自称是送他来这里的船长。说他们认识。说她认得他，他也知道是她来了。"他摊开手掌，伸了过来。掌上托着一个精美的人鱼木雕。"她说把这个给他看。"

姐弟俩对视一眼，一切尽在不言中。

奥括接过木雕，塞进兜里。"找到这个夏拉。马上去。护盾归你调用。我随后就来。快去！"

"我也去。"埃莎说。

"你留下。"他大步流星地走过露台，"你是主母，我需要确保你的安全。"

"奥括！"她跟着他进了走廊，语气带着警告的意味，"不要心软，"她嘶声说。"她是送上门的礼物。你知道我们为何需要她。让我帮你。"

"我有护盾。"他扭头抛下一句话,快步走向楼梯。

"你还有我。"说话的人在上方阴暗的楼梯处现身。

奥括的心脏剧烈跳动。他是从哪里冒出来的?天空啊,他待在那里有多久了,更重要的是,他听到了多少?

塞拉皮欧一身黑衣。褴褛的裤子换成了乌黑长裙,在他走来时飘然而动,护盾标配的布甲罩在长衫之外。他肩披鸦羽斗篷,手执那根骨杖。奥括怀疑是某位姨母替他挑的这身装束,专为夺人眼球,形成视觉冲击。

"既然夏拉来了,我非要见到她不可。"

奥括强压恐惧。"跟我来。"他指着埃莎说,"你在露台上看着就好。下面人多,不安全。"

他顾不上埃莎的回应,快步走下楼梯,黑衣的神如影随形。

他们飞快地走完了四段楼梯。奥多·塞都摸索着墙壁,亦步亦趋。奥括推开门进入内院。内院是单独隔出的一块场地,专门对付闯进前门的人,阻敌于大宅之外。它夹在内墙和外墙之间,宛如一条护城河,环绕着整座大宅。艾图亚已经召集了几名护盾。

"他们跟丢了,大人,"艾图亚说,"她最后一次露面是在营地最北边,身穿水鼍的蓝衣。他们喊她,但她跑了。他们没有看清她的长相,估计找起来挺困难的。"

"梅子色的头发。"他们闻言全都望向塞拉皮欧,"涕克特有的眼睛,就像春季风暴后的彩虹。"

奥括惊得忘了呼吸,旋即恢复冷静。"你们都听到了。"他点头示意护盾,"我们要找的女人是个涕克,有梅子色的头发和涕克特有的眼睛。找到她,切莫伤害她。告诉她……"他顿了顿,

烈星 FEVERED STAR

"告诉她,奥多·塞都也在找她。"

几名护盾偷偷地瞅着奥多·塞都,但谢天谢地,他们似乎并未被狂热的信仰冲昏头脑。奥括很想拍拍塞拉皮欧的肩膀,好在及时忍住了。他此前还在玩味,万一形势所迫,能否杀得了对方。他不能容忍这种虚伪的姿态。他咬着嘴唇,自我怀疑犹如一把锯刀插进心里绞动。

不知道此人是否察觉到他内心的挣扎,反正看不出来有何异样。他从奥括身边经过,推开前门,走向外面的营地。

不等他们出门投身于人海之中,奥括已经发现问题所在。他在露台上时估计场地里聚集了五百人,但没有想到在暮色中找出某个特定的人有多困难。况且,营地里很多人都在睡觉,裹着毯子,散布于微弱的营火周围。醒着的人被卫兵出门时的动静吸引了注意力,此时护盾正在人群中走动,打量一张张惊慌的面孔,推醒一个个沉睡的身影。他暗自咒骂。他应该换个指令,让护盾低调行事。要不了多久,整个营地都会醒过来。

"你还是跟着我为好,"奥括对奥多·塞都低语,"他们现在还不知道你的身份,但你显然不是护盾。"他看着塞拉皮欧,鸦羽斗篷披在肩头,头发蓬乱,举止高贵,以及那种超凡脱俗、难以掩饰的气质。不,他们很清楚他是谁。怎么可能看不出来?

他拦在奥多·塞都和人群之间。

"你现在过去恐怕不太合适。可能引起混乱,万一情况失控,以护盾的人数难以维持秩序。"

他知道对方看不见,然而那双眼睛直直地对着奥括。

"她是夏拉。"他简简单单地回了一句,仿佛奥括只需要知道那个女人的名字,"你阻止不了我,护盾长。无论如何都做不到。"

塞拉皮欧不由分说地走过去，志在必得地进入暮色之中。奥括目送他走远，与此同时，人们纷纷扭头注视他的背影，含混而兴奋的议论声随之响起。奥括跑了起来，追上前去。

CHAPTER 14

托瓦城（郊狼之喉）

乌鸦历1年

世上没有不透风的墙。

——《幸福生活箴言集》

依照常理，娜兰帕应该在房间里等丹纳欧奇找她，但娜兰帕一向不怎么按常理出牌。也不按理智出牌，她自语道。因为她的想法完全谈不上理智。她知道自己应该做好准备与狼喉的老大们见面，不过丹纳欧奇尚未告知他们计划会面的细节以及她要扮演的角色。只说他需要她赢得他们的支持，说白了就是成为他的助力，等到游说天创氏族与之联手时，能够有可供倚仗的狼喉势力为他们背书。

她考虑过直接去找水鼋的主母，在太阳岩发生的那次骚乱后她得到过艾尤欸的帮助，她可以当面挑明金雕的背叛行径，包括串通塔里的部分祭司意欲除之而后快，但这有什么好处呢？如果尚存一丝夺塔的可能，或许水鼋的站台可以扭转局势，但她如今空有名头，毫无东山再起的根基可言，就连名头本身也叫不响了。随着一位旧神的归来，守望者教化世间的信仰，以及三百年前签订的那份协议的效力，似乎都变得脆弱不堪。她的需求不止于此。她需要属于自身的力量，不仅仅是在面对狼喉老大们的时候需要，在她去拜访天创氏族的时候也一样需要。而唯一的可能性，就是她在扎塔娅的镜子里看到的。

她也想过回头找扎塔娅，坦承那些奇异的幻象，但女巫的知识似乎仅限于旱地魔法——各种药剂和草药——对南方巫术只是稍有涉猎。娜兰帕逐渐认为，自己之所以逃过一死，鲜血与神之骨的作用不大，更多是靠体内的神秘力量，其表现即是发热的金光。从这个角度考虑，她觉得应该与太阳神有关。她在幻象中见到了火鸟和历代太阳祭司的命运。他们都以某种方式暗藏在她体内。如果她能发现原因，搞清楚其中的意义，她就能说服狼喉老大和各大氏族追随左右，最终对抗重生鸦神。而能找到答案的唯一地方就是天空塔。

她害怕回去。她害怕在那里将要看到的东西，但更害怕的是什么也看不到。没有了喋喋不休的辅祭，没有了争论怎样更好解读星星的祭司，没有了伊克坦。没有了活物。她骂自己是傻瓜，居然还在乎那些背叛她的人，然而过去的二十年里，那就是她的日常生活，是她最熟悉的家人。她毫不怀疑那里有不散的阴魂，还有她不愿面对的真相，就藏在盘旋的楼梯上、神圣的大厅里。但无论过往对她的伤害有多大，都不如未来那般致命。

离开鲁冰花轻而易举。也许丹纳欧奇压根没想到她有意离开，她还有什么地方可去？或者，这也许是又一次考验，考验她的野心。无论如何，门口的守卫一声不吭地放她出去了。她也不说什么，颔首以示感谢，拉起芭雅给她的斗篷的兜帽，匆匆钻出屋顶的门，来到街上。

她顺着几周前来狼喉找弟弟时的那条路逆行，只不过这次路上见不着人。太阳依然悬在地平线上，黑火熊熊，少有人愿意冒险外出。窗户里透出来的微光略多于两天前，但狼喉久负盛名的

烈星 FEVERED STAR

热闹场面已无迹可寻。没有音乐，没有笑声，没有炊烟和醉酒狂欢。没有绚烂的服装，没有舞蹈，没有欢乐。上一次她回到儿时生活的地方，满心都是愤懑与嫉妒，而此刻她只有悲伤和急切。她一路步履不停，等找到了往返提提迪的贡多拉，心情才有所好转。

水黾所在城区的情况如出一辙，到处关门闭户，寂然无声，仿佛屏息以待即将发生的大事件。她走得很快，不到一个钟头就来到与塞伊的交界处。她一度担心能否进入金雕的家园，不料边界处的十几名卫兵乜了一眼她身上狼喉样式的袍子，挥手便放她进去了。仆从比祭司行动更方便，她提醒自己，在他们眼里，狼喉的人不是仆从就是盗贼，哪个横行无忌的盗贼是她这副模样？这一次，她为自己其貌不扬的外表和精英阶层的偏见感到幸运。

她抵达通向欧扎的吊桥，发现周围再无人影。城区尚有稀少的行人，到了这里就完全看不到了，似乎民众都不愿意接近死人太多的地方。此时天空塔已在视野之内。平时在外墙上有燃烧的火把作为信号，但如今全然不见。看样子天空塔不仅空荡无人，更像是被废弃了数百年之久。虽然塔身尚未坍塌，但鲜活的心脏已经死亡。它曾经象征着强权，但对娜兰帕而言，更重要的在于它是启蒙的灯塔，是学习的塾屋。塔里的人因为共同的高尚事业团结在一起……如今物是人非。想到这里，不等踏上欧扎的土地，她已经泪流满面。

天空塔厚重的木门敞开着。她伸手按着入口处的雕刻，雕的是托瓦的太阳标志，迎接每一个进门的人。太阳仍将照耀万物，还是城市注定在黑暗中枯朽？这个问题该你回答，娜兰帕，她心想，这不正是你来这里的目的吗？

她走了进去，驻足片刻。一切都井然有序。长凳设在门廊处，宽阔的石阶顺着墙壁盘旋而上，通向六层塔楼。没有扫荡、破坏和劫掠的迹象。只是空空荡荡，似乎所有人都在同一时间规规矩矩地离开。

灯盏里残留着厚厚的树脂团，她点亮灯火，带在身边。她的脚步声响彻厅堂楼道，犹如庄严的钟声宣告她的到来。然而谁也不会闻声前来迎接，她不知道是应该庆幸还是心酸。

她来到藏书阁所在楼层。往常那里总有一位塔迪撒辅祭坐在桌边，接待前来塔里浩若烟海的藏书中寻求知识的人们。这里的藏书规模之大，包括卷轴、书籍和版刻，在整个梅里迪恩大陆首屈一指。别的大城市，譬如奎科拉和霍卡伊亚，也有图书馆，但霍卡伊亚的大部分藏书都被守望者接收，从宫中搬运过来，因为他们的知识太危险，不能保存在长矛少女手中。奎科拉的皇家图书馆一百年前经历了一场火灾，其中很多珍贵的资料都遗失了。于是托瓦和天空塔成了全世界古代知识的宝库。如今它又会变成什么样子？

我要保护它，她发誓，我要保护这个藏书阁，即便不是为了守望者，也是为了后人，为了以后的学者，他们终将到来，无论以怎样的形式。这个誓言相当大胆，完全超出了一个女人的能力。但我不仅仅是女人，她提醒自己。我是最后的太阳祭司。

她走进藏书阁深处，走过寻常的参考资料和星图卷轴。她在书堆中踽踽前行，最后找到了海山曾经用过的书桌。他死了，连同那天去了太阳岩的所有守望者，死于重生的鸦神之手，但她恍然期望那位老人步履轻盈地从转角出现，嘟囔着抱怨她打算施行的某项新政。不知道他对艾芭、埃切和金雕的阴谋了解多少，不知道他是否赞成。或者,老学者只是身陷其中,对她上钩一事无知无觉。她明白人已不在,没有必要再去追究,但她更愿意当他不知情。这样有助于缓解她内心的痛苦。

她翻找已故祭司的书桌,在最上层的抽屉里找到了一把钥匙。她拿着钥匙,走过另一条廊道。廊道的尽头是一扇门,刻有与天空塔入口处同样的托瓦太阳标志。钥匙插进锁孔,她顺手转动。她因期待而心跳加速。她在塔里那么多年,一直无权进入这扇门。里面是历史会的神圣处所,因此即便贵为太阳祭司,至少对娜兰帕这位权势大不如前的太阳祭司来说,是不可踏足的。

密室是圆形的。墙边的书架上堆放着古代文献。密室中央有一张齐腰高的木桌。桌上有一份文件,内容写在树皮纸上,装订成册。这是霍卡伊亚协议的原本,整个大陆最神圣的文件。娜兰帕敬畏地走上前,双手止不住地发抖。她清楚文件记载的内容,所有辅祭在分配到各会之前必须学习。但她从未亲眼读过,只是听人讲解罢了,一时间,她心生怀疑。如果她被骗了呢?如果他们全都被骗了呢?如果历史会对其他各会有所保留,捏造对自己有利的故事,或者曲解他们神圣的权力呢?如果一切都是虚假的呢?

她面红耳赤,自觉愚不可及。她就像丹纳欧奇,疑心太重,杯弓蛇影。守望者不是建立在谎言之上的组织。然而,当她看到册子的皮革封面上有四大参战势力的图章时——托瓦的太阳、奎科拉的豹王子、渧克的人鱼尾巴和霍卡伊亚的长矛要塞——恐惧攫紧了她的腹部。

她打开册子。文件分为四个部分,每一部分的页边染成不同的颜色。第一部分的手稿包括一系列协议条款。内容枯燥又生硬,娜兰帕瞥见了确立边界、职责和禁止建立正规军等词句。第二部分的内容简短而决绝，要求处决梦行者，放逐所有支持叛乱的长矛少女，梅里迪恩大陆全域禁用魔法，禁止旧神崇拜。还有一条规定是严令禁止前往众神墓地，违者处以死刑。她想起了扎塔娅及其奇异的粉末，再次怀疑那些都是赝品。

接下来的一部分陈述了在霍卡伊亚建立军事学院的规范，其不再是精锐长矛少女的训练场所，而向梅里迪恩大陆上的所有人开放，以确保某一族群不会像长矛少女那样独占战争知识，用来对付别的族群。还要求教授和平之道。在屠杀和暴力之外，偏重外交和折中的解决之策。她同样略过这部分的内容。

她放慢速度阅读最后一部分，标题是"守望者的建立"。这部分内容又分为四块，详细阐述守望者的总体职责和各会的独特职责，以及人员的补充途径。但她最感兴趣的是授职仪式的部分。

自从在幻象中看见火鸟于战斗中损失鳞片，紧接着又见到那个带回一袋袋金色鳞片的女人，女人不惜牺牲性命锻造此物，混杂了人血，将其铸为面具模具，她一直在思考这个问题。其余的幻象也是同样的形式，直到画面转换为一个男人立在雨中的塔顶，手持面具。

她不清楚其中的逻辑，但她相信佩戴太阳祭司面具不仅仅是为了仪式感。她很心仪那副面具，尽管拥有的时间不长，但能感觉到与之存在奇异的联系。她一度以为那是自己对权力象征的热爱，但如今有必要重新思考。如果幻象是真的，面具不是金子熔铸而成，而是神的精髓所造，那意味着什么呢？如果南方巫术利用神的牙和汗复活死者，那么神的金鳞可能有什么用处？佩戴起来又有何意义？难道面具可以为佩戴者提供神力？她没有把握，但希望能在文件里找到答案。

烈星 FEVERED STAR

她从头到尾地细细阅读，文件证实了关于面具来源的猜测，但对于佩戴者的影响却只字未提。她翻到描述其他祭司佩戴面具的部分，指望获得启发，结果内容少得可怜，只说祭司必须隐匿身份，防止任何人受到瞩目。祭司应是无私的职业，不允许任何一位祭司把影响力建立在个性化的人格上。在她所处的时期，这一点变得不那么重要了，但协议的签署者们不惜笔墨地谴责了领袖的个人魅力，毫无疑问是在针对发动战争的长矛少女。

她读了半天，却没有找到多少有用的信息，带着深深的疲惫和失望，她读到了协议最后几页。授职仪式似乎平淡无奇，她翻得很快，差点错过了关键部分。

她亲历过仪式，眼前所读到的却大不相同。打造面具的染血金鳞，太阳神的祷文，辅祭晋升的意志，以及饱含渴望的宣言。全都在那里，白纸黑字地记载着。

任何心里有数的人看一眼就会明白。事实再清楚不过，三百年前创立守望者的人完全清楚他们在做什么。但她从未正视过，因为她无数次被告知，守望者绝不施展魔法。他们绝不崇拜旧神。他们的仪式绝无神秘可言，唯有理性与秩序。

而他们一直以来都是巫师。

她离开塔迪撒的密室，快步来到自己更熟悉的区域。书架上摆放着太阳祭司的日常文件、常用参考手册等各种资料。在莫名的紧迫感的催促下，她飞快地翻阅着，但资料里完全没有提及太阳祭司的力量。毫无魔法的踪影。天空啊，同时提及"太阳祭司"和"魔法"都是莫大的亵渎，烂掉舌头也理所应当。

兴奋感驱使她翻阅一份又一份文件，她的目光扫过文字，在字里行间搜寻任何蛛丝马迹，指望能帮助自己理解胸膛的热度以及眼睛的变化。眼睛！她想起基图埃的眼睛，如梦初醒。他的眼睛也有金色的斑点。在他临终之际接近深琥珀色。她怎么一直没有想到呢？她为何不把拼图拼完呢？所有线索都在眼前，可惜循规蹈矩的她视而不见。

她猛然合上最后一本册子。什么都找不到。还有一个地方可以看看。

她跑上楼梯，来到自己的房间。她推门而入，眼前的一切令她的心情飞上云霄，随后跌落谷底。里面有她安寝的床、她的桌子、她的水盆……还有那儿，应该是放置太阳祭司面具的架子。不见了。被搬走了。她这才意识到，埃切在太阳岩上被杀害时一定戴着面具。面具遗失了吗？或者，黑衣人手持面具的幻象来自过去而非未来，面具落到了重生鸦神手中？她不知道，此刻也解答不了。她还有别的谜题需要探索。

她的房间里存放着一些资料，比如基图埃的日记和自己的日记。她指望老导师记录了有价值的见解，以前她因为无知而忽略的内容。但当她打开桌子最底层的抽屉寻找日记时，她知道自己想错了。这里不再是她的房间——这里是埃切的房间。在他成为太阳祭司的那天，他扔掉了她所有的私人物品。

她一屁股坐在床上，灰心丧气。既然塔里找不到任何东西解释她潜在的力量，也没有幸存的守望者可以咨询，那么她只能依靠自己了。她体内也许有力量，太阳神在她的授职仪式上的恩赐，但如果她不清楚如何施展，那又有什么用呢？如果她除了手掌发光之外，别无厉害的本事，她怎么对抗重生的鸦神？

某处传来一声喊叫。她抬头聆听，以为听错了。不，又有了，隐约但真切。她心跳加速。这里还有人。

她走到门前仔细地听。是从上方传来的,但那里只有召开主祭会议的露天的天文台。又有声音传来,这次很沉闷,犹如复苏的心跳,于是她一步步地拾级而上。

CHAPTER 15

托瓦城（奥多区）
乌鸦历 1 年

> 奥多·塞都无所不能！
> 他将治疗一切伤痛
> 愈合一切残缺。
> 他将打败我们的敌人
> 带领我们走出绝望。
>
> ——向奥多·塞都的祈祷，奥多黑会议记录

塞拉皮欧抛下奥括，在人群中穿行。他吹响口哨，召唤他的乌鸦，请求它们协助视物，但他不敢等待回应。多耽搁一秒钟，夏拉就离得更远一些。

他依稀可以看见形状与光影，发现到处都是人。他们是从哪里来的？数以百计的人。他颇为踌躇。此前仅有一次他置身于人群之中，那是在连珠日的庆典上，与夏拉为伴，有她的指引，所以当时陌生的环境更像冒险，少有危机感。但没有夏拉牵着他的手，到处都是威胁。

找到她，你就再也不必担心孤身一人了，他告诉自己，坚定了决心。他敲打着手杖，一路向前。所经之处，他听见了人们对他的反应。虔诚的嘴唇停止吟唱，从睡梦中转醒的人见证他的

烈星 FEVERED STAR

到来。

他痛恨这样。

在他不满十五岁时，导师佩达把他锁在一个箱子里。箱子长而扁平，时至今日他仍记得被木头挤压的感觉。一开始他惊慌失措，尖叫着捶打硬实的箱体。等他累得精疲力竭，躺在尿中泪水涟涟、气喘吁吁的时候，佩达才放他出去。

"你必须学会控制情绪，"导师告诫他，"不然你将永远是情绪的奴隶。如果你在上锁的箱子里熬不过一刻钟就失禁了，你如何成为命中注定的人物？"

一刻钟？塞拉皮欧敢发誓，他在那个逼仄的地方待了好几个钟头。

等到下一次佩达把他关进箱子里，他坚持了两倍的时长。季节变换之时，他主动找到箱子。躺在里面，与周遭世界的嘈杂和纷乱隔绝，他感到平静。幽闭变成了一种天性。

然而此时他的感官承受着超负荷的压力。他可以应对幽闭的空间。佩达从未想过训练他应对人群。

在这片场地，他暴露无遗，无从保护自己。他攥着拳头，祈求神的护佑，但他的神没有回应。他提醒自己他有阴影魔法，如有必要可以从鲜血中召唤，但那需要付出代价。而且阴影吞噬一切，但不到万不得已，他不想伤害这些人。

他只想找到夏拉。

听见奥括说出她的名字，得知她在找他，没有抛弃他——他难以解释胸中激涌的情绪。冲上天空飞到她身边的渴望极其强烈，他不得不强行放缓呼吸。仿佛他浑身充满欲求，无数渴望化作他的形体，他愿意付出任何代价，只要能找到她。

最近下过雪，地面泥泞不堪，坑坑洼洼，被几百只脚踩踏过，而后又冻得凸凹不平，导致他行走困难。手杖帮了忙，但他的行进速度很不如意，他本就焦躁不安，此刻更觉挫败。他听见人们围上来，陌生的声音多半低沉，他不大听得明白，但他听得出他经过时他们的敬畏之情，他们激动万分的感叹，他们难以置信的喘息。此时他们念叨的只有"奥多·塞都"。

他们认识他。他们当然认识。他悔不该那么匆忙，没有思考清楚奥括的提醒。营地里必定有人心怀恶意，他必须多加防备。他倾听奥括独特的脚步声，然而要么是护盾长没能跟上来，要么就是在崎岖不平的地面上他难以分辨对方的步伐。

"夏拉！"他喊道，虽然她不可能听见，"夏拉！"他又喊了一声，止步转身。

呢喃声环绕四周，轻柔但逐渐清晰。"奥多·塞都？"

他察觉到他们越来越近，将他围在中央。有人摸他的裙子，指尖蹭过他的腿，外界的侵犯使他浑身起鸡皮疙瘩。一个陌生人把手按在他的背上，传来陌生的热度。他抽身离开，双手握着手杖。他操起武器，慢慢地转了一圈，警告周围的人不要靠近。他听见人们惊讶地咕哝着，慌手慌脚地躲闪，有些人离得太近，不得不低头避让杖子。

"夏拉！"他再次喊道，忽然隐约听到一声回答。

"塞拉皮欧？"他心跳加快，一时间似乎闻到她的气息，发间海洋魔法的味道，皮肤上南方沙滩的暖意。

"塞拉皮欧！"那人又喊了一声，他认出了对方的声音。是叔叔，载他们来托瓦的驳船主。但不是夏拉。他因为失望而双膝发软，之前强压住的崩溃感即将席卷全身。

很多双手扶着他，但被看不见的人触碰，他只觉得恐慌。有人拽他的手杖。他将其紧握在手中，大喝一声，驱散了他们。

"我不想伤害你们!"

他们不是灵魂被玷污的守望者。他们是守望者的对立面,是守望者企图摧毁的族群。他们是他的同胞,是食腐鸦,他应该尽可能不伤害他们。但他需要他们离远点。

"祝福我,奥多·塞都,"有人大喊,随即传来了附和声,"祝福我!祝福我!"

他茫然不解,跌跌撞撞地躲开了。他不是为人赐福的祭司,神也未授权他去满足这种请求,即便在他掌上空空之前。我是武器,他心想。我唯一的赐福在刀锋上,唯一的恩惠是你们的死亡。

"别过来。"他再次操起杖子挥舞。

"治愈我,奥多·塞都!"有人喊道。

一个女人大喊:"我的邻居打了我。您可以帮我报仇吗?"

"我的孩子病了!身子一天比一天虚弱!"

"我知道您可以创造奇迹!"

人们聚在他背后,紧紧地贴着他,令他呼吸急促,惊得后颈汗毛倒竖。这一次,他毫不留情地挥动手杖。他打中了,重重地击中了肉身,他听见有人应声摔倒。他以为这样就足以打消人们的冲动,结果反而激发了他们的胆量。

"看着我,奥多·塞都!"

"不,看着我,鸦神!"

我看不见!他恨不得大喊。你们没发现我看不见吗?他的乌鸦在哪里?他试图释放感知力,然而周围太嘈杂了,人太多了。他似乎又听见叔叔的喊声,还有奥括疏散人群的呼喝。

万般无奈之下,他从腰间取出刀子,也就是从埃莎身上偷来的那把。他收在掌中,准备使用。不是对付人群,而是在自己身上割肉放血。要是万不得已,他只能召唤阴影开路。如果没有别的出路的话。

不过,他还是试着再次联系乌鸦。他依稀听见一声悲哀的鸣叫,他知道它们被阻挡了,无法接近。他孤身一人,被重重包围。

"一刻钟。"他想到了箱子,自语道。只要他在人群之中熬过一刻钟,他就能找到夏拉。

又有手摸他,有的轻柔,充满恳求的意味,有的强硬。他们的需求令人窒息。他用手杖将其推开,抬脚踢中另一个抓着裙子的人。有人沉浸在狂热的信仰中,带着哭腔向鸦神高声祷告。越来越多的人压上前来,他弄不清有多少人,只感觉无法呼吸。

接着,事故发生了。他踩在一条冻硬的土埂上,身子立刻歪斜。他向前一冲,企图恢复平衡,结果单膝重重跪地。刀子从手中飞出,召唤阴影的机会随之而去。他摸索着周围的土地,但根本不可能摸到。刀子不见了。

鸦群在天上呱呱大叫,正是他困窘处境的写照。他的身体反应剧烈。

更多的手摸了上来。手在他的胳膊上、他的后背上,试图拉他起来。他叫他们走开,站远点,可他们听不明白。

他不堪重负,几近窒息。

他双膝跪地,双手抱头,抖如筛糠,犹如一只震颤的音叉,回应着乌鸦盘旋时的呼唤。身体的震颤,乌鸦的号叫,那些手,那些声音,还有箱子,一同袭来……他四分五裂。

他感觉自己分崩离析,碎成了五十只乌鸦。

他有了一百只眼睛。他扇动一百只翅膀,冲天而起。

人们尖叫着四散开去,手和脸被他撕扯,暴露在外的皮肉被

烈星 FEVERED STAR

他啄咬。

不要伤害他们！他提醒五十个自我，鸦群点到为止，只为获得自由。然后他成群结队地飞升、飞升，黑色的太阳为他勾画轮廓。继而他在大宅上空高高地盘旋。他寻找一个蓝衣女人，却找不到她。他寻找奥括，在那里，奥括带着护盾，周围是被他所伤的、鲜血淋漓的人群。他们全都仰望天空。他看到了在露台上观望的主母。他看到鸟舍里的巨乌鸦，也都抬头望他。然后他转向西边，寻找远离人类的降落地。

他发现了一座塔，不算远。他认出了那座塔，却不记得原因，他的人类记忆和乌鸦的意识并不同步。塔似乎废弃已久，而他需要休息。他可以在那里休息。

他的五十个身体飞上了天空塔的顶端，在那里降落，竭尽全力恢复人形。他气喘吁吁地躺在地上，只觉得天旋地转，黑日震荡，犹如一头活生生的野兽。他看着手臂上抖动着乌黑的羽毛，接着化作皮肉，却又爆裂为鸟群。他放声尖叫，喊声惊悚，他命令自己合而为一。

慢慢地，他的身子勉强成形。棕色手臂裹在黑布里。他动了动手指，张开又握起，终于不再裂变，他差点落泪。

他靠着身后的墙壁瘫坐下来，湿发贴着头皮，一身冷汗。他从未有过类似的感觉，即便在鸦神之力最鼎盛的时候。他以鸦群的形态飞行，五十双眼睛观察世界，五十双翅膀划破长空。太震撼了。太惊心动魄了。此时他精疲力尽，仿佛刚才的变形耗掉了他的一部分精髓。

习惯使然，他下意识地探索他的神一度栖身、使他强大无匹的角落。他眼前浮现空无一物的手掌，但察觉到错误时已经来不及收回。他企图熄灭内心的渴望，以免承受必然的失望，但意外的是，他竟然不是空虚的。神力流淌，冰冷而和缓，犹如黑暗的河流，而头顶的太阳愈加闪耀。他抬头看见日食在变化，阴影移开，太阳逐渐显露。

他欣喜若狂，泪水流过脸颊。鸦神选择回归他体内，尽管太阳因此得利。可是为什么呢？

他扭过头，乌鸦的眼睛搜寻着四周。

这里不止他一个人。

对面的石墙处伏着一个人影。是个女人，表情介于恐惧和敬畏之间。她似在燃烧，浑身光芒流泻，正如他们头顶越来越强盛的太阳。两人之间光影跳跃，他的神力犹如愤怒的潮水在周围涤荡。

他知道这个女人是谁。

"太阳祭司。"他吼道，是一千只翅膀在扑扇的声音。他强行起身，扶墙的手是一只利爪，石头就像软木一样被抓裂了。

她在退却。

他试图追上去，却不由自主地跪在地上，喘息不止，肋处的伤口也被撕开了。他低头看着腰部，菲优精心包扎的绷带透着冷冽的白光。他终于知道伤口是怎么回事了，至少知道是谁干的。

"太阳祭司。"他嘶声喊道，痛感过于强烈，乌鸦视野开始消散。他无力追赶，这副身体是做不到的，但还有别的办法。

"快！"他挥手喊道，"去找她！"这一次他强令自己分裂，手臂化作六只乌鸦。

她跑了，匆忙跑下楼梯，跑出了视野，飞扑而去的鸦群只有一个目的。

CHAPTER 16

托瓦谢希河
乌鸦历 1 年

即便是鲨鱼也必须睡觉。

——沛克谚语

　　夏拉和伊克坦所乘的船在托瓦谢希河的一条支流上悄然航行。伊克坦没有告知他们接下来的目的地，夏拉也不清楚当着两个金雕氏族的水手该说什么。他们经过了熟悉的提提迪港口。夏拉满有把握地辨认出库伊叔叔的驳船，泊在码头，空无一人。然后她想到了库伊叔叔，后者必定对她的失踪大感困惑。她希望没有给他惹麻烦，希望这次逃跑，如果被当成逃跑的话，不至于追查到他身上。她问过伊克坦，但彼只是耸耸肩，似乎库伊叔叔的命运一点都不重要，他们有大事需要操心。她也这样认为。但她还是担心。

　　过了港口，他们转而北上，穿越一处深深的峡谷，伊克坦说此地名为郊狼之喉。天光本就暗淡，在那里更是近乎于无，还有一段航程伸手不见五指。船行之处危险重重，两个船员费力地避开突出的岩石和激流。有一次他们擦着暗礁而过，夏拉差点被颠出船外，她大骂他们无能，并说自己夜视能力极佳，坚持要负责观测。也许是她的凶狠劲儿逼得他们哑口无言，也许是在狼喉的黑暗中，他们能看出她的眼睛异于常人。无论如何，他们一口答应下来，于是在她的带领下，他们安然无恙地驶过这段危机四伏的水域。

黑暗中时间流逝，背后的托瓦已不见踪影。船速缓慢，因为要对抗侧风逆流而上，她再次理解了水凫氏族的水兽为他们渡河所提供的帮助之大。峡谷两面的岩壁慢慢地消失，他们乘着徐徐不绝的微风，穿过草叶茂密的高原。他们终于接近了一处规模较小的营地，此时太阳刚刚从地平线上冒头。

太阳。

"海水母亲啊。"夏拉情难自禁地叹道。她拉下兜帽，让阳光温暖脸庞。依然是冬季，天气依然寒冷，草原上有零星的积雪和清晨的霜冻，不过太阳的存在足以抚慰人心。她是岛民出身的海岛姑娘，在棕榈树和沙滩的陪伴下长大。即便是奎科拉的雨林都比托瓦的悬崖峭壁和刺骨严寒更能让她接受。

"我一辈子都生活在太阳底下，视其为理所应当，"伊克坦伤感地说，"这个错误我不会再犯了。"

她睁开眼睛，发现身边的伊克坦仍然戴着兜帽，但面朝曙光。

"失去的痛苦远远超出我的预料。"彼说。

她怀疑伊克坦说的不仅仅是太阳，但不等她发问，岸上传来一声迎接他们的呼喊。她靠着船舷，水手驾着渡船靠近河岸。有几个人从容地走下缓坡，迎面而来。黄褐色皮肤的年轻女人走在前面，似乎是主事的。她的衣服质地精良，洗得干干净净，白衬衫和裤子都是纺料，缝线处缀有金珠。雪白的鹿皮斗篷用一组黄金铸成的羽毛固定在肩头，脖子周围堆着一圈雪白的毛领。她的额头上戴着一条金穗带，类似纹章，耳垂上穿有黄金耳坠。她在

烈星 FEVERED STAR

朝阳之下光彩照人，阳光照亮了棕色的头发，浅褐色的眼睛炯炯有神。真美，夏拉心想，但她有一种冰冷的气质，居高临下俯视我们的姿态极尽傲慢，似乎早已断定我们低她一等。而且她的着装打扮更像是参加游行，不适合在霜冻的草原上过苦日子。

"你看到他了吗？"他们还没有下船，女人便发问了。

"没有，"伊克坦说着，轻轻一跃，跳到岸上，"但我带来了一个朋友。"

女人的目光投向夏拉。"这人是谁？"

"淝克的夏拉，这位是金雕的兹哈，氏族主母的次女，我们此番前往霍卡伊亚的带队长官。"伊克坦自顾自地爬坡，众人不得不跟上。兹哈不悦地看了一眼夏拉，快步走到伊克坦身边。

"你的任务是打入内部，查清食腐鸦宣称的真相。你说你有认识的护盾——"

"我们谈过了，"彼接过话茬，"对方向我保证，他们说的是真的。"

"哪个部分是真的？"兹哈问。

伊克坦抬手一挥。"全都是，兹哈。奥多·塞都的到来，随之而来的屠杀，顺便说一句，如今奥多黑称之为大清算。我们早该想到会有这一天。老实说，以我和你掌握的资源，我们本该预见所有这一切。我不知道失败在哪里，但失败就是失败。绝对是史诗级别的失败。"

"一个人，"兹哈嗤笑道，"一个人杀了所有人？这不可能。"

伊克坦停下脚步，转而面对生怕引人关注的夏拉。"可能吗？"彼问。两人都期待地盯着她。

"你的朋友在太阳岩上杀死了那里所有的人，这可能吗？"伊克坦重复了一遍问题。彼扳着手指计数。"我的祭司同僚，包括兹哈的表亲艾芭；刀兵骨干；还有一些金雕护盾。"

夏拉瞠目结舌，立定不动。他们真的指望她回答？该死，他们要怪在她头上吗？所以她才被带到这里吗？

"回答一个字就行，"伊克坦说，"是或否。"

她紧抿嘴唇。

伊克坦叹了口气。"答案是'是'。她不会说的，因为她刚刚发现我们的身份。"彼继续向前走去。

兹哈的目光须臾不离夏拉。"再问一遍，她是谁？"

"好了，兹哈。这儿有吃的吗？我又累又饿，还臭得要命。上一顿我只喝了稀粥。寡淡无味。我要吃点像样的餐食。"

"我们要不要把她铐起来？"兹哈盯着夏拉发问。

伊克坦爬到了坡顶。"有什么必要？托瓦在南边一百英里外。她没吃没喝，天气还冷得冻死人。她哪里都去不了。"

"那么，我现在是囚犯了？"夏拉尽可能不让声音发抖。伊克坦说得没错。现实处境的残酷犹如恶浪狂涛，以不容辩驳的可怖之势劈头砸来。

伊克坦乌黑的眸子变得温柔。"我们在这儿都是囚犯，夏拉。你，兹哈，包括我在内。囚禁我们的是命运，一个不讲道理的混账。但我更愿意认为我们是在彼此帮助，你觉得呢？毕竟我们现在是同一阵营的。"

夏拉看着伊克坦从坡顶消失，兹哈很快便跟上去，陪同她的卫兵紧随其后。最后，渡船上的两名水手也经过夏拉，他们低声交谈着，并不理会她。

"同一阵营，"她喃喃自语，"我觉得不是。"可她肚子空空，而且正如伊克坦所说，哪儿也去不了。你在更糟的处境下也熬过来了，夏拉，她告诉自己。一定要活下来，回去找塞拉皮欧。他似乎需要帮助。也许她能在塞拉皮欧的敌人当中获取信息。也许她能带点什么回去，等她再见到他的时候，她需要比泪水更有用的东西。

※

营地不如夏拉起初以为的那么大。有三十多顶帐篷，作为篷布的兽皮经过鞣制处理，绷在韧性极强的支柱上，驼峰状的构造便于快速拆装，而且重量很轻，一个人就可以背负。营地外围有一小堆秽物，说明他们驻留的时日不长，而这里缺乏水井或者导流河水的沟渠等生活设施，说明他们不打算久留。

兹哈带他们来到一顶大帐篷前，它比别的帐篷大上六倍，能够同时容纳十几个人。

"你们可以在这里好好清洗一下，"她吩咐道，"里面有水和干净衣物。我去张罗餐食，随后我们再谈。你要把了解到的一切都告诉我，伊克坦。"

"当然。"

她的眉头皱了起来。"你应该称我一声长官。"

"你现在还没有军队，兹哈。等时候到了，我会考虑的。"彼掀开帘子，示意夏拉先行，然后跟了进来。夏拉听见女人吼了一句脏话，气冲冲地走开了。门外还有人影，说明兹哈交代卫兵看守他们。

"你喜欢激怒她。"夏拉看着伊克坦说，彼脱下斗篷，随手扔在地上。在此之前，夏拉没有好好观察过祭司。彼既高又壮，鼻梁挺拔，面庞棱角分明。彼的一头黑发是最近才剃掉的，但已经冒出了柔软的毛茬。此时彼正在抚摸脑袋，似乎为头发的长度烦恼。

"她容易被激怒。"彼说。

"可你为什么要刺激她呢?"

彼走到水盆前,双手浸入水里。"她就不能费心准备热水吗?"彼埋怨道,然后俯身洗脸,"兹哈很年轻,娇生惯养,权力大得很,完全是拜她母亲的身份所赐。如果顺利,她很快将拥有更大的权力。"

"那我更不理解你的动机了。"

伊克坦到处找不着毛巾,于是拿身上的灰衬衫擦干了脸。彼扭过头来,那双聪慧的大眼睛看着她。"也许你是对的,我天生喜欢刺激别人。但值得高兴的是,目前她的臭脾气是针对我,与你无关。奥多·塞都杀了她的表亲,破坏了守望者内部的一场政变,那可是她的氏族谋划很久的。她想要他的命。你可以成为很好的替代品。"

伊克坦脱了衬衫,扭成绳子,浸在水里。彼继续清洁身子,擦洗腋下。等到彼自顾自地脱裤子时,夏拉背过身去,以示尊重祭司的隐私。她听到哗啦啦的水声,还有布料在皮肤上轻柔摩擦的窸窣声。丝兰和薰衣草的皂香充盈她的鼻孔。她瞥见了伊克坦的后背,彼轻快地走到角落,打开一个衣箱。箱子里有一堆衣物,彼挑了好几件出来,拎着判断大小。挑好了之后,彼穿上一条白裤子和一件朴素的白衬衫,类似兹哈的那身华服,但逊色不少。

"不过有个问题,夏拉。"彼坐到铺地的厚实毛皮上,"她的表亲杀我朋友在先,我是绝不原谅的。"彼伸着懒腰,嘴角一扯,又打了个哈欠。"你应该好好休息。兹哈很快会回来,然后就要开始忙了。今天很难熬,明天呢? 更难熬。"

她盯着对方。"你为什么告诉我这些?"

烈星 FEVERED STAR

"我喜欢你。况且我很孤单。我让你不自在了吗？"

"没有……"其实她挺喜欢伊克坦。彼身上的某种特质使她很愿意相信对方。她看人的直觉很准，觉得彼也许是朋友，尽管目前处境复杂。毕竟，彼饶了她一命，彼本来可以直接杀了她，抛尸托瓦谢希河。

脸颊上有水滴流过，她发现自己正在出汗。在户外待了太久，帐篷里格外闷热。帐篷里的地面铺着厚厚的毛皮，中间还有一口燃烧的火塘，烟气从帐篷顶部的孔洞飘出去。

她解开斗篷，任梅子色的发卷披散下来。她学着伊克坦的样子，在水盆里清洗一番，然后从衣箱里找出干净衣服换上。

"我从未见过你这样的女人。渧克都跟你一样吗？"

夏拉扭头一看，伊克坦已经躺下，双手垫在脖子底下，眼睛闭着。

"不，"她说，"我们就像梅里迪恩大陆上的人，什么样的都有，除了……"她迟疑了。谈论渧克对她来说像是在泄密，但又不知道为何泄密。她一向不擅长隐瞒身份和种族，所以她没能成功地乔装成水鼋氏族的人也是理所当然。伊克坦当初一眼就看破了她的伪装，所以继续假扮实无必要。生如渧克，死如渧克，这句谚语如今太贴合她的处境了。

"除了眼睛，"她接着说完，"我们都有渧克的眼睛。"

"那头发呢？"

"头发是我特有的。遗传自我不认识的父亲，也许吧。"

她来到伊克坦对面坐下，不知道还能做什么。至少她感觉焕然一新。她对兹哈带来怎样的食物感到好奇。根据在食腐鸦营地的经验，她不抱多少期待。但从这顶帐篷和兹哈的着装来看，金雕有的是炫富的资本。她希望饮食也包括在其中。

"渧克当中有拜耶基吗?"伊克坦依然不睁眼,信口发问。

"我们只有女人。"

"我不是女人,"彼说,"我也不是男人。这种性别在我的同胞中很常见,我听说还有其他性别。"

她耸了耸肩。"世界上的各种人我没能见全。地儿太大了。"

"可不是,"伊克坦咧嘴一笑,"可不是嘛。"

"你怎么知道我是渧克?我在托瓦遇到了一些人,他们都没有听说过我们。"

"干我这一行就得认人,"彼说,"不是针对你。"

"之前你自称'祭司',在河岸的时候,"她说,"可我从来没有见过你这样的祭司。举手投足都不像。袖里藏一把锋利的刀子,口中的舌头比刀子还利。"

伊克坦轻声发笑。"我倒愿意认为自己独一无二,不过事实上我们有五十个希悠。刀兵会。"

她摇摇头,还是听不懂。

"为太阳祭司效力的刺客。"见她沉默不语,彼解释道。

"见鬼。"

伊克坦哈哈大笑,是真心被逗乐了。"我就说你倒霉了。"

帘子被掀开,兹哈带着三个人钻进帐篷。伊克坦坐起身来,金雕出身的长官在毛皮上落座。陪她进来的两人开始摆放早餐。夏拉发现光是面包就有两种,玉米的和虎杖的。还有柿子泥和野李子,小小的蓝彩鸟蛋,以及绿叶和根茎,看样子是从河边采来的。

"好丰盛。"夏拉叹道。

"她只是想把你养肥了再宰,"伊克坦说,"金雕的待客之道永远是一把双刃剑。"

兹哈语气冰冷，句句带刺，犹如寒冬时节托瓦的崖壁。"我大人大量，不计较你的无礼言论了，祭司，因为你缺乏教养。如果有的选，我不会跟你有任何交集，但母亲明确指示，让我看重你，把你当作盟友和可以倚仗的顾问，所以我当然会照做。但你没有必要侮辱我和我的氏族。"

伊克坦拿起面包蘸了蘸果浆，塞进嘴里。

"你不说话吗？"兹哈质问。

"你来就是为了讨论这个？"彼问，"我的礼节问题？"

兹哈眉头一皱。"不。"她昂首挺胸，似乎在极力调整状态。伊克坦无疑先胜一筹，但兹哈还是迎难而上。

"连珠日已经过去六天了，"她说，"关于守望者覆没的消息乘着雕背飞向了奎科拉和霍卡伊亚。拉亚特说他在奎科拉的领主是巫师，解读了镜子里的阴影，要——"

"拉亚特是主母的奎科拉顾问，"伊克坦打断她的话，向夏拉解释，"他们慷慨赞助，包括你所见的一切，包括你的餐食，以交换金雕的忠诚。"

兹哈瞪了一眼祭司。"就是这样。如果拉亚特的领主完成了任务，七大领主现在应该已经起航前往霍卡伊亚。消息送去了霍卡伊亚和滞克——"

"滞克？"夏拉忘了呼吸，肾上腺素激涌。一幕记忆闪过脑海，母亲伸手接过信使递来的一张召请单。她几乎能闻到母亲极度鄙夷的尖酸气息，感觉到母亲因为受召前往某处而随时可能爆发的怒火。

"走过场而已，"兹哈不屑地说，"这是协议的条款。我们不指望滞克回复。一百年来她们都懒得交流，现在又何必费心？老实说……"她歪着头，浅褐色的眸子充满好奇。"我一直以为滞克已经死光了。"

"从这里去霍卡伊亚有多远?"伊克坦巧妙地转移了有关夏拉种族的问题,也绕开了兹哈轻慢无礼的言论。夏拉不知道彼为何这样做,但内心充满感激。

"二十天还不止,"兹哈放过了关于渧克的话题,"我们明早拔营,前往普门河上游。如果等到春天融雪之后,行进速度肯定更快,但在太阳不正常的情况下,我们不敢拿托瓦作赌注。不知道我们不在城里食腐鸦会做什么,但我们必须承担风险,要确保在我们采取行动时能联合梅里迪恩的各方势力。"

"你们采取行动?"夏拉问,"你们打算做什么?"

"我们打算从食腐鸦手里夺回托瓦。"

"食腐鸦没有控制托瓦。我们不久前就在那里。他们只是聚集在奥多,求见奥多·塞都。"用这个词称呼塞拉皮欧依然感觉很怪,但这是他公开的名字,她知道最好不要把他的真名透露给敌人,"他们没有伤害任何人。"

"没有伤害任何人?"兹哈倾身凑近,面红耳赤,鼻孔呼呼喷气,"我的表亲艾芭才十九岁。她是个漂亮的女人,是个医疗者。世界因为她更加美好。护盾在太阳岩上找到她的时候,她的喉咙被割开,脑袋被打破。为什么?她伤害过任何人吗?"她怒不可遏地梗着脖子,吼出最后一句话。

"她咬掉过一个男孩的舌头。"伊克坦说。

两个女人都扭头瞪着彼。

"我记得她那时十二岁,刚当上辅祭,男孩也一样。他们把男孩交给医疗者,把她带到我那里。他们认为她的暴力行为也许意味着成为希悠的潜力。人们总觉得成为刺客需要具有灵活的道德,然而事实恰好相反。我们的价值观必须牢不可破。于是我问了女孩。问她为何要那样做。如果她喜欢那个男孩,有更好的方式表达感情。她严肃地告诉我并非如此,她不喜欢那个男孩。她只想尝尝他的血。她很好奇,她说想知道血是咸的还是甜的。"

"七层地狱啊。"夏拉咕哝道,她很想摸摸自己的舌头,确认其完好无损。

"他们治不好他的舌头,所以他永远不能正常说话了。我不知道他后来怎么样,是离开了,还是留下来继续做辅祭。但你的表亲坏得很,兹哈。咱们就别装模作样的了。"

"孩子之间的玩闹而已。这也算她的罪名吗?"

"她的罪名多的是,但对我来说有一个最不可原谅。"

兹哈不安地挪了挪身子。"娜兰帕就不该——"

"不。"伊克坦的语气忽然变得极其可怕。

夏拉吓得一动不动,犹如察觉到野狼的兔子。兹哈的目光转向入口,卫兵就在外面。但她肯定已经意识到伊克坦离得很近,出手很快,而且如果彼真的有心杀她,她绝对等不到援兵。

"别提她的名字,金雕,"彼低声说,"你们氏族向我作过保证,最后却食言。现在不要找借口让死人背锅。"

兹哈咽了口唾沫。"情况很复杂,"她小心翼翼地说,"我不该谈论这个话题。也许我们已经偏离初衷太远,稀里糊涂地走上了险象环生的未知之路。金雕不是你的敌人,希悠。也不是你的敌人。"她对夏拉说。

伊克坦眼神迷蒙,冷静得反常。夏拉想起不久前彼讽刺说他们都是囚犯。她当时以为那是嘲讽,但此刻她怀疑伊克坦提到命运时指向的是一个具体的混账。

兹哈站起身来。夏拉看见她后颈冒汗,双手微微颤抖。"我不打扰你们进餐了。营地里还有事要处理。我们今晚再聊,然后准备明日拂晓前出发去普门河。淯克的夏拉，等我晚上过来时，我很想听听你知道的奥多·塞都的情况。也许到时候伊克坦可以把彼从食腐鸦护盾那里打听到的事情告诉我。不过现在……"

她微微颔首，出了帐篷，帘布在身后飘动。她对卫兵们交代了几句话，他们留在原地，没有跟随长官离开。

"看来我们被看押起来了。"夏拉说。

"作秀而已，"伊克坦胸有成竹地说，"如果我要他们死，他们眨眼间就没命。刺客，还记得我说过吗？"彼起身到帐篷里面翻找箱子和罐子。夏拉听见东西被扒拉得哗啦作响。

"你在找什么？"

"等找到了我才知道……啊。"彼拿着一瓶施塔本图酒走回来，"我就知道她会藏一瓶在这儿。"

自连珠日过后夏拉就滴酒未沾，现在也不确定要不要喝。但看着伊克坦打开酒瓶，从餐盘上拿起两只陶杯斟满了酒，她没有开口拒绝。彼放了一只酒杯到她面前，自己端起另一杯酒，她也没有吭声。

伊克坦痛痛快快地喝了一大口，然后再次斟满，坐到毛皮上，背靠一堆软垫。

"跟我说说奥多·塞都。"

她交叠双手放在膝间，极力抵抗酒杯的引诱。

"你先说说守望者。"她反客为主。

"你想知道什么？"

"你是祭司？"

"曾经是，"彼轻敲自己的酒杯，纠正道，"祭司禁止喝酒。我曾经是祭司，直到兹哈的母亲和她凶残的表亲杀死了我非常珍视的朋友。然后你的朋友杀死了所有人，除了几个留在塔里的老小，也就是说，活着的祭司不剩几个了。"彼又喝了一口酒。"很显然，此刻在场的人有一个共同的问题，都把杀手当成朋友。"

"既然还有守望者活着，你不打算重建这个组织吗？"真不敢相信她竟然提出这样的建议。塞拉皮欧解释过他们有多么腐败，他们犯下多少罪行。但她面前的人似乎迷失了方向，她清楚那种感觉，所以本能地给予对方安慰。

"没什么好重建的，"伊克坦以盖棺定论的口吻说，"守望者存在了三百多年。他们尽力维持梅里迪恩的和平局面，如今战争即将到来，他们也完蛋了。"彼看着她。"我想你把'祭司'误当作'殉道者'了。"

"如果你不是祭司了，你又是谁？"

"现在我是一个身怀绝技、心如铁石的人。"

"我不信。"她轻声说。

"不信？走着瞧。"

她观察伊克坦的面部，寻找愠怒的迹象，因为她感觉那是彼最危险的表情。发现一切正常，她便壮着胆子说："我可以提个问题吗？"

"请问。"

"你当时没有跟其他守望者在太阳岩上，是怎么回事？"

"啊，滞克的夏拉，"彼按着心口说，"我们又要说到变幻无常的命运了。娜拉失踪后我气急败坏。我自责不已。埃切还谎称是娜拉杀了守门的希悠之后逃跑了，我那时傻归傻，但不蠢。我在塔里翻了个底朝天，派辅祭出去找她，却一无所获。我没有证据，但我知道是他们干的。连珠日仪式上，我派了一个希悠代我出席。那是我惯常的做法，只要我不耐烦、忍受不了他们的浮夸表演和冗长废话时就这样做，我没有心情与杀害我朋友的人并肩出席仪式。"

"既然你认定是他们杀了你朋友,你恨他们,那你来这儿做什么?"

"我考虑过留在托瓦,"彼承认,"不过当我发现金雕的目标转向了霍卡伊亚,我就知道我需要投身到更大的战场。娜拉不在了,我救不活她。同样,守望者也一蹶不振。托瓦的形势已经不可收拾。食腐鸦很有可能接掌天创氏族,统治全城。或者,也许他们会成为一个古怪的宗教小团体,满足于供奉他们的黑暗神明,如你所认为的。无论如何,梅里迪恩都会陷入混乱。随着守望者的垮台,霍卡伊亚协议也被撕毁。签署协议的各方可以随意行事,而他们想要的就是战争。"

"可是为什么呢?托瓦何以这么强大?为什么四座城市对它俯首听命呢?"

"你不知道长矛战争的历史吗?"

"滞克不教孩子们这些历史。我们不太谈论外面的世界,除了被告知得小心提防。"

"唔。如果你想听的话,我可以告诉你。我们身为辅祭的时候就学到了。它是我们存在的理由。"彼再一次斟满酒杯,然后靠回软垫,正式开讲。

"故事从一个名叫西尤可的长矛少女开始。据说她是同族当中最伟大的人。最聪明,最勇敢,最强壮。永远迎难而上,无所畏惧。她在军事学院是同届的首领。所以当一群年轻的少女决定前往众神墓地探险时,毫无疑问那是一次酒后狂言,但她自告奋勇,带头响应。当然,此乃禁忌。众神墓地位于遥远的北方。据说是神之战中许多神牺牲的地方,强大的魔法恣意流窜。都说去了那里的人没有一个回来的。但也有人说,如果谁有胆量深入墓

烈星 FEVERED STAR

地,在其心脏地带吞吃果实,也就是人称神之躯的东西,将获得无可估量的神力。神力不仅仅是其中某位神的,而是众神的集合。

"西尤可抵抗不了这么大的诱惑。哪个胆大的长矛少女抵抗得了?那年夏天她带着四个同伴去了北方。她、古伊、欧代和阿丝诺德。到达墓地需要数月之久。她们与巨熊、霜巨人、食肉怪和亡魂战斗。但她们最终还是抵达了目的地。据说那里既恐怖又绝美,是一片活生生的、风化的白色石林,也就是神之骨,林中有一条条血色泥土铺就的小径。她们非常谨慎地顺着小径前行,以免误入歧途,因为她们很清楚小径外的敌人便是自己的精神。她们路过了太阳神在战斗中剥落鳞片的湖泊,路过了郊狼神坠落的深坑,大地变形,他腥咸的汗水洒在岸边。最后,她们来到墓地中央,世所罕见的神之躯的生长地。于是她们一个接一个地吃了。

"阿丝诺德命丧当场,她抓下自己的脸皮,发出怪物般的惨叫。欧代死于回程途中,死前她突然狂暴地攻击另外两人。不过西尤可和古伊成功地回来了,而且获得了全新的奇异力量。她们拥有了进入他人梦境的能力。"

伊克坦停顿片刻,喝了一大口酒,看着夏拉。"现在想来不可思议,但那种能力足以翻天覆地。想想看吧。她们可以进入任何人的梦中,使之成为噩梦。怂恿人们在白天作恶。播种疑心,分裂同盟,借刀杀人。人人自危,因为谁都得睡觉。唯一有碍她们尽情发挥的是,使用那种能力有可能致人疯狂。她们清楚地记得阿丝诺德和欧代的命运。她们胆大妄为的成果本应不为人知,只是一场致命且神秘的冒险旅程而已,但她们不吝于分享获得的知识和带回来的神之躯,很快梦行者就有了十二人,继而又

翻倍。

"那一年霍卡伊亚的冬天异常残酷,入冬前的收获又相当微薄。她们看到河对岸的巴拉施城,心生觊觎。于是她们得偿所愿。然后她们霸占了整个河谷。有了长矛少女的军力和梦行者的精神魔法,她们所向披靡。很快河谷也满足不了胃口,她们的目光投向南边。据说那时候渧克还不在漂浮群岛上旅居,而是有固定的住所,与世界自由贸易。直到长矛少女和梦行者到来,摧毁了她们的家园。你的族人没有说过吗?"

夏拉摇摇头,早已听得入了迷。

"征服了渧克、掠夺了财富之后,她们剑指更远的南方,奎科拉和南部临海城市。然而奎科拉有自己的巫术——阴影魔法、石魔法和血魔法——他们严阵以待。战斗非常激烈,发生了许多诡异的事情。后来老人们不敢高声议论,背地里称之为迷狂之战。但豹王子和他的巫师大军最终还是战败了。幸存的七大家族遭受重创,绝望之中他们向西方的同胞求援。我的氏族羽蛇与南部城市颇有渊源,据说有着共同的祖先。所以收到他们求助的消息后,我们立刻响应。我们带上了同样血浓于水的羽蛇,因为巨兽不受梦行者的影响。巨兽是同一种魔法的造物,事实证明的确有效。但我们人数太少,所以我们叫上了邻居,也就是你知道的天创氏族。食腐鸦一马当先,带来了他们的巨乌鸦。然后是金雕和水鼋。唯一不作回应的是郊狼。他们很早就失去了最后的巨兽,也极为惧怕梦行者,所以别的氏族参战时,他们躲在洞穴和茅屋里。

"最后一仗在霍卡伊亚城外的平原上打响。长矛少女被逐回老巢,梦行者统统被杀,只有一小撮女巫守着新修的宫殿。但她们也最终战死。只有从未参加此番征战的长矛少女获得赦免。其余的皆被处死。没有一个梦行者侥幸活下来。就在那一天，签署了霍卡伊亚协议。梅里迪恩大陆的四方势力同意取缔所有的魔法，禁止崇拜旧神。他们设立了一个名为守望者的组织，组织中的祭司负责抵制旧神和魔法，维持秩序、理性和整个大陆的和平。他们赋予太阳祭司至高的权力，因为祭司是黑暗年代的光，永存于天空的象征，始终提醒人们止戈的共识，以及守望者的职责。

"于是，三百年过去了。但旧神崇拜难以全部压制，食腐鸦成了第一个反抗禁令的。守望者便采取了他们认为最好的解决办法，他们认为此事非做不可。"

"刀兵之夜。"夏拉说。

伊克坦点点头。"那是我们不可原谅的罪孽，永难洗脱的污点。从此以后，我们迷失了方向，因为我们解释不了为何屠杀那么多无辜的人。我现在明白了，但一个月前我还不明白。娜拉一直都明白。她早就看清我们变成了什么、失去了什么，但其他人……"伊克坦耸耸肩，沉重的历史、彼在其中扮演的角色，压得彼抬不起头来，"我当初应该听她的话。应该采取行动。而不是与金雕联手，勾结食腐鸦大宅内部的重利轻义之徒。"

"你在护盾的眼线。"

"是。那可是个暗流汹涌的地方。"

她打了个寒战。不知道塞拉皮欧对家族里的叛徒是否知情，不知道他安全与否。她又多了一个留下来的理由，为他刺探敌人的秘密，万一开战，一旦开战，他可以知道如何反击。

"我想，也许我这个刀兵祭司欠他们的最多。"伊克坦喝光了酒，把杯子扔到毛皮上，"但我担心我的所作所为是在溃烂的伤口上撒盐，还指望能掩盖过去的不堪。然后就是我完全没有料到的事情……"彼指着她说。"奥多·塞都来了,彻底毁了我们的计划,更不提台地上的腥风血雨。我在这里干什么,夏拉?我奉陪到底,直到该死的终局。"

彼翻身侧躺,拉起一条毛皮盖在肩头,然后闭上眼睛。没过多久,彼睡着了。

她叹了口气。需要收集的太多,需要理解的更多。不知道为何浠克不教这些历史,她为何对周遭世界发生的事情全然不知。此刻她想起一些细节。对于她的歌声,塞拉皮欧说是女神的力量,她却一笑了之,说浠克不是这么想的。虽然她从来不知道天创氏族与浠克有联系,但他们对星星的解读确有很多相似之处。亲缘、责任和立而又破的承诺层叠交织,剪不断理还乱。但有一件事情是确定的:她被困在漩涡中央,潮水袭来,浪头越来越高。

她端起一直不曾碰过的酒杯。"我可能不是这里唯一倒霉的家伙,伊克坦。"她喃喃自语,举杯向睡梦中的彼致意。她一口气喝干了,把手伸向酒瓶。

CHAPTER 17

托瓦城
乌鸦历 1 年

能走的时候不要说。
能跑的时候不要走。

——《郊狼格言录》

娜兰帕跑了。恐惧激发出无与伦比的动力，她飞一般地冲下螺旋楼梯，跑得几乎脚不沾地。她能感觉到追来的鸦群，鸟喙距离头皮不过一掌之遥，利爪堪堪擦过脖子。她跑过旧日的居所和藏书阁，在露台处的楼梯口来了个急转弯。

她冲过厨房，钻过低矮的天花板。她惶恐不安地意识到自己绝对跑不过那些鸟儿。一旦出了塔，四周全是开阔地。从那里到吊桥的一路上，除了冬日里光秃秃的枝丫，没有别的东西可以遮挡。塔内至少有七弯八拐的廊道和黑黢黢的狭缝。还有门。

她奋力跑过后厨的台阶，凌空一跃。屈膝落地的瞬间，强大的冲击力震得她痛呼一声。她转过身，重重地关上背后的门。鸟群在门外猛冲乱撞，吓得她不敢呼吸。虽说木板相当厚实，但她依然不确定它能不能抵挡鸦群。然而过了一会儿，可怕的撞击声停止了。她弯下腰，撑着膝盖，喘个不停。

她的心脏还在剧烈跳动，早先的一幕依然令她头晕目眩。

她当时被某个声音所吸引，一股难以名状的冲动促使她来到塔顶的天文台。周围冷风呼啸，黑暗的太阳嘶嘶燃烧。一只乌鸦落在面前的台子上，有她的前臂那么大。娜兰帕发现鸟儿歪头盯着她，似乎正在等她。

"谁……？"她低声开口，但不等她想明白，一道阴影笼罩在头顶。她抬头一看，阴影越来越大，那团黑乎乎的东西竟然是一群鸟儿。它们诡异的叫声响彻半空，它们的翅膀扇得狂风大作，约有二三十只在塔上聚集，不，五十只。她手里灯火摇曳，随即熄灭。某种深层的直觉告诉她不要点灯，急切地催促她快跑。

她盯着面前不断增多的鸟群，慢慢退开。鸟群开始变化成形，她不知道最终是什么样子，但确信自己不要等到那个时候为好。她扔掉无用的提灯，撒腿就跑。

她刚刚跑到台阶前，周身突然发光。她本能地蹲下来，紧贴墙壁，双手抱头。她等着遭到攻击，却只能感受到热度……和太阳的温暖。

太阳！

日食的阴影减退了少许，太阳重放光芒，照亮了塔顶。她的力量苏醒了，胸中热力汹涌。她的手掌在燃烧。她惊讶地盯着双手，温暖的阳光打在脸上，犹如思念已久的爱人之吻。然后她听见一个声音，来自方才鸦群所在的位置。那个声音不像人类发出的。那是千只翅膀的震颤，是杀戮场的号叫，是神的言语。

"太阳祭司。"它说。

她知道对方是谁，知道召唤她到塔顶的是谁。她颤颤巍巍地转身面对敌人。

她的记忆在翻滚，一时理解不了眼前的场面。

一个年轻的男子，通身黑色，一头凌乱的黑发。深邃如午夜的眸子，流着黑色的泪水。他冲着她喊叫，如雷贯耳，空气为之战栗。接着神奇的事情发生了，他的手臂分解为六只乌鸦，扑飞而至。她跑了。

不过，她现在安全了，至少暂时没事。

她靠着厨房的门，仔细聆听，外面寂静无声。

鸦群飞走了？重生鸦神是不是也跟着下了楼，追了过来？她相信，如果被他找到，她绝对活不过今天。她环顾四周，在晋升为辅祭之前，她作为仆人在厨房里干了很久的活。这里有个后门，通向一间仓库，那里以前整整齐齐地堆放着谷物、豆子和南瓜，为天空塔供给口粮。她可以从那里出去。

她爬了起来，轻手轻脚地来到后门处，小心翼翼地打开门。她担心有一群乌鸦等在外面，随时将她大卸八块，结果什么都没有。她抬头望向空荡荡的天空。她瞥见一抹黑影稍纵即逝，是飞向东边的鸟群，呼吸终于顺畅了。他到底没有追过来，她只能庆幸傻人有傻福了。

她鼓足勇气，奔向通往塞伊的吊桥。

☀

离开整整九个钟头后，娜兰帕打开了鲁冰花的门。此前不闻不问便放她出去的看门人转身就跑，高喊着她回来的消息。

她随便找了张凳子，精疲力竭地瘫坐下去，等待弟弟的到来。

他很快就来了，她甚至来不及把靴子从酸痛的脚上甩出去，他的豪猪斗篷一路飘飞，木杖配合阔步敲打着不满的节奏。他一身准备出远门的行头，靴子的绑带绑到了膝盖处，手套也戴好了。双鬓刚刚刮过，其余的头发梳得溜光水滑，束成发髻。他浑身颤抖,强压怒火。

"我以为你死了。"他凑到面前大声喊道。

要是换个时间,她也许会被他的愤怒震慑,但重生鸦神的形象犹在眼前,她一笑而过。"差一点。"

丹纳欧奇退了回去,似乎完全没有料到他的严厉训斥得到如此轻飘飘的回应,但他很快恢复正常,换上一副挖苦的口吻。"与死亡擦肩而过是你唯一一拿得出手的借口。"他吸了吸鼻子,火气未消,但好奇心显然占了上风,"你去了哪里?"

"塔。"

"天空塔?"

"我知道。"她颤抖着手摸了摸脸,"也许不算什么好主意。但那里有我需要的东西。"

他眯起眼睛。"你找到了吗?"

"收获还不少。"她淡淡一笑,充满忧虑,"我见到了重生鸦神。"

"而且活下来了。"他好奇地轻声说。

"如我所说,差一点没命。要不是他已经受伤,我不太可能站在你面前。"

"是你伤了他?你能跟他战斗?"

她如何解释此前所见的那一幕?鸟儿似是他的一部分,他的人类手臂转眼变成了乌鸦?

"弱点,"丹纳欧奇急切地说,"这是我们发现的第一个弱点。"

她摇摇头。"下次见面我们可不能指望。"一直以来她都在寻求某种神力,却是白费功夫。就算她体内真有太阳神的一部分遗存,也对付不了当时她所见到的敌人。她不可能在与重生鸦神的战斗中取胜。她完全明白这是一种愚蠢的想法。

"我做不到。"她坦白道。

"做不到什么?"他此前的火气又上来了。

"他是神,欧奇。我不是。我做不到打败他。"

"你必须做到!"他敲着手杖高喊,"我已经向老大们许诺,他必败无疑。"

"告诉他们,我们现在很清楚自己几斤几两。"她颓然坐下,支撑她从塔里逃出来的肾上腺素消退了,只剩无尽的疲倦,"告诉他们,别惦记托瓦了,丢给食腐鸦吧。"

出乎意料的是,他竟然双手按着她的肩膀,狠狠地摇晃,晃得她牙齿打架。"你不能放弃!我们不能放弃!老大们还在等我们回话,我们必须答复他们,娜拉。他们可不是你那些天创氏族的主母,还能坐下来讲道理。他们遵循的是传统,带血的传统,一旦答应了,就没有回头路。"

"那么也许你不该不跟我商量就把我拉下水!"她勃然大怒,扒开他的双手。

他的眼睛周围出现了细纹。"你活着爬了回来!你说过跟我联手!既然你到头来是个胆小鬼,那又何必当初?"

"我……"她垂下头。她只是因为在塔顶见识了鸦神的能力之后畏缩了、怕死了吗?她曾经直面死亡,跃进它的怀抱。丹纳欧奇说得没错,她拒不接受在坟墓中长眠。但这次不一样。

"我们应该趁有机会赶紧跑掉,"她终于开口,"我们要不起托瓦。"

他退了一步,乌黑的眸子上下打量她,凌厉的目光恨不得将她生吞活剥。

"我约了他们,"他语气生硬,"打起精神来,等你准备好了,到龙舌兰找我。"他迟疑片刻,娜兰帕看到他的口型似乎要说拜托了,却定格在那里,终究未能说出来。然后他爬上楼梯,出了门。

娜兰帕弯下腰,捂着脸,任凭泪水滑落。

"他是去送死。"扎塔娅说。

她抬头看见面前的女巫。女巫拿着一根褪色的卷轴,轻轻敲着大腿,两眼盯着娜兰帕。

"你不了解老大们的行事方式,"扎塔娅说,"我了解。老大是言出必行的。他把一切都押在你身上了。"

"愚蠢的赌博,"娜兰帕擦了擦眼睛,斥道,"他都不跟我商量。"

"他靠的是信任,有什么好商量的?"她把卷轴塞给娜兰帕,后者下意识地接住,"他信任你。我说信不得,你在塔里娇生惯养的,善变得很,但他说无论如何你也是他姐姐。"

娜兰帕目瞪口呆。丹纳欧奇信任她?"你说什么?他都不认可我。他一而再地考验我,看我值不值得利用。"

"你是这样认为的?这就是守望者的智慧?愚蠢的女人。他考验你不是看你值不值得利用,而是看他值不值得让你留下来。"

"我……"

天空啊,所以他才拼命地为难她吗?看看到底怎样才能彻底把她推开?那么她岂不是一次又一次否定他?她羞愧得无地自容。

"我去便是,"娜兰帕退让了,"但如果老大们如你所说的那么残酷,他们又怎会听我的?"

扎塔娅拍拍胸膛。娜兰帕明白她的意思,但又很想辩驳。她的力量与重生鸦神比起来不值一提。

扎塔娅指着卷轴。"你要的答案在这里。你的强大远远超出你的想象。"

娜兰帕展开卷轴。纸张古老且脆弱,两端已经褪色,似乎保存得有欠周全。纸上画着一个辐轮,外环分成八份,各自记述一种魔法。阴影魔法是她知道的,还有血魔法。不过其余的那些——精神、太阳、火、天空、水和石——她都不熟悉。每种魔法下面都有来源、说明和咒语。

"魔法手册。你从哪里得来的?"

"我是怎么得到神之骨和神之汗的,就是怎么得到它的。我付出了代价,不是为你。"

她看到扎塔娅眼里的泪花,恍然大悟。"你是为他。"

女巫郑重地点头。"他曾经也信任我,救了我的命。我不能眼睁睁看着他走上绝路。既然他那么看重你,那我也得看重你。"

"那你为何对他隐瞒了我的力量?"这个问题已经困扰她多日。

"我以为我能扭转他的命运。要是他不知道你的身份,不知道你变成了什么样子,他就不会亲身冒险。"扎塔娅颓然跌坐下来。"可是镜子不会说谎,对他的死,我无能为力。"

"你什么意思?"

她迎着娜兰帕的目光。"你的力量和他的死亡相关。我不知道有何关联,只知道那是不可否认的事实。我还自以为能改变什么,实在太愚蠢了。"

如此一来,娜兰帕理解了当初扎塔娅对待自己的态度。她的黑眼圈。她隆起的后背。她在害怕。

"我要怎样才能阻止事情发展到那一步?"

"你阻止不了——"

"我曾是神谕祭司。我从不害怕命运。告诉我怎么做。"
"阅读这本手册,掌握你的力量,但愿能解决这个问题。"

CHAPTER 18

梅里迪恩草原
乌鸦历 1 年

　　真正的友谊是优雅给予。

　　　　　　　　　——《奥布雷吉的花之书》

　　夏拉被拔营的嘈杂响动吵醒了。她脑袋疼，前一晚的事情记得不太清楚。她记得伊克坦的历史课和她喝酒的决定，但其余的死活想不起来。她对兹哈回来打听奥多·塞都的事有印象，当时夏拉前言不搭后语，于是兹哈厌烦地离开了。也许这样最好不过。不管怎样，她本来就不想把塞拉皮欧的情况告诉那个女人。噢，当然了，她总得说出来，但能拖一天是一天，能夺取小小的胜利总是好事。

　　她还记得半夜醒来听见有人吐在水盆里。白色身影，黑色短发。是伊克坦。她抱怨了一声，接着睡去。

　　然后到了早上，兹哈把头伸进帐篷帘子，喊他俩的名字。"我们二十分钟后出发，不过这顶帐篷十分钟后就得拆了。该干什么赶紧干完了出来。"她的语气透露着厌烦，但夏拉逐渐理解了这种情绪的来由。伊克坦的冷嘲热讽似乎影响了她，尤其是作为金雕长官的身份。当然了，兹哈也并没有做什么可以改变夏拉的看法。她不是一个容易接近的女人。

"天空啊，我的脑袋。"伊克坦在帐篷的另一边抱怨，"告诉我，人为什么要喝酒？"

夏拉坐起来，打了个哈欠。"因为你现在感受到的痛苦不如你决定喝酒时那么严重。"

彼瞪着她。"我不太喜欢你富有哲思的一面。怪不得要禁止祭司喝施塔本图酒。"

"对水手来说不是禁忌。说实话，我反而觉得不喝不太好。"她忐忑不安地走向水盆，担心里面还有秽物，没想到水盆已被清空，台上放着一只盛有净水的水罐，于是她松了口气。她喝了口水以振作精神，然后倒了些在盆子里洗漱。洗漱完毕，她从软垫当中抽出自己的蓝色斗篷，披到身上，再次欣赏包边的皮革。目前的衣物够用，但她来时的那身行头不知道去哪儿了，也许有人拿去清洗了。或者烧掉了，她心想，因为不符合兹哈对服装的要求。

"水手到底为什么喝酒？"伊克坦一边进行晨间梳洗，一边发问，"我倒也听说过，但我很想知道原因。当你面对可怕的大海时，你更需要清醒的脑子。"

"可怕的大海正是我们喝酒的原因，"她哈哈一笑，答道，"在变化无常的海上生活？任何一个理智的女人都不会犯这种傻。"

"可你就是。"

"没错。"她欣然承认。

"依我看，"伊克坦穿上斗篷，戴好兜帽，"渧克不怕水。"

"我们尚在褴褛中就学到一句谚语。'大海毫无仁慈可言，哪怕是对渧克。'等海潮第一次抓到你，把你扔到数里之外后，你就长记性了。必要的恐惧没什么可耻的。"

"必要的恐惧。"彼的笑容酷似猫科动物,"我去寻些早饭来,别等兹哈又过来骂我们。"

伊克坦走了,她无所事事,咂摸着彼刚才的问题。她为什么喝酒?真如她机智的回答那么简单吗?是消愁和壮胆的心理功用,还是水手们习惯成自然?或者别的什么原因?她再次感受到压力,同时也意味着,她对内心的挖掘太深了,而她尚未做好准备面对埋藏在深处的答案。母亲的家,别人的血泊,脚边的尸体。她猛地关闭记忆之门,挂上大锁,拴好链条。如果直面门背后的隐秘,她势必被生吞活剥。她还没有准备好,也许永远都准备不好。

她昨天来时见到的营地已经面目全非。帐篷大都收起来且打包完毕,少数几顶除外,人们正在做出发前的最后准备工作。有人在熄灭营火,嘈杂的响动之中,她依然可以听见伊克坦在抱怨没有早饭吃。有人在填平茅坑。还有人在河边灌装水囊。她看到兹哈走来走去,指挥若定。夏拉注目了片刻,对她发号施令的姿态深感认同。这就好比负责一条船,夏拉觉得,她和任何一个好船长一样,精明强干,深受爱戴。伊克坦对她的评价太苛刻了。

"给。"伊克坦来了,递上一只热乎乎的杯子。杯子里盛满稀粥,不知道是什么做的。

"这是什么?"

"你的早饭。喝了,开心点儿,我从厨子那里搞了这么多来。噢……"彼从兜里摸出一个小袋子,撒了一点盐在她的粥里。

她喝了一口奶油状的混合物。是谷物和花椒,类似在奎科拉街上常见的早餐。"味道不错啊。"她评价。

伊克坦哼了一声,似乎对她的评价很是不满。她不知道是否所有的祭司都如此自以为是。

"她也不错。"她举起杯子，示意兹哈。

伊克坦望向忙碌的金雕长官。"是啊，好一位赏心悦目的独裁者。"

她笑了，对伊克坦的说法不以为然。

"你现在笑得出来，"彼说，"等我们在她的指使下赶了一周的路，到时候你再说说是怎么想的。"

兹哈冲着他们大喊，仿佛知道她正在被议论。她提醒说马上就要出发了，让他们一人挑一个无人认领的包袱，然后跟她到队伍前面去。伊克坦叹息着抬起手来，敷衍地向兹哈敬了个礼。夏拉喝完粥，抓起一个包袱。她双臂搂过带子，妥帖地背在后面，跟上队伍。

一行人面朝北方，走在空旷的草原上，向普门河前进。

☀

旅途的头几天全是无休无止的步行，扎营，然后拔营，翌日重来一遍。第三天再来一遍。夏拉发现行路和航海差不多。一步接一步地向前走，与划桨一样单调乏味，金雕小队打发时间的方式也与奎科拉水手异曲同工：说长道短，唱下流小曲，讲故事。

一开始，夏拉尽量走在队伍前面。兹哈和伊克坦是唯一跟她说话的人，他俩都在前面带队。她注意到其他人投来的目光，大多出于好奇，而非怀有敌意，但她心知肚明，周围都是塞拉皮欧的敌人，所以也是她的敌人，况且她也无意交朋友。不过，她喜欢听故事，尤其爱听人称崖壁跑者的民间英雄和戴着一对黄金翅膀、情人如云的女王的故事，于是她总是在附近流连。金雕的托瓦语与食腐鸦和水凫的略有差异，元音更脆，尾音吞得没影。她花了一点工夫才熟悉，一旦能听懂，她就爱上了那些故事。她想象着讲给塞拉皮欧听,看他高兴的样子和迟疑的笑意,好不容易哄来的一声大笑。噢,一想起来她就心痛。虽说他们相识不久,但他们相处的时光对她而言是绝无仅有的。那是她离家后第一次感受到有人在乎她,真诚地喜爱她——不是看中她的能耐,而仅仅是她的陪伴。她视若珍宝,走得越远,对他的思念越深。

等到第三天,她逐渐落到了队尾。早上她依然和伊克坦做伴,一边喝粥一边闲聊,但到了中午,伊克坦和兹哈常常操着语速飞快的托瓦语争吵,她很难听懂。当然也不想听懂。她怀疑伊克坦是故意挑事,类似于培养某种爱好;刚开始是为了消遣,后来就成了真心的享受。他们的争吵也加重了她的头痛。起先她以为是过度疲劳所致,但到了第二天,她开始怀疑是因为浠克所称的陆地病。有不少故事告诫浠克不要生活在太遥远的内陆,说容易水土不服,事实上她从未远离大海如此之久。

无论如何,每天晚上她都精疲力竭地躺在毯子底下。她以为步行能锻炼双腿,结果反而越来越无力。除了头痛和腿疼,她还经常闹肚子。像是有什么东西要把她吸干似的。

还有梦。就是她在奥多营地做的那个梦,版本不同而已。蓝色衣服的女人,绿色眼睛的男人,因为她轻率的歌声而死。有时候他们开口说话,指责她,控诉她。有时候他们只是瞪着。他们害得她心神不宁,令她本就恶化的健康状况雪上加霜。

第四天傍晚他们停下来扎营,搭帐篷对她来说竟然成了难事。第一天晚上是例外,她和伊克坦翻出了兹哈的施塔本图酒,倒头就睡着的地方,原来是兹哈的私人帐篷。后来,她有了自己的单人帐篷,一路背着,自行搭拆。头两晚她对付得不赖,但此时当夕阳沉向远处积雪的嶙峋峰峦时,她双手发抖,看不清杆子,然后当场晕厥。

她醒来了一次，发现兹哈凑在面前，然后被一个强壮的人抱起来，接着又失去知觉。

等她再次醒来，她躺在兹哈帐篷里用作地毯的毛皮上，金雕女人坐在对面，浅褐色眼睛专注地看着她。

"水。"夏拉哑着嗓子说。

"边上就是。"兹哈说，夏拉望向右边，看到了水罐和杯子。她喝了水，有所缓解，但不能根治。

"伊克坦在吗？"她问。

"在营地里的某个地方。"

"他身上带着盐。"

女孩皱起眉头。"我有盐。"

"好。我用你的。我需要南瓜子，捣碎。野菠菜。鱼骨头，没有鱼的话，骨髓也行。"

兹哈站起来。"我让厨子做一碗汤。"

夏拉轻声道谢，睡回毯子里。再次醒转时，兹哈递来一只热气腾腾的碗。

"这是什么？"夏拉喝汤的时候，兹哈问道。

"我去不了大海，不过也许能找到大海的替代品。这是海水，至少是我能想到的在内陆最接近海水的。但愿可以缓解我的陆地病。"她刚喝下去，头痛就开始减轻，等她喝光了碗里的汤水，手脚也有了力气。

"这就是你不舒服的原因？我看见你昏倒在帐篷边。"她咬着拇指上的皮，夏拉未曾注意到她这个紧张时的习惯性动作。今晚兹哈看起来特别年轻。她此前多少令人畏惧，但当下夏拉发现了伊克坦对她的评价——养尊处优，缺少经验，虚张声势。

"我现在好了。谢谢你。"谎言来得轻而易举，她不禁摇头，

"我只要回到海上就行。"

"看到你好多了，我很高兴。有些事情我们需要谈谈。"

夏拉情不自禁地抓紧了碗。"也许还没有好到那种程度。"

兹哈咬着手指，似乎犹豫不决。"我给伊克坦派了个任务，"她突然开口，"过不了多久彼就会回来，但我知道这是唯一对你说话且不被希悠妨碍的机会。"

"有什么话是伊克坦不能听的？"她警惕地问道。

"要知道，你不能信任伊克坦。彼不是你的朋友。"

夏拉轻轻地放下空碗，给自己和女孩各倒了一杯水。她把水递给兹哈。女孩盯着杯子沉默片刻，似乎担心水里有毒，然后接过去喝了一大口。女孩停了停，仿佛在等待着可怕的后果，但见没有异样，她便坐到夏拉对面，试探性地露出微笑。

"兹哈，我们是朋友吗？"夏拉问，"你要说的是这个吗？"

"我认为我们可以成为朋友。"她一脸真诚。

夏拉根本不相信她们可以成为朋友，但完全相信兹哈有着相反的看法。伊克坦提醒过她，兹哈会找个替罪羊，为死去的表亲报仇雪恨，而她认识塞拉皮欧，正好是不二的人选。但夏拉怀疑伊克坦的理解有误，实际上兹哈是要找个人填补表亲的空缺。

"作为朋友，我想告诉你一些事。关于伊克坦的事。你听彼说过，彼在食腐鸦的护盾里有内应，但不止内应那么简单。彼与那人合谋杀死了他们的主母。"

夏拉记得艾谢说过食腐鸦主母死了，有传言说不是意外，但后来她没有考虑过这件事。

兹哈激动地说下去。"据我听到的说法，有人企图刺杀太阳祭司。是奥多黑内部激进派制订的愚蠢计划，不等采取行动就走漏了风声，却惊动了伊克坦在乌鸦的内应——"

"你知道他的名字吗?"夏拉打断了她的话。

"不知道。只知道他报告了主母,但主母拒不采取措施。说奥多黑不存在威胁,这样的行动不至于给氏族带来危险。这个乌鸦忧心如焚,联系上身为刀兵祭司的伊克坦,请求宽恕,他担心如果守望者发起反击,希悠会大肆屠杀他们。我不知道他们是怎么商量的,最终的结果就是主母必须死。众所周知她一味地纵容奥多黑,但作为继任者的女儿没有她那么宽容。谁都知道她的女儿讲究务实。"

"所以伊克坦杀了她。"

"在彼告知包括我表亲在内的祭司之后。我认为那个想法是在太阳祭司第二次遭遇刺杀之后出现的。"

"又是奥多黑干的?"

"不,第二次不是奥多黑。"她啃着拇指,"是我母亲。"

"金雕的主母?"

"她不会放过这样的机会。奎科拉一直在施压,敦促我们对付守望者。但商贾领主们远在大海另一边。他们不懂天创氏族之间的微妙平衡。他们希望我们直接采取行动,却不明白羽蛇和水凫将会怎样对待我们。不,最好的办法就是构陷食腐鸦。但那一招也失败了。母亲一直对第二次刺杀严格保密,知道的人越少越好。"

海水母亲啊,这帮家伙!夏拉心想。她一直以为滞克的政治犹如乱麻,但托瓦及其天创氏族全都陷在一张大网里纠缠不清。

"第二次刺杀未遂之后,伊克坦杀死了主母,守望者终于开始图谋报复。金雕有了极好的借口接手统治权。我们只差一步,夏拉,只差一步啊!"兹哈倾身向前,激动得脸颊绯红、两眼放光。她突然收回身子,仿佛刚刚意识到谈话对象是谁。

"你为什么把前因后果都告诉我呢?"夏拉警惕地问道。这些信息对她来说相当危险,如果有人不希望公之于众,她便成了封口的对象。兹哈应该知道夏拉会传话给塞拉皮欧。除非她认为夏拉不可能再见到塞拉皮欧。想到这里,她不禁打了个寒战,尽管火堆烧得很热。

"向你证明我们是朋友,"女孩哀伤地解释,"让你明白伊克坦惯于玩弄阴谋诡计,当着你的面撒谎都不眨眼。彼对心上人娜兰帕也不说实话。我知道彼很有魅力,说话风趣,而且——"

"迷人。"一个声音从帐篷的门帘外传来,"别忘了迷死人不偿命。"

兹哈慌忙爬起来,与此同时,伊克坦钻进了帐篷,脚步轻如野猫。兹哈摸索着腰带,拔出一把刀,胡乱挥舞。"来人啊!"她含混不清地喊道,然后提高嗓门,"来人!"

"我让他们休息了,"伊克坦说,"还开了一场帕托,输了不少可可,他们都来了兴致,已经赌了好几个钟头。他们救不了你,兹哈。"

女孩脑门冒汗,惊骇地瞪大眼睛,但伊克坦并未从袖子里抽刀,而且夏拉从彼身上没有感受到那种异样的平静,亦即暴风雨来临之前的预兆。

"过来坐吧,伊克坦?"夏拉淡淡地说,"我们正在说你的事。"

彼歪着头看她,一抹笑意闪过……然后放声大笑。笑声高亢,带着喘息,曾经的祭司笑得弯下腰来,手撑膝盖。兹哈瞠目结舌。夏拉安慰地冲她笑笑。

"星星啊天空啊,兹哈!"伊克坦揉着眼睛,坐到夏拉身边的毛皮上,"你竟然没有笑,佩服佩服。"

金雕长官依然举着刀子，但愈发显得愚蠢。夏拉估计她不知道该做什么。船上的水手也有类似的情况，他们得罪了人，却也不敢翻脸，死命地强撑着所剩无几的尊严。

"过来坐，兹哈，"她提议，"伊克坦不会伤害你。"她抬起下巴，看了一眼刺客，后者单臂撑着身子，处于完全放松的状态。"我不会让彼伤害你。"

伊克坦眼中精光一闪，转瞬即逝，一股寒意窜上夏拉的脊背，她心知自己接近了一条红线，越界的后果不可想象。

"没错，过来坐吧，"伊克坦哄着女孩，"拿点你私藏的茶叶来。奥布雷吉产的茶叶。"

夏拉满怀期待地点点头，于是兹哈恢复了冷静。她收起刀子，找来茶叶，跟他们坐在一起。她在往水壶里注水时双手颤抖，但夏拉和伊克坦都没有说什么。兹哈把水壶放到火上加热，动静闹得很大。她收回手来，碰到了一只杯子，杯子之间撞得叮当作响。她低呼一声，夏拉假装没听见。

他们默不作声地等水烧开，此间的尴尬也许是夏拉前所未有的体验。她经历过很多不自在的场合。面对好斗的醉鬼、报仇心切的船员和目中无人的商贾领主。但她从来没有为老练的杀手和年轻的女性长官居中调和的经验，她现在也不打算掺和。

"我应该走开，让你俩自行解决。"夏拉说着，从火上提起水壶沏茶，"我不是跟你们一伙的，老实说，我对你们的秘密没有兴趣。"她意味深长地盯着兹哈，后者依然紧张不安，没准伊克坦打个喷嚏她就会尿裤子。"我不想被卷进你们的政治斗争，我当然也不想成为你们的朋友——"她似乎看见伊克坦的肩膀松弛下来，"但是以我初来乍到搅和进这个该死的三人关系时所了解到的情况，我们在这种处境下理应互相帮助。"她递了一杯茶给

烈星 FEVERED STAR

伊克坦,又递了一杯给兹哈。"所以,请容许我建议,我们互相帮助如何?"

"我知道你可以怎么帮我,兹哈。"伊克坦凑近了说,"你可以跑掉。"

兹哈举起的杯子停在半路,一脸疑惑不解。

伊克坦点点头。"没错,你听到我的话了。逃跑。"彼摇着一根手指,"去吧。跑啊。跑!"

兹哈扔下杯子,冲向门外。茶水泼在毛皮上,打湿了夏拉的膝盖,溅上了烧红的煤块,嘶嘶作响。

"真要这样吗?"夏拉气不打一处来。

伊克坦笑了,笑得轻松愉快,然后抿了一口茶。彼看着夏拉。

"别做出这种表情,夏拉。她运气不错了,我没有打她屁股,把她赶回母亲身边。如果你是生活在大宅里的子弟,管不住舌头,喜欢闲言碎语,倒也罢了,但兹哈在这里是负责人。等我们到了霍卡伊亚,赌注变得很高,如果她认为可以靠泄露秘密来交朋友,为金雕谋取利益,她会害死我们的。"

她知道伊克坦的想法合情合理,但又觉得可以采取更温和的方式。

"她为什么被派过来?她太年轻了。"

"二十岁。也不算特别年轻。依我看,她这个年龄可以担负起相应的责任了。鲁玛希望亲自过来,但那样的话整个计划就保不住了。其他氏族目前还不知道金雕与奎科拉的密谋,他们希望在采取行动前获得可靠的盟友。鲁玛自认为留在托瓦最好。她还有另一个女儿,忒扎,本应由她来,但兹哈渴望有机会证明自己。行,我会让她证明自己的。"

夏拉抿嘴思考。"你是来照顾她的,"她恍然大悟,"所有的争吵和威胁都是做戏。"

"不是做戏。有目的。但她暂时看不到。在她身边我最好是扮演刺头而非保姆。"

"天空啊,伊克坦。你们玩的游戏我真是吃不消。"

彼微微一笑。"你学会托瓦人的脏话了?你很快就会成为我们当中的一员。"

"海水母亲救我。"她说完,两人都笑了。

她摸了摸膝盖被打湿的部位,然后给自己的杯子添上茶水。

"我听说你病了。"伊克坦的语气毫无关切的意味,但夏拉竟然感觉到了。

"我没事。"

"夏拉……"

"我说了我没事。"她不希望曾经的祭司追根问底。

"不。她说的关于我的事是真的。"

她吁了口气,趁着放下杯子的时间缓了缓劲儿。"我知道。"

"我背叛的人不止是朋友,还是我爱过的女人。我杀了食腐鸦的主母。我曾与金雕共谋,如今也一样。"

"我知道。"

"你要怎么做?"

她清楚伊克坦问的是什么。她会不会如兹哈所希望的,看轻彼的人品?女孩的话是否在他们刚刚萌发的友谊中制造了罅隙?但她也明白,伊克坦希望获知她是否会告诉食腐鸦杀害他们主母的真凶。她只能说,氏族应有寻求公道的机会,杀人必须偿命。这个秘密牵连一条人命,此时掌握在她手里,实在左右为难。

"我觉得,"她说,"我还是回我的帐篷睡觉好了。今天太累

烈星 FEVERED STAR

了,明天我们就要到河边。我想养精蓄锐,迎接新的一天。"

她摸了摸伊克坦的脸颊,站起身来,缓慢而从容地离开了帐篷。她装作没有看到伊克坦掌中的寒光,但在回自己帐篷的长路上,她的双腿一直在打颤。

CHAPTER 19

新月海

乌鸦历 1 年

> 人类真是奇怪的生物啊,梦得太多,得到太少。
>
> ——摘自《梦行者手册》,长矛少女西尤可著

巴拉姆立在船头张望,大船劈波斩浪,驶过新月海。他们离开奎科拉的第一个清晨,海水平静,犹如被利刃割开的皮肉似的一分为二。一幅画面闪现脑海:他握着一把黑曜石刀的刀柄,一个浑身抹成蓝色的男人,被他切开胸膛,鲜血汹涌,恰似浪潮的浮沫。

他闭上眼睛,驱散了这幅画面。它是一段记忆,但并非他的记忆。自从他开始施展梦行魔法以来,这种画面越来越频繁地出现在他完全清醒的时候。他起初以为是魔法带来的梦魇。但他很快就怀疑不止么简单。

他常常是作为一位老祭司出现的,但有时他是浑身涂成蓝色的受害者,刀刃切开胸膛时,强烈的恐惧积在喉头。还有更可怕的。他站在山顶,眺望一座焚毁的城市。他挥挥手,深红色的大海在沸腾,漩涡里漂浮着死鱼。他念了一个字,人们排成一字长龙,平静地走向巨大金字塔的边沿,从高空摔落。

它们都是三百多年前长矛战争期间的记忆,他确信无疑。但

烈星 FEVERED STAR

他不清楚这些记忆为何纠缠上自己。难道是梦行者所处时代的精神魔法以某种奇异的方式残留下来了吗？他是不是看见了他们的言行，视同亲手所为？或者，那些画面是某种警示，是他在自己选择的道路上将会遭遇的命运？

若是后者，他无所谓。为了达成目的，他愿意付出任何代价，焚毁城市也好，煮沸大海也罢。况且每天都有人死去。为了伟大的事业，多死一百个又有何妨？

背后吵得厉害，他扭头看到了船长，一个矮个子、罗圈腿的男人，戴着宽边帽，名叫柯尔。他把一张新月海西部海域的海图铺在一张闲置的凳子上。奎科拉七大商贾领主中的三位聚在他周围，连珠炮似的对他发问。巴拉姆驱散了关于战争和死亡的恐怖幻觉，过去看看那边在吵什么，他的出现使领主变成了四人。

"多花数日便可，大人们，"船长解释道，"我们必须绕远路。从浅海区走。"

"浅海区？"一个名叫斯尼克的领主问，"在我看来都一样深。"他是个手舞足蹈的小个子男人，脸庞清瘦，额发编成一股可笑的辫子，还非说是时尚。巴拉姆没怎么跟他争吵过，凡七大领主聚会时谈及财产，他的说辞都相当狡猾，但面对他那滑稽的发型，实在很难严肃起来。也许那就是他编辫子的原因吧，巴拉姆心想，以滑稽的发型掩盖精明的头脑。又或者，也许巴拉姆太抬举他了。

"这里的海水更深。"海图底端是奎科拉，顶端是溯河可至的霍卡伊亚，船长粗糙的指头戳在前者和河口之间，"我们绕远路，贴着群岛走，那里的水没那么深，天气好些。"

"还不是深得可以淹死人。"说话的是领主佩什，他坚持要来，尽管巴拉姆明确指出不需要他出席，还直截了当地提醒佩什不会游泳。

　　他相信佩什是怀着恶意非要同行的。此人始终记着巴拉姆抢夺船长之恨，不过"抢"这个字眼并不准确，因为在巴拉姆雇佣那个涕克女人之前，佩什就咬定他们之间的雇佣关系结束了。人最想要的就是得不到的东西，他心想。

　　"是的，你会淹死。"船长咧嘴笑道，"不过在池塘里你也会淹死。别担心，大人。在西边，一年当中这个时节的天气一向很好，如果起了风暴，我们距离群岛也很近。我不会让你淹死的。"

　　"可惜了。"巴拉姆喃喃道，佩什扭头瞪着他。巴拉姆冲着那个小心眼的男人淡淡一笑。

　　领主图恩伸出一根染黑的手指点着海图。"这里是涕克的群岛。她们讨厌得很，声名狼藉。"七大商贾领主之中，她是唯一一个巴拉姆愿意与之同行的。他们算得上志同道合。两人的父亲都很强势，也都已过世。她的父亲刚过世不久，因为没有男性继承人，她便继承了领主的头衔和权力，而他的父亲早已过世，他也得到了同样的利益。不过最重要的是，她研习古老的魔法。石魔法，正如他研习的血魔法，以及最近的精神魔法。两人联手，再加上他表亲珀瓦吉精通的阴影魔法，他们的实力不容小觑。

　　"图恩小姐。"她明明贵为领主，船长却要称她"小姐"，每逢这样的场面，巴拉姆似乎都能看见图恩蓝灰色眸子的眼角在抽搐。"只要我们贴着海岸走，涕克就不会找我们的麻烦。除非你要上岸，甚至企图深入群岛之内，到海图上都看不见的岛屿探险。那么……"船长在脖子上比了个割喉的手势。

　　领主图恩直起身子。"明白了。"

　　"别担心，两位。"柯尔打着手势，却是安抚孩子的动作，"我一定将诸位平安送达。其他人也一样。"他抬起下巴，示意同

烈星 FEVERED STAR

行的两艘船,左右各有一艘。船离得不近,以免卷入尾流,但也不远,可以使用旗语交流,巴拉姆在船尾见他们打过。一条船吃水很深,载着足量的黄金、玉石和绿咬鹃羽毛,即便最骄纵的大君也不能不动容。每位商贾领主的家族都有贡献,包括留在奎科拉的那几位。毕竟这次外交任务是所有统治家族共同支持的联合行动。另一条船上是他的表亲珀瓦吉和各位领主的家丁和家仆。珀瓦吉希望与巴拉姆及领主们同乘一船,但佩什反对称增加一个人可能会翻船,斯尼克则提到礼仪方面的问题,巴拉姆还来不及跟珀瓦吉商量,表亲咕哝了一句"这次我卖你个面子"便去了仆人所在的船。巴拉姆有几分嫉妒彼。至少,珀瓦吉用不着听佩什念叨海上的安全事项。

"篷子底下可以乘凉、吃点心,我们还有强壮的桨手,"船长说,"这条航线我熟悉得很,日落时就能见到陆地。各位大人请便……"他赔着笑,饱经风霜的面庞皱了起来,领主们慢吞吞地照他的指示挪向篷子。

也许在他眼中我们就像孩子,巴拉姆觉得这个想法实在有趣,不禁暗自发笑。

图恩撞了一下他的肩。她打手势召他去船头,在那里交谈更安全。她个子高挑,跟他差不多,额头斜长,眉毛浅淡,衬着肥沃黑土般的皮肤。她的手腕和脚踝上的翡翠饰品发出轻柔的撞击声,一身墨绿色低领长裙,胸下系着束带。这种装束不太适合航海,可他有什么资格评判?他同样盛装披挂白豹皮。

"佩什就不能闭嘴吗?"当他来到船头,与图恩并肩而坐时,她抱怨道,"你怎么没能说服他留下……"

"他是来折磨我的,我敢打包票。"

"你干了什么,让那个傻瓜甘愿冒险在新月海上航行?"

"他认为我在筹划阴谋诡计。"

"好吧,他倒是料中了。"

巴拉姆哈哈一笑。他怎么可能料不中呢?

她痛苦地捂着肚子,嘴巴歪斜,只见她手上布满刺青、戴满戒指。

"晕船?"

"我应付得来,但我承认任何时候我都不习惯把航海作为消遣。"

"遗憾。你本可以成为出色的海盗。"

她笑了,露出上排牙齿,牙齿上镶嵌着打磨成小圆珠子的翡翠、绿松石和粉红珊瑚。"哎呀,巴拉姆,你在跟我调情吗?"

"如果是的话对我的事业有帮助吗?"

她斜着蓝灰色的眸子打量他,若有所思。"你英俊,"她承认,"且富有。"

"相当富有。"

"唉,我也一样。我一直不觉得我需要丈夫。我现在也不想改主意。"

"啊,"他说,"我向你保证我不需要妻子。我指望你考虑更有远见的提议。"

"巴拉姆家族和图恩家族强强联合?"她耸了耸肩膀,"也许吧。虽说我依然不理解为何要支持你挑起战争。上一次奎科拉燃起战火,巫王子一败涂地。你是不是认为如果你能独统全城,就可以避免重蹈覆辙?"

他面露惊讶之色。

"你以为我不知道你的宏愿?"

"我已尽可能谨言慎行。"

烈星 FEVERED STAR

"确实。我怀疑佩什、斯尼克他们对你挑起战争的猜测无外乎是更低的税率以及增加对梅里迪恩贸易航线的影响力。但我生来就是女巫,这种事我懂。"

"因为也是你的宏愿?"

她不置可否地耸了耸肩。她扭过头,明晃晃的日光照在颈部光滑的皮肤上,涂抹的金粉微微发亮。"我们今晚将在滞克的领土过夜。"她遥望着远在视野之外的群岛,说,"我能感觉到我们正在接近。"

"滞克?"

"她们的地盘。非常古老,她们的群岛是古代火山的遗迹。"

巴拉姆顺着她的视线望去,看到的只有无边无际的海洋。"我以为新月海的岛屿都是珊瑚礁形成的。"

"有些外露的部分是的,但它们……"她富于表现力的肩膀在颤抖,"我从骨子里能感觉到。它们还活着,还在生长。"

"那片土地是你先祖神明的残躯。"他心领神会。

"喷发火焰和硫黄的愤怒神明。"

"与你家族同名的石神。"

她回头面对他,眼睛在苍白眉毛底下神采奕奕。"我要它们,巴拉姆。传说它们曾经属于我的家族,是巨大的石蛇神的脊柱形成的。我要光复故土。"

"可是群岛已经有人居住了,"他干巴巴地说,"而且当地人还挺喜欢那里,据我所知。"

"这就是我与你结盟的价码。我们都知道滞克曾经败在长矛少女手下,残余的滞克可以再败一次。我只是要她们败在我手下,"她的微笑犹如毒蛇,"败在我们手下。"

他闭嘴不言,不动声色。

"我们抵达霍卡伊亚之前,你还有十天时间考虑,"她说,"滞克很有可能不会回应协议的召唤,你只需要说服霍卡伊亚和金雕把群岛给我。"

他扬起眉毛,疑虑重重。"你还是需要带上一支军队去声索主权。"

"也许吧。不过有几个巫师可能就够了,如果滞克的数量如我想象的那么少的话。谁知道呢?她们也许会欢迎新来的女王。"

他忍俊不禁,想起了此前所雇的滞克船长。"换作我的话,绝不做这种指望。她们全都顽固不化。"

"那我就打到她们屈服为止,如果你希望图恩家族站在你这边,你就要帮我这个忙。"

她伸出指甲长长的手,按了按他的肩膀,然后离开了,回到其他奎科拉领主们所在的篷子底下。

巴拉姆又坐了片刻,让太阳晒着脑袋,把他的皮肤晒成更深的褐色。他观察着海平面,寻找图恩从骨子里感觉到的群岛,幻想是否有一个精通吟唱魔法的女性种族在看不见的地方等待他们的到来。她的要求出乎意料,但他小心地掩藏着内心的讶异。他自以为了解图恩家族及其石神的一切,却不料他们与新月海东边的火山有关联。他不熟悉领主图恩提到的传说,印证那片土地自古以来归他们所有,他怀疑滞克也有与之截然相反的传说,但他没兴趣翻找故纸堆。他只是恨自己没能预判她的这一手。他知道她同样野心勃勃,以为等他独揽大权之后,她也许会要走奎科拉的一个区作为回报,至多要走邻近的一座城。惠查之类的沿海城市。可她竟然开口要滞克的地盘?太愚蠢了。

那便让她为之赴死吧,他心想,等她使用魔法把敌方城市搅得天翻地覆。等她实现了价值,她的命运便与你无关了。

烈星 FEVERED STAR

　　他揉了揉发烫的后颈，怀疑皮肤被晒伤了。他真应该跟其他领主们待在篷子底下，不要挨晒。他看到他们在那里吃着小盘海鲜，喝着冰凉浓稠的木瓜汁。

　　他长吁一口气。如果图恩愿意助他一臂之力，他可以把群岛许诺出去。她的判断可能是对的，渧克势单力薄，打下来不成问题。但如果成问题呢？他已经坦然接受多死一百个人的代价。多死一千又如何？一万又如何？

　　他起身离座，带着不咸不淡的微笑，走向那些同伴。

CHAPTER 20

托瓦城（郊狼之喉）
乌鸦历 1 年

  郊狼高喊，我被打下来了！此处的荆棘刺穿我的身！彼处的岩石打断我的背！但我大难不死！

——摘自《郊狼歌集》

  娜兰帕把蓓雅叫到她的房间里。丹纳欧奇已为她准备了一套适合太阳祭司与老大们首次会谈的服饰。裙子是深黄色的，细线织就的纹路在走动时宛如阳光闪耀，裙裾上蓝色和白色的丝带好似拂晓时分的地平线。披肩样式的衬衫是黄色的，蓝白相间的袖子垂着细小的流苏。斗篷以鹿皮制成，有染黑的毛皮包边，内衬星罗棋布的白点，手腕上戴着沉甸甸的金带，耳朵和脚踝也一样，形似镣铐。蓓雅还打理了她的发型，头发梳向后方，以金梳固定，让如云秀发披在背后。整体效果雍容华贵，旨在一鸣惊人，娜兰帕犹如披盔戴甲的女武士。

  蓓雅为她妆扮时，她在阅读卷轴，试图理解其中描述的八种魔法。辐轮上的每一种魔法都有相克的对立面：精神对血，火对水，石对天空，以及她最感兴趣的，太阳对阴影。图表把太阳之力与火鸟和生命联系起来。与之相对的，乌鸦和死亡是阴影的代表。但图表没有解释如何导引力量，没有说明力量的用途。更没

烈星 FEVERED STAR

有告诉她如何召唤力量帮助丹纳欧奇。但如果扎塔娅判断正确，此刻弟弟正在面对盛怒的老大们，她没有时间破译纸上的谜题。她希望那股力量可以应约而至，一如从前。万一不行，她得再想个办法。

扎塔娅在鲁冰花的门口等她。"我最多只能带你到龙舌兰入口。"

娜兰帕想起丹纳欧奇给她看过的一封信，信封上画着三片龙舌兰的叶子。"他在那里？那是什么地方？"

"是一个名叫瑟黛莎的女人经营的妓院。她是我们的同盟，丹纳欧奇的故交，她不希望他出事。但她也拖不了那些人太久。"

扎塔娅带着她匆匆上街。娜兰帕不由自主地扫视屋顶，搜寻乌鸦的影子，却一只都看不到。她只能希望重生鸦神放弃了搜寻自己的想法，但这个念头本身就很荒诞。暂时的喘息而已，她心知肚明。

"等我到了，该怎么做？"她们戴着兜帽，凑得很近，快步走过几乎空无一人的街道。

"展示你的力量。向他们保证，你将为狼喉而战，你能以太阳祭司的权威号令天创氏族，你的巫术可以战胜重生鸦神。"

"我不能说大话。"

"那么丹纳欧奇死定了。"她拽着娜兰帕钻进小巷，又转到另一条小巷，然后来到了一座酷似鲁冰花的房子，半圆形的门脸对着外面。不过鲁冰花的墙壁刷成了白色，绘着同名的花卉，而眼前的房子是浅蓝色的，门开在街边。门是类似瘀伤的深紫色，门边画着一株龙舌兰。三片肥厚的蓝绿色叶子婀娜地向上伸展，叶尖密布褐红色的尖刺。

"我不能进去了。"扎塔娅的手颤巍巍地抚过袍子下摆，"我会为你祈祷，向那些寂寂无名的神明，还有郊狼。"她犹犹豫豫地补充了一句："以及太阳。"

娜兰帕从不稀罕任何人的祈祷，更别提祈祷的神明是守望者所明令禁止的，但她只说了一句"谢谢"。

扎塔娅用力捏了捏娜兰帕的胳膊，这已是她表露过的最强烈的情感，然后她匆匆离开。

娜兰帕挺胸抬头，深吸一口气，推开大门。

她原以为龙舌兰与鲁冰花大同小异，是一家充斥着烟草和酒水发酵气味的赌场，但她发现自己置身于一个遍地是罕见绿植、温暖异常的庭院。

她注意到每隔几步就有燃烧的火盆和陶土制作的散热装置，不禁喃喃自语："温室。"一条白色石板铺就的小径蜿蜒于庭院中，于是她顺路前行，披着毛皮斗篷的身子已经开始发汗。在她周围，低垂的藤蔓开着橙色与粉色的花朵，袖珍池塘里游着野鸭、缀满黄花。她经过一个盘腿坐在毯子上的小男孩，男孩手中长笛飘出甜美的音符。空气中弥漫着香料和柑橘的浓郁气味，五颜六色的纸灯笼在宛如星夜的天花板上摇曳。时值寒冬，而托瓦的寒冬一向冷酷无情，但墙内的龙舌兰营造出了梅里迪恩南部的夏夜氛围。

尽管景色宜人，但她没有流连，又推开了一扇深红色的大门，进入内室。

如果把温室花园比作天堂，那么此处呈现的是截然不同的另一个故事。一个特别的故事。这里也有植物，葱郁茂盛，色彩缤纷，空气中弥漫着同样的甜腻芬芳，但在藤蔓和鲜花盛放的盆钵之间，是从天花板垂到地面的丝薄纱帘，纱帘后面是床。床上的人不同程度地赤裸着身体，低沉的呻吟声夹杂着笛声和鼓声。

201

这是妓院,她提醒自己,你指望能在这里看到什么呢,娜拉?

她以为会看到痛苦万状的丹纳欧奇,在某个冷酷的地方,被同样冷酷的人折磨,却不料撞见的是欢爱的场面。她移开视线,盯着穿房而过的地砖小径,却隔绝不了周围的声音,尴尬得脸颊绯红。在肉欲方面,她的烟火气不太重。性事对祭司们而言不是禁忌,但也得不到提倡,而结婚是绝对不行的。伊克坦是她唯一的情人,她从不觉得有什么问题,但此刻她强烈地意识到自己缺乏经验。

因为埋着脑袋,垂着视线,心浮气躁,她没能看见前面的女人,差点撞了个满怀。她大吃一惊,慌忙刹住脚步。

"你应该就是姐姐了。"女人打量着娜兰帕。她深棕色的皮肤涂了油,闪闪发亮,头发是纯银色的。她身着月光色长裙,银色的网状披肩盖着半露的酥胸。一圈色彩斑斓的羽毛绕着她纤细的脖颈飘飞。她面带微笑,朱唇微启。

娜兰帕情不自禁地吸了口气。此人的美貌可谓惊世骇俗,令她一时失语。

女人的笑容更加灿烂,看来很清楚自身美貌的影响,娜兰帕也借机回过神来。"你应该就是瑟黛莎了。"她想起扎塔娅说起的名字。

"他说你不会来了。"

娜兰帕扬起下巴。"他错了。"

瑟黛莎面色微变,似是如释重负。"他答应奉上血祭,为自己的失败赎罪。准确地说,他正在血祭当中。"

也就是说他还活着,但情况如何?"我知道血祭。不久前我也献过自己的血。"

"作为太阳祭司吗？"瑟黛莎将信将疑。

"不。"她未加解释，却想起了扎塔娅手中的魔鬼鱼刺和黑曜石刀子，于是鼓起勇气，准备迎接可能见到的场面。

"既然你来了，他就不必继续受罪了。"瑟黛莎退到一边，"去解救你弟弟吧。"

娜兰帕踌躇着走上前去。起初，她只看到一群人，有男有女，衣着华丽，端着细长而精美的杯子啜饮，他们当然是狼喉的各家老大。她瞅见一个穿着深蓝色裹身裙的高挑女人，脖子上戴着沉重的翡翠珠串，正在侧身与一个披着波浪般红色斗篷的男人说话，后者头戴一顶装饰羽毛的冠冕。一张矮桌上摆着琳琅满目的酒食，另一群人在桌边抓取食物，边吃边笑。娜兰帕经过时，他们无声地投来审视的目光，令她如芒在背。

然后她看到他了。

丹纳欧奇一丝不挂地跪在台上，身体被绑在木架上。他耷拉着脑袋，一向精心打理的头发松散凌乱地搭在面前。他双臂展开，手腕和肩膀用结实的绳子紧缚着，身上扎有熟悉的白色魔鬼鱼刺。一根刺透舌头，一根刺透下体，每只耳朵上也有。不扎鱼刺的部位，插的是匕首。匕首插进他的肩膀、手肘和手掌，插进臀部和大腿内外，但躯干上没有。目的是让他极其缓慢地流血而死。

娜兰帕不寒而栗。

她隐隐察觉到周围安静下来，她知道他们在观察——蓝衣女人，红衣男人，以及其他人。她感到有人靠近，但做不到从弟弟身上挪开视线。

"这是旧俗。"身边的瑟黛莎语气平淡，娜兰帕却恨不得放声尖叫。

烈星 FEVERED STAR

"守望者废止了这种做法，"她咬牙切齿地说，"这是严令禁止的。"

"别指责我们，太阳祭司，"女人说，"丹纳欧奇心甘情愿，他在赎罪。"

"放了他。"娜兰帕吼道，充满愤怒的嗓音于她自己而言都那么陌生。

"不，"女人直截了当地回应，"那是你要赎的罪。"

娜兰帕真想大喊大叫，说她对这帮人无罪可赎，但现在不是争执这个的时候。她多耽搁一秒，他的痛苦就增加一分。

她咬着牙向前走去，华丽的裙摆在血泊中拖曳。来到弟弟身前，她停下脚步，抬起双手，却不知道先做什么。是松绑？还是取掉鱼刺？

"先取鱼刺。"又是瑟黛莎，在她身后柔声提示。

娜兰帕先拉出他舌头上的鱼刺，然后一根一根地取下，为了丹纳欧奇少受痛苦，她的动作很稳。她又一把接一把地抽出匕首，落地时当啷作响，响了十二声。最后，等她解开绳子，他立刻瘫软下来。她一把抱住弟弟，拉到膝间。鲜血浸透了裙子，但她毫不在乎。

"对不起。"她轻声说着，撩开他面前的头发。他眼也不睁，不知道能否听见她的话。

他能否听见，取决于他是否活着。

悲痛之情翻涌而来，强烈得几乎要淹没她。她紧紧地抱着弟弟，眼泪打湿了他的头发。

"到底是哪位干的？"

他们在她面前集合了。瑟黛莎、红衣男人、蓝衣女人以及另外九人，狼喉的所有老大们。

"我们一起干的。"说话的是披着红色斗篷的男人,"我是黑火的帕斯寇,那是我的刀。"他走上前,捡起掉在地上的一把匕首。

"我是野玫瑰的阿玛可,"蓝衣女人说着也走过来,"我的刀在那里。"她捡起另一把匕首。他们一个接一个地走上前,直到瑟黛莎捡起最后一把匕首,所有人肃立不动。她不知道他们在等什么。他们的姿态充满仪式感,不存在恶意,但她打心眼里反感。

"那么,鱼刺是谁干的?"她看着魔鬼鱼刺,渴望将她的敌人记录在案。

"那是他自己干的,"帕斯寇说,"他不是懦夫。"

惊讶之下,她心碎不已。她想象着他跪在那里,把鱼刺扎进自己的身体,然后等待他们的匕首。

要是我来晚了呢?她探着他的胸口。她摸到了心跳,还有他呼吸时缓慢的起伏。他还活着,但命若游丝。"他需要医师。"

"不。"瑟黛莎以不容辩驳的语气回绝道,"如果诸神开恩,他会活下来。如果没有……"

我必须救他。但怎么做呢?她想到扎塔娅拿来的卷轴,其中表明太阳之力便是生命本身。可是死亡近在咫尺,这个知识有什么用呢?

"生命,"她低语道,"我有生命之力。我大难不死。"她亲吻弟弟的头。"你也一样。"

她紧闭双目,全神贯注。她回想着从极高处落入冰冷河水时的冲击,在自己的坟墓里醒来时的恐惧,逃过重生鸦神攻击时的兴奋。她选取那些时刻、那些记忆,任其壮大。她把它们注入心中的某个位置,太阳神的栖身之地,使之闪耀。她从周围的轻声喘息中确认自己的手掌在发光,她按着丹纳欧奇的胸膛,使他的呼吸更加有力,使他的心跳回应自己的心跳。

成功了。

慢慢地,他活过来了。

她感到一股相应的力量从体内向外流动。她欣然放行,让自身的生命力流向弟弟。她的脑袋开始疼痛,周遭的一切在旋转,馥郁的花香令她晕眩。等到丹纳欧奇咳嗽着动弹起来,她才切断了他们之间的连接。

两人同时喘一口气,然后同声大笑,老大们无不惊叹称许,然而此时此刻,她根本不在乎他们的想法,只要丹纳欧奇活着就好。她翻动他的手臂和手掌。伤口苍白且鼓胀,已然愈合了一半。

"啊,姐姐。"他的嗓音微弱且生硬,但终究是能说话了,"我就知道你会来。你一直很有野心。"

她破涕为笑。"又考验我吗,欧奇?"

"最后一次了,我发誓。"他望向周围的人,"他们入伙吗?"

她抬起头来。面对她的目光,帕斯寇单膝跪地,低声唤了一句:"太阳祭司。"

阿玛可也一样:"太阳祭司。"

其他人照做了。瑟黛莎是最后一个,"太阳祭司"在她说来有一种骄傲的口吻,娜兰帕瞥见了一抹笑意。

她拨开丹纳欧奇面前的头发,轻声说:"他们入伙了。"

她感受到一种深沉的平静,一种前所未有的使命感。哪怕是在她吟唱故事、主持太阳祭司的仪式时,她也从未像现在这样有过这么强烈的使命感。这就是协议的签署者们成立守望者组织时所抱有的期望吗?太阳祭司不仅仅要领导梅里迪恩,还要治愈遭到战争破坏的领土？太阳祭司要于混乱中建立秩序，要预知未来，避免重蹈覆辙？

她还不太清楚治疗之力有何大用，也不知道有什么可以对抗重生鸦神带来的黑暗，但她比几个钟头前更接近答案。弟弟还活着，同时，当她看着面前俯首屈膝的狼喉老大们时，她知道无论接下来会发生什么，他们将共同面对。

CHAPTER 21

托瓦城（奥多区）
乌鸦历 1 年

当心那些不信之徒，他们视职责为累赘。一个狂热的信徒好过一千个缺乏信仰的实用主义者。
——摘自《军事哲学》，霍卡伊亚军事学院教材

"醒醒，奥括。"有人坚持不懈地摇晃他的肩膀，他猛然惊醒。

表哥采亚居高临下地站在那里，板着那张宽脸。"瞧你啊，当班的时间睡着了。"他嘴上在批评，却是轻快的口吻。

奥括揉去眼中的睡意。他在大宅底层的兵营里，周围的护盾忙得团团转。因为睡在硬邦邦的凳子上，他背部酸疼，扭头时脖子扯得难受，想必是摆出了什么奇怪的睡姿所致。

"我……"

"一直熬着，等奥多·塞都回来。我知道。"

"有消息吗？"

"没有。"沮丧写在采亚脸上。他们都很沮丧。发生在场地里的意外事件已经过去两天，依然没有奥多·塞都的踪迹。

"我应该再派一支空中搜寻队。"奥括抻着脖子，放松肌肉。

"让艾图亚去办。我们需要谈谈。"

"不，我——"

"奥括。"采亚的语气不容辩驳，"现在就谈。"

"那就谈吧，表哥。"

他环视着来来往往的护盾，一个男人在角落里吃东西，两个换班的女人说说笑笑。"这里不行。"

"可以去我的办公室谈。让厨房送——"

"不，大宅里不行。我们飞走。"

奥括最想干的可能就是爬上贝伦达一飞了之，哪怕只有几个钟头也行。但他如今是护盾长，必须发号施令。

"我走不开，"他说，"我安排了人手去寻找奥多·塞都。说真的，我应该出去——"

"他已经失踪两天了，奥括。你必须干点别的事情。吃饭，睡觉。"

"你不明白。奥多黑——"

"我也当过护盾长，梅卡就是一根扎在我脚后跟的刺，我受折磨的时间可比你长多了。寻找奥多·塞都的工作，你一会儿不在也不影响。你需要离开这里。我们有事要商量。私下里商量。"

"上一次我们私下里说话，你带来了我母亲去世的消息，"他哀声应道，"这次你要说什么？"

采亚似乎吃了一惊，但旋即恢复正常。"洗把脸。我们鸟舍见。"说完他便走了。

看来是坏消息。奥括已经被坏消息淹没了，打心眼里排斥，不过，尽管他一点儿也不愿意听到坏消息，但让采亚告诉自己可能是最好的。

采亚在等他，库察的鞍鞯都已准备妥当。奥括快步走向贝伦达，喂了一把虫子问候她。她回应了，温顺地任他装配缰绳，在背上备鞍。他系紧鞍带，爬了上去，然后向采亚点头示意，他们很快出发了，飞到奥多上空。

他们向上攀升，大地在缩小，过了一会儿，奥括便可以俯瞰下方的整个奥多。

大宅门外的营地规模比奥多·塞都消失时更大了。奥括想起当天在人群当中的情形。他们冲了进去，搜寻那个到过大宅门口的浠克女人。人群迅速围拢，他很快跟丢了奥多·塞都。然后奥括发现他被围在当中挥舞白色手杖，顿时吓得不轻。太阳岩上的血腥场面在脑子里闪现，奥括担心再次看到残暴的一幕。接着是漫天的乌鸦，尖嘴利爪，扑飞而至，奥括本能地低头躲避，等他再次抬头，鸦群不见了。后来他从目击者口中得知奥多·塞都和鸦群合而为一，他变成五十只乌鸦，飞走了。他起初并不相信，但唯有这样才说得通。

他不禁嘲笑自己。说得通。一个人变成一群乌鸦怎么可能说得通，但他严肃地提醒自己，奥多·塞都不是普通人，而他的忧虑也更重了。

塞拉皮欧消失后，奥括去了鸟舍，希望在乌鸦当中找到他，但那里没有人影。奥括所能想到的唯一一个他可能去的地方就是栖息地，于是骑上贝伦达，让她飞上天空。他们盘旋着，越过领空，越过天空塔，但当他要求她飞向西边时，她拒不从命。巨乌鸦不愿意离开托瓦。

"你是不是想告诉我，他去了某个地方，叫你不要跟过去？"奥括对他的乌鸦说。

他听不懂她的回应，但很清楚她的意思。

"你能不能告诉我他有没有回来的打算？"

贝伦达沉默以对。唯一的回应是拉扯他头发的狂风,以及上方黑暗的太阳。

于是他们回了家。随后,护盾搜索了整个区域,空中搜寻队绕城而飞。但因为别的地区都把乌鸦挡在外面,他能做的不多。

埃莎更是心忧如焚,奥多·塞都刚刚在他们门外培植了一群狂热的信徒大军,动摇了她的统治,然后又弃之而去。

奥括感到难以置信。"我还以为他的离开正是你希望的。"

"你不是建议我接纳他,与奥多黑联手吗?"

"真没想到你居然听进去了。"

"他们还在不断地过来,你知道的。昨天来五十个,今天来一百个。全都聚在门外,简直是灾难。"

梅卡也没少添乱。他信守了承诺,没有透露埃莎的愚蠢行为,但这位奥多黑的首领也没有闲着。他每天宣讲自己前往太阳岩见识到的"伟大清算",还有他与奥多黑会面的细节。更糟糕的是,他领导建立了一支武装,扩充了名为图勇的奥多黑军事议会。奥括自知必须阻止此事,不然他们的规模会超过护盾,但他担心已经失去了和平解散这支武装的机会。现在他的希望寄托在奥多·塞都回来并亲自叫停此事上。他不认为当初在修道院里相敬如友的男人受得了梅卡的图勇,但也不敢完全肯定。

此刻采亚领着他们向南飞过开阔的台地。城市不见了,前方豁然开朗,出现了广袤而平坦的荒原,斑斑残雪点缀其上。一丛丛雪松与光秃秃的山杨和枝叶茂密的松树相对,长眠已久的火山以柔软的身姿伏在远方。正如他的预料,训练骑手的那片湖泊映入眼帘。时值冬季,天空底下的湖面常常闪烁深蓝色的冰冷光泽,但因为日食,湖面处于半结冰的状态,薄冰形成一层脆壳,覆盖到岸边。

库察着陆了,贝伦达紧随其后。他们降落在湖滨的一片空地上。奥括看到了一个小型营地。他记得这里有常设的训练场,供有志的氏族子弟们使用,不仅能用来练习飞行,还可以练习需要开阔场地的战斗技艺,比如弓术和钩镰枪的投掷。

"我们要见什么人吗?"刚一着陆,他就问道。此前有人来过这里,摆设了各式军演道具。藤制的钩镰枪、尖端装配黑曜石的箭矢以及射箭的圆弓,甚至有排列在桌上的匕首。

"不,只有我俩。我不希望有人听见。"

采亚从库察背上滑下来,解开鞍带,卸下鞍具。他揉了揉她的后颈,解开辔头,然后吹了声口哨以下达指令。巨乌鸦呱呱着回答,飞上天空。

奥括诧异地看着他。

"贝伦达也一样。"采亚指着另一只巨乌鸦说。

"为什么?"

"她跟他可以交谈,不是吗?"他压低声音,但奥括敢说贝伦达听得见。采亚所说的"他"不言自明。

"她绝对不会转述我们的谈话。"

采亚低头沉默片刻,似在思忖。"那晚她在太阳岩上陪着他,不是吗?在连珠日前夕的暴风雪中。"

奥括不知道答案。

"我听说乌鸦给他起了名字。噬日者。"

"你怎么知道?"

表哥歪着脑袋。"你不信吗?"

"我……"采亚有什么必要说谎呢?"就算是真的,我看不出有什么问题。"

"让她离开,奥括。我叫库察走了。"

奥括试图反驳说采亚和库察的关系不同于他和贝伦达,但他知道表哥对坐骑的关爱不亚于自己。他又想起贝伦达在修道院里帮助过奥多·塞都,说了奥括的名字。而且贝伦达确实保护了他,不仅替他抵挡暴风雪,还在意外发生后阻止奥括寻找他。奥括从未质疑过贝伦达的忠诚……直到现在。你真该死,采亚,他心想。但他还是卸掉了贝伦达的鞍具,打发她离开。

她振翅时,一只眼睛似乎凶狠地瞪着他,但不知道是她真的不满,还是奥括内心因为不信任她而萌生的愧疚之情作祟。

等她越过树木覆盖的群山,采亚打了个手势,招呼他去摆放武器的地方。

"选吧。"

奥括闻言一凛。"干吗?"

采亚哈哈一笑,走向钩镰枪。"别这么惊恐嘛,奥括。我觉得我们可以一边说话一边训练。自打你从军事学院回来后就没有正式训练过了。"

此话不假,他紧张的情绪有所缓解。表哥是不会伤害他的。这种想法太荒谬了,自从母亲被害后他就一直疑神疑鬼。他发誓不再胡思乱想了,至少此时此刻应该放下戒心。"投枪就算了。"他指了指箭矢。

采亚举起双手以示退让,移步到弓箭那里。两人挑来选去,试好了弓,又检查箭矢有无弯曲或裂纹。等他们满意了,便来到厚实的靶子前,距离都在四十步左右。

"后辈优先,表弟。"采亚说。

奥括笑了。"真的?你要是不先来,可就没机会超过我的成绩了。"

"不妨试试嘛。"

烈星 FEVERED STAR

奥括点点头。他走上前，摆好架势，搭箭上弦，然后挺身拉弓。他集中注意力，气息沉至脚底，贯通土地和周遭的世界。他留意从湖面吹来的微风，灌木丛中动物的微弱响动，还有他自己呼出吸进的气流。他继续拉弓，直到下颚、鼻子和箭尖连成一线。他的手臂因张力而微微颤动。他瞄准远处的靶子，在呼气的同时射出了箭矢。

箭矢稳稳地飞过，正中靶心。

"嚯！"采亚赞道，"漂亮。我都忘了你是神射手。"

"比投枪好一点。"他对表哥的称赞颇为受用。他许久不曾拉弓射箭，而且当地的天气比霍卡伊亚更冷、更干燥。他本来担心弓太陌生，用起来不称手，但事实上完全如他所愿。

轮到采亚了，奥括腾出位置，让表哥上前。他的箭翎是褐色的，以区别奥括的白色箭翎。奥括看着他摆开架势，拉弓放箭。他的箭矢扎在奥括那根箭矢的左边，偏离靶心。

"天空啊。"表哥装模作样地拉伸肩膀，"旧伤又发作了。"

奥括宽宏大量地微微一笑。他又拿起一支箭矢，采亚退开了。

"我打赌你这次射不准。"奥括上前时他打趣道。

"要不要下注？"

"啊，托瓦人，就知道下注！"

"你不是托瓦人吗？"

"我没说我不接受下注！"

两人哈哈大笑，奥括彻底放松下来。离开大宅是个好主意。他操劳过甚，担心太多。拉弓射箭的简单快乐、大自然和友情对他很有好处。

他站好了，拉开弓，箭矢贴着脸颊，视线聚焦靶子。

"你父亲也是百步穿杨的神射手。"采亚的声音很轻,但字字千钧。

奥括怔住了。他心跳加速,突然头昏眼花。第一次是在天牢那天梅卡提起的,这次是采亚。他敢说不是巧合。却是他不愿涉及的危险地带。"采亚,别说了。"

"我知道关于阿亚瓦的话题是禁忌,在亚特莉扎还活着的时候——"

他转身面对采亚,箭尖直指后者的头。"我叫你别说了。"

采亚举起双手,连连后退。"悠着点,奥括。我只想谈谈你父亲。没有人能听到我们说话。"

肩膀承受的张力越来越强,但他依然拉着弓不收手。他十二岁就离开了托瓦,但他很清楚事实:"我父亲是叛徒。没什么好谈的。"

"可以说的有很多,只要你愿意听。"

他的手臂在发抖。咆哮在胸中酝酿,痛苦化作声响。低沉的叫喊脱口而出之际,他释放箭矢,及时把准星从表哥身上移开。箭矢径直飞入林中。采亚望着箭矢消失不见,然后回头面对奥括。他瞪圆了眼睛。

他出离愤怒,奥括却懒得搭理。

采亚沉默许久。"表弟……"

"我叫你别说了。"怒火在胸腔里烧灼。他抓起一支箭矢,搭弓拉弦,这一次对准了靶子。他寻找此前的冷静,但注意力已经涣散。他沮丧地放下弓。"见鬼,采亚。你先是让我怀疑贝伦达,现在又来这一套?你到底在耍什么把戏?"

"不是把戏。只是……我们需要聊聊你父亲。这很重要,尤其是现在。"

"为什么?"尽管极力克制,他的口吻还是带有恳求的意味。

你父亲是叛徒。他又听见母亲嘶声低语,似乎事件发生在当天,而非十二年前,她抓着他的胳膊,泪水盈眶。他背叛了我们,奥括。现在天创氏族要他的命。

"你母亲有没有告诉过你他犯了什么罪?"

"这不重要。"父亲被抓走时奥括才八岁。他害怕那段回忆,拼命地忘却其中的细节。唯恐别人说起父亲,不,哪怕只是想起父亲,人们就会提到他的所作所为,在他儿子身上看到同样的污点。

"他密谋造反。"

奥括用力地握着弓臂。"住口。"

"为了食腐鸦独立。那是他的信仰。他说天创氏族在刀兵之夜辜负了我们,他们和守望者一样是我们的敌人。他最好的朋友和你母亲也参与了密谋,但在受审期间,他一个人背下了所有的罪,还他们以清白的名声。所以他们活了下来,但他没有。"

"你为什么要告诉我?"

"因为我不希望看到你犯同样的错误。我看到你说起奥多·塞都时的表情,奥括。他蛊惑了你,让你对食腐鸦的未来抱有不应该的希望,那是绝对不可能实现的。你认为如果我们和他以及梅卡的狂信徒联手,食腐鸦就可以从天创氏族独立出去。"

这话是埃莎告诉他的吗?

"完全没有可能吗?"奥括的声音轻如耳语,仿佛在陈述一件可耻的事情。仿佛他的希望是说不出口的。"他抵得上一百条好汉,如果他召集乌鸦,甚至能以一当千。"他提高嗓门,"瞧瞧场子里的人吧。那是一支军队。守望者不在了,哪个氏族的护盾能对付我们?"

"现实一点,奥括。我们需要提提迪北边的矿场、坎恩东边的农田,还有托瓦谢希河上的贸易路线。作为一个完整的城市,托瓦才具备这些功能,而不是分裂成几个区域。"

"那我们利用他,将整个托瓦收在我们的羽翼之下。"

采亚不置可否地抿着嘴唇,奥括则面红耳赤,恼羞成怒。他说的尽是叛国的言论,他很清楚,但是覆水难收。他抓着弓臂的手握成拳头,猛地打在桌上,震得箭矢纷纷滚落在地。他大步走开,懊恼地抱着头。

"那你会怎么做,采亚?"他大喊,"告诉我,因为我不知道!"

"尽你的责任。"

"对谁的责任?"

表哥的表情刺痛了他的心。"如果你一定要问这种问题,奥括,那我这话说得已经太晚了。"他说完走向湖边。

"不!"奥括抓着他的胳膊,把他扳到自己面前,"不要走开。告诉我该怎么做!"

"说服埃莎回复天创氏族的要求!叫她答应把奥多·塞都交给他们。让她逮捕梅卡!"

"逮捕梅卡?"他闻言大吃一惊,"以什么罪名?"

"你没看到他每天都在场地里宣讲吗?他把太阳岩上发生的事情称为'神圣审判'?"

"那是他的自由。再说了,如果你把他关起来,他反而成了殉道者。"

"如果你不把他关起来,他就会拿奥多·塞都当借口,把你的家人赶出大宅。记住我的话,你不了解梅卡。那家伙一直憎恨这个家族,从他们让天创氏族带走你父亲开始。"

他想到梅卡的警告,切莫把对奥多·塞都的忠诚和家人的不忠混为一谈,奥括的父亲不会犯这样的错误。其中有某种联系,但他来不及思考清楚。

"怎样?"采亚神情严肃。

"我……"他犹豫了。采亚太难为他了。

表哥审视他许久,冰冷的声音充满厌恶。"你太像你母亲了。"

表哥这句话很伤人,破坏力之强出人意料,他立刻反唇相讥。"一开始说我像我父亲,现在又说我像我母亲。我到底像谁?"

采亚凑近,手指狠狠地戳着奥括的胸脯。"我说过,他们饶了你母亲,所以她没有重蹈你父亲的命运,并不是说她应该逃脱惩罚。"

他闻言一惊。"你是说她死了你很满意?"

采亚面容苍白,血色尽失。

奥括抓住机会,乘胜追击。"她不是自杀的。"他从未说出长久以来的怀疑,但他此刻已如脱缰的野马,仿佛内心打开了一扇门,再也关不上。

表哥瞪大眼睛,然后迅速移开视线。"你可不要乱说话,奥括。"

"埃莎——"

"埃莎是无辜的。"

"我现在相信了,但……"他皱起眉头,"你都知道什么?"

"我知道只有傻瓜才会没有证据就胡乱指控。"

"不,你要说的不是这个。"他捕捉到采亚惊慌的眼神,听到后者紧张而急促的呼吸,"你都知道什么?"

"回家去，奥括。回去劝埃莎把奥多·塞都交给天创氏族审判。这是唯一的路。"他背过身去，走向湖边。他把手指塞进嘴里，打了个响亮的唿哨。不一会儿，库察和贝伦达从丘陵背后飞来，飞过湖面。她们落在两人身边。

奥括目不斜视，若有所思。"你怎么不生气？"

采亚吁了口气，听起来疲惫不堪。"什么？"

"我刚才暗示我的母亲、你的主母在你执勤时被谋杀。你为什么不发火？面对我的指控，你的愤怒哪去了？"

"你悲伤过度，脑子糊涂了，表弟。不存在什么谋杀。你母亲从阳台上跳下去，在河里被人发现。这是一场悲剧，但考虑到她那么多年都背负着你父亲带来的耻辱和愧疚，你能怪她吗？"

"可你说埃莎是无辜的。什么事情无辜？"

采亚不说话了，奥括屏住呼吸。他的心跳咚咚作响，恐怕采亚都能听见。表哥知道内情，奥括敢肯定。但采亚什么都没说，拿起奥括的鞍具走向贝伦达。

"该说的我都说了。"

"别碰她！"

奥括冲上去，从他手里夺走鞍辔。采亚并未发作。他为巨乌鸦配置鞍具时，能感觉到表哥的目光。他爬上去，做好了飞行的准备，采亚忽然发问："你该做的那些事，你到底做不做？"

奥括不知所措。他对奥多·塞都说过，他只想做该做的事，但当时他并不知道，何为该做的事最难决断。

他没有回答，只是掉转方向，乘着贝伦达飞上天空。

※

奥括回到鸟舍时天色已晚，采亚不在身边。表哥没有如影随形地跟着,这样更好。奥括觉得暂时不想见到他了。他关于父亲的那番话——他竟然拿父亲说事——是扎在心里的刺。

奥括对父亲只有模糊的记忆,幼年时的朦胧画面。但都是美好的记忆,后来才变了味。父亲常常在藏书室里花好几个钟头教他识字。多少个漫长的夜晚,他躲在凳子底下,听父亲和那些谈吐不凡的朋友讨论哲学、争议历史。他记不清具体说了什么,也记不清那些面孔,但当时的感觉刻骨铭心。

一定是在当时发生的,他心想。话题在某个时间变得危险,被父亲当作朋友的某个人居心叵测。他不知道到底发生了什么,也许永远无从知晓,但只要想起来就会很难受。

彻底否定父亲对他来说并不值得骄傲,但叛徒这顶帽子有着男孩不可承受的重量,母亲当然也绝不容许任何人提及亡夫。她当然害怕人们记得她参与了那次叛乱,害怕人们记得她是如何脱罪,然后清算旧账。难怪她一直以来都那么哀伤,即便在生命的最后。难怪等他到了年纪她便将他送去了军事学院。

奥括察觉到有人在台阶尽头的阴影中等待,竟有几分期待是奥多·塞都。"谁在那里?"

艾图亚走上前来,怯怯地开口:"抱歉,大人。我不想打扰您。您好像在想事情。"

奥括勉强笑笑。"我什么时候没想事情了,艾图亚?有什么消息吗?"

"有一封信,大人。"护盾递上一张折起来的纸。

"有奥多·塞都的消息吗?"他接过信。

"没有,大人。没有新的进展。"

"没有踪迹?什么都没有?"

"是的,大人。"

"这是什么?"他举起手中的信,"又是氏族提出的要求吗?为什么不给埃莎?"

"收信人写的是您。"

"谁写的?"他顿了顿,目光终于落在信上。

艾图亚迟疑片刻。"上面有太阳祭司的标记。"

奥括看了看封印。真是托瓦的太阳。他的眉毛拧成一团。"谁送来的?"

"一个跑腿的,大人。我们在门口拦住了她。就是个狼喉的小丫头。"

"狼喉……"他想起另一封来自狼喉和太阳祭司的信。但她不至于如此大胆。

"谢谢。"他挥手示意艾图亚离开,"等采亚回来就立刻通知我,不管我在哪里、在做什么。切记。"

"一定,大人。"

等护盾离开,奥括取下手套,掖在腰带上,然后揭开封印,读起信来。他通过字符的形态认出了笔迹。这封信和连珠日之前他收到的信出自同一人之手。那封信的内容是风暴、背叛和友谊。

他又看了看手里刚收到的信,相似度很高,只是写着风暴、友谊和生存,还画了一根形如穹顶的线条,穹顶之下是天创氏族的标志。他明白其中的意思——携起手来,天创氏族共同抵御风暴。

信的末尾有狼喉某处的标志,一根茎上的一串花,外加一句留言,说如果他愿意来,送信的人可以接他。

他大感不解地倚着墙。

还是那位太阳祭司吗?莫非她大难不死,如今就在狼喉?更不可思议的是，她是不是认为他身为食腐鸦之子，愿意与她联手对抗奥多·塞都？太荒唐了。而且愚蠢。

因为现在他知道去哪里找她了。

想到追捕太阳祭司，他却愁眉苦脸。他对在母亲葬礼那天遇到的太阳祭司颇有好感，觉得对方与众不同，值得信赖。当时他梦想着氏族之间和平相处。但如今奥多·塞都来了，梦想变成了战争。

不是战争，他告诉自己，是独立。

鸟舍里安安静静的，搜寻队已于黄昏之前返回，鸟儿们都在歇息。

他从附近的架子上拿了一只陶碗，从水桶里舀水。他把手伸进始终挂在腰间的袋子，取出一把虫子。他喂给贝伦达。

"很抱歉我怀疑过你。"

她不满地叫了一声，但接受了他的道歉。他在碗里蘸湿了手指，把水抹到她的翅膀上，开始整理她的羽毛。他拔下松散的羽毛，放到一边，留给正在缝制的斗篷，因为旧的那件送给了奥多·塞都。等所有松散的羽毛处理完毕，他把湿漉漉的手指插进光亮的鸟羽，来回梳理。这是人和鸟的情感互动，而非必要的程序，乌鸦自己会梳理羽毛，但这样做能让双方都感到舒适。

"我不值得你的信任，但我要请你帮一个忙。"

他注视着她的眼睛，那里洋溢着智慧之光，他再次希望自己可以像奥多·塞都一样听懂她的语言。但不管他作何希望，他终究不是神。

"找到他，带他回来。我要跟他谈谈，再作决定。"

作为回应，巨乌鸦轻声地呱呱叫唤，鸟喙贴在他脸颊上。他点点头退开了,为她让行。她拍打着翅膀,水滴洒了他一身,然后她冲天而起。等她飞远,他从墙壁的挂钩上取下一条毯子,在鸟舍里找了个芦苇垫子还算新鲜的阴暗角落,安心等待。

CHAPTER 22

托瓦城（郊狼之喉）
乌鸦历1年

逢友即交。

——《幸福生活箴言集》

尽管有娜兰帕的治疗之力，丹纳欧奇依然休整了一天半。在那场差点闹出人命的放血仪式结束后，她本来打算立刻带他回去，但瑟黛莎非要他留下来，于是娜兰帕也留了下来。

"天气太冷，他走不了那么远。"当时龙舌兰的老大说。

"我可以送信去鲁冰花，让人来接他。"

"堂堂一位老大，像个孩子一样被扛着走在街上？"她撇着嘴角，表示反对，"要是有人看到了呢？"

"那些幸灾乐祸的人已经看到了。"娜兰帕暗指其他老大。

"敌人无处不在。"面对娜兰帕露骨的指责，瑟黛莎视而不见，"最好不要主动示弱。"

与其说娜兰帕被瑟黛莎说服了，不如说是她意识到自己最好不要暴露在众目睽睽之下，不知道此刻是否有乌鸦在城里寻找她。不过她请瑟黛莎派人去鲁冰花告知扎塔娅，丹纳欧奇还活着，正在康复中。娜兰帕草拟了给天创氏族主母们和食腐鸦护盾长的信，请他们次日晚间来鲁冰花，到时候她会派送信的人去接他们。她写给食腐鸦之前犹豫再三。邀请他们出席当然不在她和丹纳欧奇最初商议的计划之内。她略为担心护盾长派重生鸦神代为出席，那么一切都完了。但既然她都邀请了金雕，也不指望那帮刺客会接受，那她邀请食腐鸦也未尝不可。这样做风险很大，但她觉得值得冒险。如不冒险，她就不能让整个托瓦再次联合在太阳祭司的旗帜之下。

"我请了人来见你。"娜兰帕正在弟弟的病榻边昏昏欲睡，瑟黛莎说道。

"什么？"

"帕斯寇和阿玛可。你记得他们。"

她想起帕斯寇一身红衣，头巾上装饰着羽毛。他是第一个捡回匕首的。阿玛可是他身边的蓝衣女人。

"我们不是见过面了吗？"没错，他们已经宣誓支持她和丹纳欧奇的事业，因为他的果敢和她的法力。但娜兰帕忘不了是他们拿刀捅刺弟弟，然后坐在一边高谈阔论；在妓女们的呻吟声中，他流血不止，生命垂危。她对新结交的盟友没有好感可言。

"你们需要共同进餐。"

"你希望我喜欢上他们。"

瑟黛莎闻言莞尔。"恰恰相反，我希望他们喜欢上你，太阳祭司。这个目标一致的同盟是丹纳欧奇一手促成的。也许我们可以进一步巩固。"

"你为什么帮助我们？"

瑟黛莎坐在丹纳欧奇的床边。她轻抚他的胳膊，面色温柔。"我们交往过，我和你弟弟。他告诉过你吗？"

娜兰帕坐直了。丹纳欧奇几乎没有讲过他二十年来是如何生活的。她既渴望知道，又害怕知道。

"在我之前，龙舌兰归我丈夫管，丹纳欧奇替他干活。不是这里，是另一家店。那里招待口味更特殊的客人。"

"疼痛。"她扬起下巴，"他说过以前发生的事情。"

"是吗？"她似乎很惊讶，"包括我丈夫买下他供自己享乐？我们就是这样认识的。他被带到我们家里，不过……是独居。"瑟黛莎与娜兰帕四目相对。"但我们终究相遇了。吃饭时，经过走廊时。叫我如何不着迷？他那么风趣，又那么英俊。"她的表情如沐春风，"我结婚之后第一次感到不孤独。"

"这么说，你也是独居。"

"与世隔绝。"她叹道，"也许丹纳欧奇和我成为情人是理所当然的。我嫁给一个年纪大我很多的男人是为了有个靠山，不是因为爱。狼喉与天创氏族所在的城区不一样。这里规矩森严，我这样的姑娘和丹纳欧奇那样的少年没有多少选择余地。"

"我在这里长大，我很清楚。"

"当然。但你如今手握大权。我以为你忘记了。而在初恋的人看来，生死可置之度外。"她抚着丹纳欧奇的脸颊，"为了这个英俊迷人的男妓，我什么都愿意做。"

"你的丈夫发现了。"故事不难猜到。

瑟黛莎抬起头来。"我怀疑他放长线钓大鱼，好名正言顺地实施惩罚。"她眼神哀伤，"对我，他就是打，把我打晕了。我不愿意设想他对你弟弟做了些什么，我也从来没有问过，但我每晚都听到惨叫，持续了好几周。他一点都不含糊。"

她伸过手去，与丹纳欧奇十指交扣。"你弟弟一个月后来见我时，完全变了个人。他不苟言笑，脸上有了那道伤疤。我们共同谋害了我丈夫。"她歪着头，"是不是吓到你了？"

"我不是来评判你们的。"

"我丈夫心狠手辣。他一点儿也不仁慈。他死了我不难过,我继承了这家店子,还有其他的遗产。"她张开双臂示意龙舌兰,"但丹纳欧奇的内心有了变化。我们后来不是情人了。可我欠他很多。我欠他一条命。所以当他来找我,让我帮他联合狼喉的老大们做一件事,关于你的事,我责无旁贷。我愿意做下去,直到他不再求我。"

※

帕斯寇和阿玛可不久便到了,娜兰帕早已沐浴更衣,新衣是从瑟黛莎装得满满当当的衣箱里找出来的,然后她坐在龙舌兰的奢华庭院里,与新近结交的盟友、恶贯满盈的狼喉老大们同桌喝茶。

"我得承认,当丹纳欧奇说他姐姐是太阳祭司时,我根本不信。"他们刚刚落座,阿玛可就说。

娜兰帕喝了一口茶。茶汤鲜亮,夏日味浓,适合在温室里饮用,如果不考虑外面天气的话。"我打小就去了天空塔,做仆人。"

"解释得也太简单了。"帕斯寇块头很大,嗓音低沉,娜兰帕猜测他惯于威胁恐吓。他的形象不适合喝茶聊天,她也不大情愿与他同席而坐。她将之归咎于自己的偏见,竭力摒弃,但它始终藏在意识深处。她总感觉有必要留意帕斯寇。

娜兰帕放下杯子。"我当上太阳祭司可以说纯属意外。我那时在厨房干活,有一个女孩生病了。她的任务是每晚给太阳祭司送茶,当晚这个任务就落到我头上了。时任太阳祭司是一个名叫基图埃的男人。他样貌不凡。身材高大,蓄着胡子。他出身羽蛇氏族,但应该有奥布雷吉的某个地方的血统。我第一次见到他时觉得他就是一头大熊。但他很善良。很温柔。他成了我的导师。"

"你勾引了他。"说话的是瑟黛莎，娜兰帕脸红了。

"我没有。不是……"她瞥见瑟黛莎完美的嘴唇含着淡淡的笑意。她这是故意打趣吗？娜兰帕不觉得好笑，也不愿上她的当。

"那晚我给他送茶，"她继续说，"他和一个辅祭处理事务，那个辅祭脾气不好，所有帮厨的女仆都知道得离他远点。我看到他的时候很紧张，结果把茶水泼在他们的一张星图上。"

"他打了你。"帕斯寇会意地接了一句。

"没有！"天空啊，这帮家伙只会往最坏的方面想吗？"但他吼了我。我指的是那个辅祭，不是基图埃。我在清理茶水时，发现他的星图有一处错误。星座当中的一颗星星画得太偏南方了。不是什么大错，而且他们迟早会发现的。但我当时才十三岁，刚刚又受了委屈，于是脱口而出。"

"嗬！"帕斯寇笑了。笑声过于洪亮，似是故作姿态。"就像狼喉的崽子跟长辈顶嘴。"

"但他不是我的长辈。问题就在这儿。"

"然后呢？"阿玛可聚精会神地问，她修长的手指握着茶杯，娜兰帕看到上面布满了纵横交错的苍白疤痕。

"他让我成为了辅祭。"

"你很有野心。"瑟黛莎端着杯子喃喃道，灰色的眸子仿佛看透了她。

"我没有——"

"不要为这种事道歉。我们都有野心。"阿玛可张开双臂，示意在座的人，"不然我们不会有现在的位置。"

"无论如何，从帮厨的女仆到太阳祭司，堪称一段传奇。"

帕斯寇的语气饱含钦佩。她不知道自己能否担当得起。她确实聪明，而且努力。但她总有一种感觉，她之所以被选中，正是因为没有那份野心。她一直怀疑基图埃选她作为继承人，是因为他认为她将致力于带领神谕会远离政治，保持神秘主义的发展方向，当时他这样想基本上没错。然而在当上太阳祭司之后，她有了变化。她说不清变化在哪里，也说不出变化是何时发生的，但她开始在意了，在意托瓦的未来，在意守望者的遗产。如今一切都是那么凄凉绝望。城市的命运落在复仇之神的手中，守望者的遗产则于一天之内不复存在。

他们都注视着她，等她发言，而她刚才陷入了思考。她抿了一口茶，沉吟片刻，问道："你们都是如何当上……"

她没有说完。她已经听过了瑟黛莎的血色故事。可以想象他们的上位同样牵涉到人命。

"我们很清楚自己的身份，"瑟黛莎的笑声很轻，犹如飞蛾振翅，"恶人、罪犯、黑道老大。我当然不以为耻。但我也许更喜欢被称为独立商人。"

他们都笑了，帕斯寇的笑声最响亮。

阿玛可说："如果是天创氏族经营的济贫院或赌场，他们当然视其为正经生意。但只要我们来经营，就是非法的、违禁的。所以我们在狼喉或东部地区做生意，要给天创氏族上税，换取他们睁一只眼闭一只眼，不来找我们的麻烦。多数时候吧。"

帕斯寇点头以示赞同。"我们都不是氏族出身，这在托瓦就是最大的罪过。没有宗亲，没有氏族，没有生计，只能白手起家。于是我们白手起家，各显神通。正如你一样。"

她是这样吗？她不能断定，但也没有纠结于这个问题。

"我是放债人，黑火的老板。"帕斯寇凑近了说，"如果我是

烈星 FEVERED STAR

天创氏族出身,我必定广受好评,夸我慷慨无私。但既然不是……"他耸了耸宽大的肩膀。

"我经营一家济贫院和一家名叫野玫瑰的俱乐部,"阿玛可说,"因为我丈夫欠了债,我签了那家的卖身契。但现在那里由我经营。"她抬起伤痕累累的手。"我们制作外销的织物。"

"你是怎么成为老大的?"

"工人叛乱。我杀了老大,取而代之。"她面无愧色地一甩头,"即使我不干,也有别人上位。"

"我在龙舌兰贩卖肉体的愉悦。"瑟黛莎说,"虽然以性爱为主,但不止于性爱。还有各种能放松身心的花花草草。这儿就种了一些。"

娜兰帕望着周围的花草。它们突然多了凶险的一面。"你卖不卖神的魔法材料?"

女人歪着头。"你要买吗?"

"不,只是随便问问。"她想到扎塔娅及其来自众神墓地的珍贵物品。她怀疑卖家正是瑟黛莎,但眼下他们脆弱的同盟关系尚未巩固,她不敢贸然发问。我的盟友全都是罪犯和杀手,她暗想,但与天创氏族,甚至守望者,又有何区别?只不过律法认同其中一种,反对另一种罢了。道理却是一样的。

"你有资格选一个名称,开一家院馆。"瑟黛莎说。

娜兰帕红了脸。"我?我不需要开什么院馆。"

阿玛可会意一笑。"也许现在不需要,但以后谁都说不好。等你需要的时候,资格依然有效。"

"不妨现在就挑一个名称,我们荣幸之至。"瑟黛莎说。

"一个有意义的名称。"阿玛可接道。

娜兰帕想到丹纳欧奇的鲁冰花和瑟黛莎的龙舌兰。还有黑火和野玫瑰。"都是花儿。"这个事实再明显不过。

瑟黛莎招招手,一个女仆走上前来,递给女主人一本册子。瑟黛莎打开册子,翻到空白处。"把你的标志画在这里,娜兰帕,狼喉的统治者们便知道它是你的,从今天起,非你莫属。"

如此慎重的做法出人意料,不过娜兰帕当过祭司,而祭司很重视仪式。她接过递来的笔,画下了标志。她画的是简单的黑白形象,比她想要的粗陋得多,但一看便是那种蓝色的花朵,三片刀状花瓣向外延展,宛如星光漫射的花心是它的经典特征。

阿玛可点点头,似乎很满意。"侍女。"

"现在你有权自称为侍女的老板了。"瑟黛莎合上册子,交给耐心等待的仆人。

"可我连个场地都没有。"

"迟早会有。"

娜兰帕完全没有料到今晚她成了狼喉的老大,虽然只有一个名称而已,但她还是情不自禁地笑了。

帕斯寇清了清嗓子。"丹纳欧奇说你有办法打败食腐鸦。"

娜兰帕再次沉下心来,自知侍女归侍女,她必须说服对方,赢得支持。她谨慎措辞。"我希望对食腐鸦提供一个建议。太阳之力被削弱了,托瓦在黑暗之中难以为继。我们已在迎接春天,但没有了播种的季节,没有了开花的植物,除了这些。"她本想摘一朵手边的花,但想起瑟黛莎的话,便作罢了,"我希望城市恢复生机。疗愈伤痛。我希望成为一直以来不可或缺的太阳祭司。"

三人默不作声。阿玛可最先开口。"我们还听说东边和南边的邻居们在策划阴谋。他们觊觎我们的财富,琢磨着为什么不能据为己有。"

"丹纳欧奇对我说过，"娜兰帕说，"奎科拉和霍卡伊亚对托瓦垂涎三尺，城里还有一帮人为了自己的利益出卖我们。"

"金雕。"帕斯寇吼道。

"我们不清楚事实。"瑟黛莎提醒。

"我是一清二楚。"

"但不是所有人都像你那么清楚。现在，听她说。"

"我也怀疑金雕叛变，"娜兰帕说，"明天，等天创氏族的主母们来了，我们就能知道真相。但我必须先问问你们。你们谋求什么？如果你们为我提供金钱和人力上的支持，你们要什么回报？"

"席位，"瑟黛莎立刻回答，"代言人议会应该有狼喉的席位，正如天创氏族那样。"

"他们拍板决策、制定律法都不过问我们的意见，这是不应该的。"

"她们回信了吗？"阿玛可问道。

娜兰帕看了一眼瑟黛莎，后者摇摇头。

"还没有，"娜兰帕实话实说，"但我了解她们，我知道她们会来，哪怕仅仅是出于好奇。"信上有她的印记，托瓦的太阳，署名是太阳祭司。而且她们熟悉她的字迹——她们知道是她的亲笔信。如果她们认为有人冒名顶替，也会想要知道是谁胆敢伪称太阳祭司。不，她们一定会来。她坚信不疑。

"你打算对她们说什么？"帕斯寇饶有兴趣地凑近了。

她没有马上回答。她举起手来，让其闪光。她听见他们喃喃低语，知道自己的眼睛也闪着金光。

"到时候我让她们见识的，就是让你们见识过的，"她说，"力量。"

CHAPTER 23

托瓦城（鸦舍）

乌鸦历1年

　　责任适合于那些塌肩弓背、辕轭加身的人，却束缚了那些天生就要展翅翱翔的人。

——《幸福生活箴言集》

　　贝伦达回来时，拍打翅膀的响动惊醒了奥括。他在鸟舍的角落里望向她的背部，指望看到奥多·塞都，结果那里不见人影。他大失所望，跌坐在地。她没有找到他吗？

　　他打了个哈欠，伸着懒腰，驱散睡意。他不记得有多久不曾睡得这么香了，还想接着睡。

　　他走出角落时，飞来了一只小乌鸦。然后是十只、二十只，最终有了五十只。鸦群在他面前聚集，黑色羽翼扇出了巨大的旋风，他紧紧地靠着墙壁，手臂挡在面前。渐渐地，旋风有了形态，鸟群化作人的模样，奥多·塞都站在眼前。

　　他依然是记忆中的样子，一身食腐鸦的黑衣，头发凌乱。令奥括感到意外的是，他还披着第一天送给他的鸦羽斗篷。

　　看样子是个好兆头，奥括不禁笑了起来。"我以为你不会来了。"

　　塞拉皮欧循着奥括的声音扭过头。他的举手投足一直都酷似鸟类,现在好像越发明显。"我差点就不来了。"他活动着手指,奥括仿佛看到了爪子,又黑又长,绝非人类的手指。

"我有个消息,你应该会感兴趣。"他摸了摸兜里的信,但没有拿出来,"不过我要先问你到底发生了什么事。"

"发生了什么事。"塞拉皮欧重复道。他摸索着走向水桶,把手伸进水里,掬了一捧,送到嘴边喝。

"你当时在场地里攻击他们。"

塞拉皮欧停止了动作,双手还浸在桶里。"攻击。"他把水浇在脸上,梳理头发。"我那是逼不得已。"

"他们都是无辜的人。手无寸铁。你应该想别的办法。"

他捋着打湿的头发,向后拢去。黑色的眼睛眨了眨,水滴挂在睫毛上。"我的办法就是死亡。没有别的办法。"

"乌鸦这种动物不仅仅带来复仇和死亡。它们还有关爱、照顾和抚育。你被创造的时候没有这些吗?"

"也许有过。"他虚握手掌,一根手指从中划过,似在描摹无形的线条,"可现在还有吗?"他把手攥成拳头。"你要我怎样,让我变成我不可能成为的样子吗?"

奥括犹豫了。他当时请求塞拉皮欧成为食腐鸦的武器,现在如愿以偿。他只需指出他们的敌人所在,梦想便唾手可及。不仅仅是他的梦想。还是父亲的梦想。

"我知道你在哪里可以找到太阳祭司,还有所有天创氏族的主母。她们将在——"

贝伦达大声鸣叫,他们同时转头。塞拉皮欧仰着脑袋,望着敞亮的天空。"她说他们来了。"

"谁来了?"

不等他回答,奥括感觉到了巨翅扇动的狂风,抬头一看,库察飞快地俯冲下来。他大喊一声，趴到地上，以为巨乌鸦要将他们啄个透心凉。然而她在最后一刻挺身飞起，有什么东西从她背上掉了下来。

是采亚，他跃下鞍座，扑向塞拉皮欧。

他们一同摔倒在地。

采亚手里有一种网状的东西，甩到了奥多·塞都身上。

塞拉皮欧尖叫着，周围的空气都在战栗。他的形态改变了，人变成黑色的鸟，又复原成人，他发现乌鸦形态也挣脱不了。

他的手化作鸟爪，撕扯网子。采亚及时后撤，堪堪避开利爪，接着手里出现一把黑色匕首。他当头刺向塞拉皮欧。

奥括大声喊叫，却不知道应该警告谁。

塞拉皮欧一扭头，避开攻击，但刀刃在下颚划了一道伤口。鲜血涌现，塞拉皮欧毫不迟疑地动手了。他召唤阴影，阴影随之出现。黑烟勾勒出皮肤底下的血管，布满他的身体，犹如黑色的河流四处蔓延，然后从指尖迸发。他抓住采亚的手腕，握刀的那只手，喊着奥括听不懂的语言。

阴影裹着表哥的手，卷上手臂。人高马大的汉子慌忙退后，惊恐地瞪大眼睛。他的黑曜石刀脱手坠地，握刀的手惨遭吞噬，消融成黑色的腐肉，蔓延至前臂中部。

"七层地狱啊。"奥括叹道，恐惧顺着脊梁爬上来。他必须制止这场殴斗，可是怎么做呢？

采亚的体重是塞拉皮欧的两倍，视力无碍，身经百战，而且有先发制人的优势。但塞拉皮欧毕生所学就是战斗，还有阴影魔法为他所用，他的鲜血即是武器。奥括担心表哥很快就会落下风。

但情势尚未发展到那一步。

塞拉皮欧被网子缠住了腿脚，走得跌跌绊绊。而采亚纵然废了半条胳膊，依然发起攻击。他一拳捣进塞拉皮欧肋部长久未愈的伤口，后者疼得浑身发抖。采亚晃晃悠悠地站起来，抬脚猛踹塞拉皮欧的脑袋。

塞拉皮欧立刻倒地，不省人事。

鸟舍里的乌鸦放声尖叫，库察的声音最为响亮。

采亚正准备继续踢踹，忽然停止了动作。

"库察？"他大惑不解。

奥括来不及思考，直接采取行动。他扑向采亚，将其从昏迷的塞拉皮欧身上撞开。"你干什么？"他大喊。

采亚没有反抗，而是被压在身下大喘粗气。他的胳膊已是发黑的腐肉，奥括看了直犯恶心。但最令人难受的是表哥眼中的泪水。

"她不选我，选他？"他的声音很虚弱，伤心到了极点。奥括感同身受。他内心早有恐惧，担心终有一天贝伦达弃他而去，追随奥多·塞都。这种遭受背叛的感觉难以理喻，也无从安抚，他只能说："他也是她的神。"

采亚听了，抖如筛糠。

"你信吗？"

这是个简单的问题，在此之前，奥括没有答案。但现在，他有答案了。"信。"

"信他可以解放食腐鸦？"

他点头。

采亚喘息着，身体抖个不停。他的反应缘于悲伤，但不仅仅是被库察抛弃所致。战斗的意志已经消失殆尽，他打了个手势，让奥括起身。奥括照做了，警惕地拦在两人之间。他扭头瞥了一眼,塞拉皮欧的胸脯上下起伏。人虽昏迷不醒,但还活着。

采亚跪坐起来。"有件事你必须知道。"

奥括心惊肉跳,直觉不妙,不管采亚打算坦白什么秘密,他都不想知道。表哥泪流满面,就像他上次去军事学院,告知母亲去世的噩耗时一样。

恐惧激发了他的肾上腺素。"不,采亚。我不需要知道。不管什么事情,我原谅你就是了。"

"是关于你母亲亚特莉扎的。"

奥括背靠墙壁。他刚才身不由己,从表哥面前跌跌撞撞地走开。他抬起手来,五指张开,仿佛可以阻止表哥说话。

"你必须明白,当时的情况和现在不同。"采亚低下头,"发生过两次针对太阳祭司的刺杀事件,天创氏族已经怪到食腐鸦头上了。自从你父亲死后,奥多黑一直很老实,但他们后来越来越躁动,越来越大胆地谈论所谓的预言和复仇,而亚特莉扎听之任之。"

奥括的耳朵里嗡嗡直响,好似有无数蜜蜂钻进了脑子。

"要是再来一次刀兵之夜,我们承受不了。"

"你杀了她。"他的声音轻不可闻,充满恐惧。

采亚摇摇头。"我没有碰她。不过当刀兵祭司爬上崖壁,偷偷溜进她的房间时,我站在门外,没有阻拦。"

奥括瘫坐在地。他双手抱头,额头贴着膝盖。肯定不对,肯定是误解。这不可能是真的。

"你能原谅我吗,奥括?我以为我做了正确的事,履行了我对食腐鸦的责任。我如何能知道,我们当中谁又能知道,重生鸦神突然出现,搅得天翻地覆?"

有人接过话头,犹如一千只黑色翅膀在扇动。"你应该相

237

信的。"

奥括闻声抬头。塞拉皮欧出现在双膝跪地的采亚身后。他举起手,采亚的那把黑曜石刀握在手中。

"不要!"奥括尖叫。

采亚微微一笑,认命地闭上眼睛,塞拉皮欧手中的黑色刀刃抹过他的脖子。鲜血从喉咙涌出,他瘫软在鸟舍的地上。

台阶处传来一阵响动,护盾们纷纷冲进鸟舍。

"艾图亚,不要!"奥括大喊,但那人眼见采亚倒地,愤而杀向塞拉皮欧,举刀就刺。这是一次过于鲁莽的攻击,注定失败。

奥多·塞都拧身闪开,趁着艾图亚狂乱挥砍,绞住其手臂和脖子。他将护盾压在地上,压断了手腕,奥括听见了骨头裂开的脆响。奥括还来不及行动,奥多·塞都猛地一扳艾图亚的脑袋,脖子应声而断。转眼间,艾图亚死在采亚身边。

十来个护盾在鸟舍里散开,塞拉皮欧转而面对他们。他割破前臂,鲜血涌出,血管变黑,阴影在指尖蠢蠢欲动。

他会杀死所有人,奥括惊恐地意识到,而他只能眼睁睁地目睹惨剧发生。我的办法就是死亡,他说过,奥括当时不理解。现在才明白。

他挣扎着爬起来。他看到塞拉皮欧歪着脑袋倾听,似在判断他的方位。

"住手!"他命令护盾,"我是护盾长,我要你们住手!"他又对塞拉皮欧说:"拜托了。我不是你的敌人。护盾不是你的敌人。"

塞拉皮欧嗓音轻柔,不再阴森可怖。"我不相信你,食腐鸦的奥括。我认为可能是你引诱我过来,企图杀死我。"

"我根本不知情,我发誓。"

"你的宣誓全是谎言，对我有什么意义呢，乌鸦孩子？"

塞拉皮欧呼吸沉重，眼睛睁得老大，下颚、前臂受了伤，肋部的旧伤也在渗出乌血和脓水。他深受打击，相信自己遭到背叛。

他想象自己如何安抚受伤的乌鸦，应该如何低声劝慰，能提供怎样的慰藉。

"采亚参与谋杀我的母亲，他的主母。"他沉声说，但双手还在颤抖，眼前浮现采亚跪在地上、仓皇闭眼的那一幕。他强行吐了一口气。"先动手的也是艾图亚。他们的死可以解释。但你不能伤害护盾。这将毁掉我们之间的信任。"

"我们之间的信任？"塞拉皮欧笑了，红色的牙齿暴露在外，"你要我成为你的武器，当我成了武器后，你又抱怨我杀人太利索？"

"这是误会。"我以为我能驾驭风暴，但埃莎说得对。我们只能寻求活下来。

"告诉我去哪里找太阳祭司。"

奥括看着两具尸体。"不。"

塞拉皮欧难以置信地盯着他。当奥括意识到危险时，已经迟了，黑曜石刀抵在他脖子上，塞拉皮欧近在眼前，粗重而滚烫的气息喷在他脸上。

他听见护盾们跃跃欲试。"别动！"他咬着牙关喝道，"他不会伤害我。"

塞拉皮欧血迹斑斑的脸颊贴上来，黏糊糊的触感昭示着死亡的威胁。"你凭什么认为我不会伤害你？"

"因为那样一来，天创氏族、奥多黑，甚至贝伦达都会转而针对你。你将真正的孤立无助，人人与你为敌，你的预言将会成真。"

刀刃顶着皮肤，细细的一条线，充满灼热和痛苦，令他为之颤抖。奥括闭上眼睛，低语道："一个没有活人崇拜的神，有什么用？"

塞拉皮欧咆哮着把他推开。奥括跌倒在地。护盾一拥而上，巨乌鸦高声大叫，奥括眼看着塞拉皮欧化作鸦群飞走。

众人纷纷扶他起来，对他脖子上的那点轻伤大加议论。他保证说自己未受重伤，打发了他们，走到表哥躺着的地方。

芦苇垫子被染红了一大片，但奥括还是探着采亚的手腕，指望能有奇迹。可惜今天没有奇迹发生。他低下头。他一直想着为母亲报仇，如今大仇已报，滋味却太过苦涩。

"安置遗体，告知主母事情经过，"他命令护盾，"我还有事要办。"

兜里的信沉甸甸的，他的心因为悲伤更是沉重。但他看清了现实，正如从小受到的教育：受伤的乌鸦会变得异常凶猛，对鸦群也十分危险。这种事情发生时，你必须选择群体而非个体。如果你拯救不了伤痕累累的乌鸦，杀死他才是仁慈之举。

CHAPTER 24

托瓦城(郊狼之喉)
乌鸦历1年

> 一时热爱活人,永时悼念死者。
>
> ——摘自《奥布雷吉的花之书》

"你真要这样?"丹纳欧奇看着娜兰帕的裙子,问道。

"是的。"她抚着裙子上黄色的纹路,"这件很漂亮。"

"我不是这个意思。"弟弟懒洋洋地躺在她在鲁冰花的床上,健康一如他到龙舌兰进行仪式之前。瑟黛莎的照料很有帮助,加上娜兰帕的治疗能力。她高兴极了。她完全是即兴发挥,只知道丹纳欧奇失血过多,如果坐视不管,他无疑会死在妓院的地板上,但同时她非常清楚,治疗对她来说是又一个陌生的领域。

"你是说血迹?"

"我的血。"

她低头看去。她已经洗掉了大多血迹,但裙摆上还有,已然硬化和褪色。"我不再是她们认识的那个太阳祭司了。自己人的背叛没有打垮我,我爬出自己的坟,蹚过手足的血。"她翻转手掌,放出光芒。她一直在练习对发光的控制力。"我还接受了一位神的存在,多年以来我为其效力却并不信仰。"她熄灭了光芒,"让他们看看我身上留下的印记。"

"效果很好,我承认。但也有点疯狂。"

娜兰帕欣慰地笑了。"仅此而已?我离开狼喉这么多年,就数现在最理智。"

"你今晚却邀请了两个敌人过来。"

"你说食腐鸦和金雕?"她打了个手势,让蓓雅接着整理她的头发。年轻女人已经把她的头发梳成了发髻,簪子插了一圈,犹如星光漫射。娜兰帕的黑发上涂了厚厚一层糊状的黄色颜料以固定簪子,同样的颜料也抹在她的脖子和脸颊边缘,模仿太阳祭司的面具。

"除非你还有别的敌人。"

"有可能,但我今晚要的是盟友。"

"这是赌博。"

"是的,没错。我师从于你。"

"啊,可我那是不指望活了才放手一搏。"

她不喜欢这种话。"你什么意思?"

"我等无不是烈星,"他放声吟诵,仿佛台上的演说家,"一瞬光明如许,继而燃烧殆尽。"

"哪儿来的句子?"

"《奥布雷吉的花之书》。你不知道吗?"

"不知道,听起来很悲观。"

"这是诗歌,娜拉。"

她咧嘴一笑。"噢,你还搞艺术?"

"天空啊,当然不是。但我当年睡过一两个诗人。背诵几句诗能给人留下好印象。"

她笑了。这是弟弟的另一面,她从不曾了解的一面,她甚至为之着迷。姐弟之间还有待熟悉,未来的日子值得期待。

敲门声响起，帕斯寇探头进来。"他们到了。瑟黛莎他们没让主母们闲着。门外来了个男的，食腐鸦的奥括。要放他进来吗？"

"奥括？"她和丹纳欧奇交换了一下眼色，"他来了。"

弟弟耸了耸肩。"对我们来说这是好兆头。我们要好好把握机会。"

"让他在屋顶候着，"她指示帕斯寇，"告诉他不用等很久，我们可以让他闪亮登场。"

帕斯寇点头表示明白。娜兰帕等他离开，他却犹疑不去，目光依然落在她身上。

"还有事吗？"她问。

他面色阴沉，一声不吭，匆匆带上门。

"奇怪。"她咕哝道。

"帕斯寇为人冷酷，但很忠诚。一个金雕子弟杀了他兄弟。他甚至比我更恨天创氏族。"

"你不说我都不信。"

他哈哈一笑，翻身起床。他的斗篷披在肩头，眼睛闪着愉悦的光彩，瘦削的面孔带着隐约的笑意。他的表情很是凶恶。不是重生鸦神的凶恶，不是那种神威与阴影的造物，而是源于饥渴与暴力，正如他的出身，郊狼的孩子。她一点儿也不介意。

"你很享受。"她微笑道。

"你也一样。"

"不算享受。但觉得理所应当。"她无法否认这种感受。她在天空塔里试图重塑自我，相信唯有模仿天创氏族，她的价值和归属才能获得认可。但她不是天创氏族，她根本不应该强行让自己变成另外的样子。从连珠日开始发生的一系列事件揭露了事实。

她的天真,她的狗屎运。她说她如今改头换面,这是真的。她是太阳神的侍女,郊狼则是她的左膀右臂。他们将携手再造托瓦。

"很高兴我们再一次找到了彼此。"她在丹纳欧奇凹陷的脸颊印下一吻。

他看着她,认认真真地看。"我最大的快乐莫过于此。"

他拉起她的手。她手上戴着黄金和翡翠。他亲吻她刚刚展现过太阳神之力的掌心,然后他们去见主母们。

虽说娜兰帕很乐观,但会面的结果证明一切都是徒劳。她原本设想的是天创氏族认可双方有着共同的目的,即保卫托瓦,然而主母们都是大权在握的女人,从来不懂得害怕。但如今她们怕了,对未来毫无把握,与生俱来、坚如磐石的统治在她们的脚底动摇。她们没有心思听道理,特别是听娜兰帕讲的道理,金雕的鲁玛最是按捺不住。

"啊,娜兰帕。看来是真的。你活下来了。"

"失望吗?"娜兰帕落座了。

鲁玛一袭悼念死者的白衣,黄褐色的头发松散凌乱,足见悲伤至极。她的嘴角因轻蔑而扭曲,言语间充满怨恨。"倒也不算意外,一条狼喉的狗挨了主人的批,落荒而逃,回到了同类当中。"

围坐着的其他天创氏族至少还讲究体面,对于鲁玛的粗言秽语,她们大惊失色,窃窃私语。不过娜兰帕早已料到鲁玛必定出言不逊,不吃她的激将法。

"我或许应该感谢你的外甥女企图杀害我。要不是她插手,我也许永远都不会在郊狼氏族里找到志同道合者,还有更重要的，觉醒我真正的天赋。"

"郊狼氏族？"艾尤欽插嘴问道，"是什么？"水凫氏族的主母披散着乱发，但衣着仍是水凫的蓝色，说明她不至于那般哀悼死者。她也是唯一一个微笑着迎接娜兰帕进来的人。

娜兰帕的目光离开鲁玛。"我最近在天空塔的史书里读到了一件趣事。是塔迪撒秘密收藏的一本书，从不公开。书里提及长矛战争前存在的郊狼氏族，战后他们被强行解散。"

"这是真的，"艾尤欽承认，"海山对我说过。"

看到娜兰帕讶异的表情，她继续说："他出身水凫，是我的亲人。我们经常谈天说地，特别在他喝酒的时候。据说郊狼氏族被否认是因为他们拒不参战。从那以后，他们的全部历史就被抹去了。他们变成了旱地人，没有氏族。"

佩娅娜清了清嗓子。她身上不见任何哀悼死者的装饰，长裙缀满绿色和蓝色的鳞片，头发在顶部编成夸张的双角形状。这个造型相当喜庆，明确地表达了羽蛇的心态。"你现在就是索要这份遗产吗，娜兰帕？罪犯和如假包换的胆小鬼的遗产？"

"狼喉的人忠于这座城市，我敢说比今天在座的某些人更忠诚。"她的态度并不严厉，但斩钉截铁，"你应该多点尊重，佩娅娜。"

"我不反对郊狼氏族派一位代表列席。"不等其他人开口，艾尤欽说，"是你吗？"

娜兰帕点点头。她听见老大们来了，站在身后。丹纳欧奇把手搭在她肩头。"我弟弟将成为我的护盾。"

他们都明白了娜兰帕的意思，她主张的权利。主母的身份，代言人议会的席位，代表狼喉居民对城市未来的政治和经济的话语权。

"你们永远成不了天创氏族。"鲁玛嘶声说。

"我们不需要成为,"丹纳欧奇说,"我们以旱地人和郊狼的孩子为荣。但你们必须平等对待我们。"

"如果我们拒绝呢?"

娜兰帕的语气漫不经心,却充满杀机。"那么我们就半路截击你派去霍卡伊亚的使节团。"这个回答纯属虚张声势,但她和丹纳欧奇确实有过打算。狼喉的探子发现金雕的人经水路出城,便跟踪了一段距离,摸清了对方的意图。他们并未截击,只是收集情报,就指望在今天揭了金雕的老底。"我们知道你女儿带了一支队伍去往东北方向的普门河,企图在春季解冻之前悄悄抵达霍卡伊亚。我们知道你早有计划操控守望者。我们唯一不知道的是你把我们的城市卖了什么价,卖给了谁。"

鲁玛面如铁石,不动声色,但娜兰帕确信方才一席话字字椎心。

"怎么回事?"佩娅娜惊慌地起身。

艾尤欸一脸惊愕。"告诉我们不是这样的,鲁玛。"

"毫无依据的谎言。"金雕的主母扬起下巴,紧盯娜兰帕,"出自一个胡乱捏造的氏族、狂妄自封的主母之口。"

丹纳欧奇倾身向前,露出狡黠的笑容。"要我们把你女儿带来,让她亲口告诉我们吗?"

这不是原先计划好的,据她所知,对方的女儿是不可能被带上来的。他们没有为难金雕的那支队伍。但鲁玛并不知情,她瞪大眼睛,一时间惊慌失措。

丹纳欧奇举起戴手套的手,打了个响指。鲁冰花的大门敞开了,娜兰帕甚至有几分期待是鲁玛的女儿走下台阶,但她很清楚等在外面的人是谁。

鲁玛一定也以为是女儿来了，因为她起身迎向大门，却发现眼前的年轻男人一身黑衣，胸口佩戴绘有一支红色羽毛的纹章。

"食腐鸦的奥括。"她轻声叹道，狂乱的目光在娜兰帕和奥括之间来回跳动，"这是陷阱吗？"

"不是陷阱。奥括是天创氏族。你不能拒绝他出席。"

"他不是主母。"

"我代表主母。"奥括说。娜兰帕都忘了他的嗓音是多么深沉，能传得多远，还有他那令人过目难忘的矫健身材。

鲁玛失控的嗓门丝毫不亚于他。"你的怪物呢？"

"我是一个人来的。"

"那个怪物杀死我外甥女，你还把他藏在家里。你姐姐知道我们的诉求。你在这里说什么都改变不了我的决定。想说什么你尽管说，乌鸦。说了也是白说。除非你把奥多·塞都的首级丢到我脚边，否则我是不可能满意的。"

奥括进来时温文尔雅，应答有礼有节，此刻却面色阴沉，娜兰帕发现他眼中闪着一触即发的火光，正如上次两人相见时一样。

"那你只能失望着活下去了。"

鲁玛抿起薄薄的嘴唇。"而你连活着都是奢望。"她厉声喝道，"杀了他们。"

金雕的护盾冲向奥括。娜兰帕起身警告奥括，但纯属多此一举。食腐鸦子弟从台阶上一跃而下，把护盾长掀翻在地。她想要冲过去，但被丹纳欧奇拦下了。

"别管，"他说，"你只会让他分心。他看样子能够应付。"

她看着两人搏斗，承认弟弟说得对。奥括完全占据上风。但娜兰帕发现那人指间闪过黑曜石的光芒，是某种锋利的武器，直击奥括的胸膛。乌鸦退缩了。

"娜兰帕！"她听见龙舌兰的老板娘瑟黛莎一声呼喊。她猛地回头，刚好瞥见帕斯寇一甩手，一样黑色的小东西从他手上飞了过来。

她还没能认出那是一把刀，丹纳欧奇就挡在了她和飞刀之间。她没有看见，但感觉到飞刀扎进皮肉，丹纳欧奇倒在地上。

她惊叫一声，跪了下来，把手伸向弟弟。不可能。帕斯寇是盟友。

丹纳欧奇的胸膛血如泉涌，浸湿了他的衬衫，飞刀深深地插进心脏。

他面带微笑。

"我是你的护盾，"他翕动血迹斑斑的嘴唇，低语道。

"不！"她召唤治疗之力，掌心萌生暖意，但来不及碰到弟弟，帕斯寇已经扑了上来。

她怒火上涌，慌忙应对杀过来的帕斯寇。她张开双臂，似要拥他入怀。两人轰然相撞，时间在她眼里慢了下来，仿佛无穷无尽。

她不知道事情是何时发生的。她用以治疗丹纳欧奇的力量发生了变化。汹涌的怒潮之中，它变成了热，变成了火，烈焰从她的掌心翻滚而出。

虽然后背猛地撞到地上，但她没有停下反击的动作。她双手夹住帕斯寇的脸颊，让烈焰吞噬他。起初，他的皮肤只是被燎伤，一缕缕烟雾缠绕在他卷曲的黑发间。然后热量似乎由内而外地爆发，他的皮肤开始起泡，犹如沸腾的水。他的脸颊坍塌了，接着轮到额头，继而眼球炸裂、凹陷。

她眼看着黑火的老板在燃烧，情不自禁地张开嘴巴，发出无声的尖叫。

最后,她发现水凫的艾尤欸跪在面前。后方是食腐鸦的奥括,英俊的面孔血迹斑斑,因为目睹了刚才发生的一幕,脸色格外苍白。他和艾尤欸的护盾合力把帕斯寇从她身上推开,奥括将她的双手轻轻地从死人脸上扒下来。她盯着自己的手掌。没有任何异样,除了烧焦皮肉的碎片还东一块西一块地粘在上面。

后面有人哭泣。

是扎塔娅,她痛苦的哭号把娜兰帕带回了现实。

"欧奇?"她轻声喊道。

艾尤欸摇摇头。

娜兰帕跌跌撞撞地走向弟弟。

"治好他!"扎塔娅跪在丹纳欧奇身边,泪流满面,怒目圆睁,"用你的力量治好他!"

丹纳欧奇面无表情,目不转睛。帕斯寇的刀还插在他胸前。不经意之间,她发现刀柄有几分眼熟,在龙舌兰,帕斯寇捅进他体内的是同一把刀,但当时他还残留一丝生气,她能够以自己的生命力进行滋养,救回弟弟的性命。而此时此地,她已无力回天。

她迎上扎塔娅惊惶的目光,知道女巫已经心知肚明。

"求你了,"扎塔娅依然低声恳求,"无论如何也要试试。"

"也许还来得及。你还有神的魔法材料吗?盐和烟。"

"全用在你身上了。"

所以,娜兰帕是他仅有的希望。

她找到治疗之力在体内的居所,力量浮现于掌心。她双手按住丹纳欧奇的胸口。温热的鲜血从指缝渗出。

周遭一片寂静,她感到其他人都在观望。世界屏息以待。

然而等待也是徒劳。

随着泪珠滚落,她浑身颤抖,掌心的光芒也熄灭了。扎塔娅在她身边号啕大哭。女巫狠狠地捶打地板,然后不知道被谁拉走了。

她环顾四周。房间里一片狼藉,桌子翻倒,长凳断裂,到处都弥漫着浓烈的血腥味和皮肉焦煳的恶臭。

皮肉焦煳。天空啊,她杀了一个人。不,不是随随便便的一个人。是杀死弟弟的凶手。

如果这也算安慰的话,可真是一种奇怪的安慰法。她从未想过取人性命,哪怕是复仇。她不知所措,难以自处。仅仅几个钟头之前的规划全部毁于一旦,仿佛从未存在过。她设想的未来在舌尖化作灰烬。

"鲁玛呢?"她忽然想起她们都在这里的原因。

"跑了。"奥括上前跪在她身边。他神色戒备但毫不畏惧,仿佛早已经历大风大浪,准备面对更糟糕的未来。"她的护盾长死了。"他语气异样。

除了点头,她不知道做什么。

她意识到身边还有一个女人不肯离去。瑟黛莎。"怎么回事?"娜兰帕问。她问的是为什么。为什么帕斯寇背叛他们。

幸运的是,瑟黛莎听懂了她的问题。"此前他问我有没有高昂的代价可以收买我的灵魂。我告诉他,丹纳欧奇已经给了我,在很久以前。他点点头,好像听懂了。我当时就该想到有问题。这个世上他只想要一样东西,只有一样东西能让他叛变,那就是为他兄弟复仇。想必金雕答应了他。为了换子弟的命,他同意取你的命。"

他一定知道,即便他真的杀死了她,丹纳欧奇也不会放过他。为什么呢？为什么非要付出这样的代价？

"他的恶魔从此消停了。"阿玛可满脸泪痕，来到瑟黛莎身边。泪水是为帕斯寇而流，还是为丹纳欧奇而流？也许都是。

"我们应该离开这里。"艾尤欻轻声提议。

"龙舌兰离得不远。"瑟黛莎走上前，"欢迎各位去那里谈。"她语气如常，却失去了烟熏般的性感，带着悲伤所致的生涩。她也爱丹纳欧奇。

瞧啊，弟弟，娜兰帕心想，扎塔娅，瑟黛莎，还有你愚蠢的姐姐。你终究是被深爱着的。

"去吧，"娜兰帕兴致寥寥地说，"我要照顾欧奇。"

艾尤欻轻轻地吁了口气。"他死了，娜兰帕。你现在什么都做不了，托瓦的活人还需要你。"

托瓦。让托瓦见鬼去吧。她想明白了，那座城市势必不停地攫取，直到她一无所有。她为何对它既爱又恨？"如果你们帮不了我，就去吧。"

"我帮你。"扎塔娅挤上前来，抓住娜兰帕的手，手上依然满是丹纳欧奇的血。

"我也帮你。"说话的是瑟黛莎。

"我带他们去龙舌兰，"阿玛可提议，"等你们好了来找我们。"

她带着天创氏族走上台阶。娜兰帕目送他们离开。等主母们和奥括走了，她转身与旱地的女人们一同照料刚刚辞世的死者。

CHAPTER 25

梅里迪恩草原
乌鸦历1年

新月海的全部海水都洗刷不掉内心的愧疚。

——沸克谚语

翌日清晨,夏拉醒来时发现有一碗复原海水的肉汤放在帘子内。看不出是谁送来的,但只可能是兹哈。不知道那个女孩怎么样了,与伊克坦发生冲突后,她有没有恢复正常。等到上路了,很快就会知道答案。

她喝了汤,开始收帐篷。她每天都跟伊克坦共进早餐,但今天没有。不知道彼会不会等她,不过就算彼在等她,她也不太愿意跟彼说话。主要是因为她不知道说什么。她不知道是否应该假装昨晚的事情没有发生,还是把自己听到的秘密拿出来讨论。无论哪种方式都不妥。

"这事儿不急。"她咕哝着,捆好包裹。队伍向前移动,她故意落到末尾,躲开指挥官和刺客祭司。

他们经过风景优美的田野,单调乏味的草原让位于高耸入云的大山,山峰直刺宝蓝色的天空,山坡上覆盖着耀眼的白雪。她的双腿感受到持续爬坡的痛苦,肺部费力地吸进逐渐稀薄的空气。她在这种地方生存不了,离大海太远,但壮丽的景色确实令人心旷神怡，一时间她甚至相信，这里是众神亲手打造的绝境。

大约正午时分，他们找到了山麓峡谷里的一片湖泊，湖边有个小镇。从扎营处可以望见石砌平房及其斜顶，夏拉看到兹哈组织了一队人前往小镇采购补给。另一队人奉命寻找在普门河上航行的船只，那条河流经过湖泊，蜿蜒向东。她在帐篷里消磨了片刻，但小镇在召唤她。她太渴望与人交流，分享外面的世界发生了什么新鲜事。她怀疑托瓦的消息还没有传到这里来，至少不会比他们的速度更快，但也许能给塞拉皮欧捎个话。说她了解到食腐鸦内部有一个叛徒，还有金雕和奎科拉已经联手。她坐立不安，于是披上蓝色斗篷，壮着胆子走向小镇。

镇子没什么可看的，相比托瓦简直乏善可陈，但道路硬实、干净，为数不多的店铺和住宅相当整洁，维护良好。她发现了一家旅馆，造型方正，内设庭院，不知道供应什么样的酒水。但她的陆地病尚未完全好转，时不时还会头痛，所以不喝酒为好。于是她漫步到湖边，来到建在湖上的码头。

她立刻发现了问题所在。

问题在于湖本身。准确地说，是冬季的湖。乍一看可以行船，但靠近湖岸有薄薄的冰层，说明情况正在发生变化，假如他们即刻出发，顺流向东，应该可以赶在湖面封冻之前离开。这里没有托瓦那么冷，但她不熟悉梅里迪恩这边的气候，不清楚接下来的变化。夏拉猜测兹哈正在慷慨陈词，解释为何必须带着五十个人走水路，需要多少条船，以及收费几何。毫无疑问本地的船公会漫天要价。

她不喜欢掉头走回托瓦的选项，但这种可能性比较低。毕竟金雕有钱，到头来双方谈得妥。只是也许要多耽误一天时间，付出更多可可而已。

烈星 FEVERED STAR

很快她就看厌了，肚子咕咕直叫，提醒她还没吃饭。头痛随时可能发生，她担心在这里逗留了太久。她望向天空。太阳开始沉向群山背后，但还有大半个钟头才会天黑。如果她即刻返回营地，兴许能吃上饭，然后躲进帐篷，免得兹哈或伊克坦找她。

她爬上坡，路过小镇，再翻过一个坡就能到营地，但此刻隔着茂密的草丛还看不见，她忽然听到有人喊："滞克！"

她扭头一看，有三个人走了过来。最前面是一个女人，后面跟着两个男人。女人的样貌有几分像兹哈，棕肤棕发，但瞳色较浅。

她的服饰是代表金雕的金色和白色，夏拉觉得有点眼熟，似乎在营地里见过。两个男人则完全没有印象。他们的肤色较浅，衣服是缝补拼接的，披着厚厚的毛皮和未经加工的兽皮，绳子捆成绑腿。她感到一阵紧张，不知如何应对。女人友好地挥了挥手。夏拉回头看了一眼。她能看到营地里的帐篷顶，也能看到暮色笼罩的小镇。她要不要等对方过来？两个男人似乎不是善茬，强烈的危机感催促她离开。于是她转身背对陌生人，加快了步伐，但腿脚不灵便，呼吸吃力。

不等她爬到坡顶，他们就大步流星地追了上来，有人伸手把她扳了个转。

"嘬，滞克。"女人又喊了一声，夏拉闻到了她嘴里的酒味。她去过镇上的旅馆。

"你要干什么？"

"我没有恶意！"女人举起双手以示清白，"我就是希望你能为我证明一下，我跟这两位朋友打了个赌。"

夏拉心里一紧。"什么赌？"

"我跟他们说过你，我说有个滞克跟我们一起旅行。他们说不可能,所以我带他们来瞧瞧。这钱我稳赚,"她说着拍了拍腰间的小钱袋,"有你在,雕运真好!"

"雕运确实好。"一个男人微笑着说,但夏拉看见的是他眼中的贪婪,舔嘴唇的动作。

夏拉退了一步。她很熟悉这种情况,在新月海的港口城市遭遇过十几次。她的拇指摩挲着缺失的小手指,想起上次猝不及防地落到别人手里。她可以跑,但腿脚无力。她可以大喊大叫,指望有人听见,但也许会刺激对方立刻采取行动,而目前他们只是不怀好意地盯着她。放聪明点,她告诉自己,争取时间。你遇到过更坏的情况。

"看来是真的了,你是渧克?"另一个男人问。他伸手抓住夏拉的一缕头发,夹在指间。夏拉撤了一步。他松了手,笑起来。"我听说渧克身上的零件在南部港口可以卖个好价钱。"

"尤其是眼睛。"另一个男人说着,拿手比画了一个圈,"又大又圆,就像鱼眼。"

她召唤歌声,头痛欲裂。她吸了口气,双手抱头。幻象浮现眼前。蓝色衣服的女人,绿色眼睛的男人。人们连声惨叫,相互践踏。她拼命集中精神,驱散黑暗的记忆,但大脑就像人迹罕至的沙滩,空空如也,似乎海洋之歌无法企及海水母亲视界之外的地方,夏拉失去了歌唱的权利。

女人哈哈大笑,但男人们显然不是在开玩笑,他们比带他们过来的人清醒得多。有人抓住她的胳膊,粗壮的手指抠进皮肉。

她唱不了歌,但有拳头。她一拳打上对方的脸颊,痛感顺着手臂爆发。对方凶狠地咒骂着,反手一拳打得她跪在地上。她晃晃悠悠,头晕目眩,有人接着动手。她听见拔刀出鞘的响声,知道这次必死无疑,死在远离大海的草原上。

"滚开!"她喊道,喊声含混而嘶哑。她的脑袋一阵阵疼痛,但既然要死,她选择战死。

"怎么回事?"另一个男人问道,"鱼还能说话?也许我们还要割下她的舌头。"

"鱼何止会说话。"抑扬顿挫的声音响起,夏拉感激得差点哭出来,是伊克坦,不知道从哪里冒出来了,"她还会唱歌。你们知道渧克的歌吗,我的朋友?"

"希悠!"女人惊讶地叫道。

"那是一种古老的魔法,是诸神造物时代遗存的礼物,"伊克坦接着说,"据说一个音符即可杀人。想想看,一段简单的旋律——"彼哼了一个音,然后不断延长,长得变了味儿,令人不安。"你的脑子就会爆炸,从耳朵里流出来。或者你的心脏会碎裂,从你的屁眼里流出来?好吧,不管是哪种,你都会漏得稀里哗啦,所以……"

抓她的手松开了。

"只是开个玩笑,希悠,"最先说话的男人紧张地笑了一声,"我们不是真的要伤害——"

"当心,朋友,"伊克坦的嗓音冷如河岸的冰霜,"不管你接下来说什么,别把我当傻瓜。"

"我们真心道歉,"女人的声音在颤抖,"我们就不该过来。"他们忙不迭地掉头离开,争先恐后地跑回镇子。

"可悲。"伊克坦目送他们逃跑,喃喃道。

夏拉喘息着,拼命吸气。

"天空啊,夏拉!"伊克坦骂道,"他们伤到你了吗?"

"陆地病。"她哑着嗓子说。必须是这样。噢,海水母亲啊,只能是这样。她揉着喉咙,恐惧重重地压在胸口。

"陆地病？要我带你去河边吗？"

"不，"她低声说，"河是不一样的。河不是海。它……不是涕克的母亲。"

"的确不是，"伊克坦说，"河来自雪和雨之神。"

彼一屁股坐到她身边，打开一个水囊。她接过去，大口大口地灌。

"你说到关于涕克唱歌的事，"喝饱之后，她说，"都是被禁止。我们不把母亲的礼物当作武器。"她不知道自己为什么这样说，事实上每次她想到唱歌的场合，都是将其作为武器使用的，她也不知道凭什么断定伊克坦需要知情。"我们安抚海水，也可以安抚人。只是有时候……"

"嘘。"伊克坦轻声说。彼把她的胳膊搭在自己肩上，扶她起身。"请不要毁了我的想象，夏拉。现在我就指望你炸了兹哈的五脏六腑，让她像拉屎一样把内脏拉出来。这是我的精神寄托。可别糟蹋了。"

她哽咽着，想笑，想解释她的歌应该对女人无效，却发现出来的只有泪水。

他们慢腾腾地返回营地，夏拉走几步就得停下来休息。兹哈在营地里迎接他们，她本来拉长了脸，发现夏拉病得厉害，立刻惊慌失措。

"我正打算派人去找你们，"兹哈说，"我以为你们跑了。"

"跑去哪里？"伊克坦恼怒地反问，"算了。帮我一把。"

"带她去我的帐篷。"兹哈说，于是伊克坦扶她进去，将她安顿在已经相当熟悉的毛皮坐垫上。彼为她盖上毯子，兹哈生起

烈星 FEVERED STAR

了火。

"还行?"彼问,夏拉点头。"好。休息吧。我要跟我们的长官谈谈。"

彼招呼兹哈出去。她看到两人在外面谈话,脑袋挨得很近。她希望自己拥有塞拉皮欧的听力,但即使听不见,她也知道两人在谈论自己。她企图保持清醒,辨认他们的手势,听他们的语气,但她的眼皮越来越沉重。

她中途醒来了一次,发现伊克坦和兹哈都不见了,许久之后再次醒来,是兹哈进来的时候。她大汗淋漓,双肩耸得贴近耳朵。咬肌鼓胀,眼里蒙了一层阴影。帐篷里的气氛极其紧张,元气大伤的夏拉也只得强行坐起身来。

"出什么事了?"她小心翼翼地问。

兹哈扔了一样东西在垫子上。一颗白色的石头,中心呈浅褐色,带着血淋淋的毛边。不,不可能。石头不会流血,而且这颗石头圆溜溜的,形态太正了,不像是河里的石头。惊恐之下,夏拉意识到了它是什么,吓得缩了回去,尽可能远离这令人毛骨悚然的战利品。

"伊克坦把事情经过告诉我了。"兹哈简要地说,颤抖着手擦了擦额头,"这种事情是不可接受的。待客有道,一旦越界,我们所有人都会蒙羞。我希望这样的惩罚是合适的。"

夏拉抬头看她,面无血色。"你摘了她的眼球?"

"一只,正是他们企图夺走的你身上的部件。伊克坦说有人搜集渧克的身体零件卖钱。或者谋求好运。或者作为装饰品。我要你明白,只要你受我保护,这种事就不会发生。"

夏拉不知道对于这样的制裁,她应该做什么、说什么,即便是以她的名义实施的。兹哈盯着她,浅褐色的眸子闪着冷厉的神采,磐石般坚定不移,于是夏拉点点头,轻声说:"谢谢你。"

"所有人都认同有罪必罚,但今晚我们的队伍里恐怕气氛不太好,因为库雅。"

"她叫库雅?"

"她很受欢迎,家族名声在外。他们不会高兴的。我让人把你的晚餐送来这里,可以的话,还有你的肉汤。也许等我们到了河上,你可以给我讲讲奥多·塞都。"

兹哈当然不会忘记,尤其是现在夏拉欠了一份人情。

"好。"兹哈动了动,似乎还想说什么,但还来不及说,伊克坦钻进了帐篷。彼面带微笑看着夏拉,目光转向毯子上的眼球时,彼的笑容更灿烂了。

"恭喜,"伊克坦拍了拍兹哈的肩膀,说,"你身为长官第一次惩戒违纪行为。我认为你取得了激动人心的成功。"

兹哈僵硬地站在那儿不做声。伊克坦看不到女人的脸,但夏拉看得见。她的表情有嫌恶,也有依从,仿佛在那一刻,她是意愿和责任两个部分拼凑而成的,却不能自成一体。她朝着夏拉略一点头,然后迅速转身,大步离开帐篷。

"是你要她干的?"夏拉问。

"挖眼球?不。那是她的主意。"

"太吓人了。"

"是的,没错。有时候吓人能有好的效果。教训未必管用,尤其是听兹哈这种缺乏经验的长官教训。子弟们不喜欢服从命令,特别是主母次女的命令。她需要亮出自己的手腕。"

"那个叫库雅的女人不是士兵?"她一度怀疑身着制服的女人不是士兵,但她不理解伊克坦所说的子弟是什么意思。

"噢,不是。"伊克坦把水罐拿给她,"他们都不是士兵。全是志愿者。金雕氏族里的大家族的孩子们，陪同我们到霍卡伊亚议事。兹哈将代表金雕谈判，所以，与其说她是将军，不如说是使节，这支队伍与其说是军队，不如说是随从。"

"另外两个呢？两个当地的男人？"

"你不需要操心他们了。"伊克坦以铁板钉钉的语气应道，她完全可以想到他们的命运，以及是谁结果了他们。

不是她不领情，但最近身边死了太多人。从什么时候开始她的生活变得如此恐怖？

"之前怎么了，夏拉？"伊克坦问，"不管你如何解释，我说的话不全是吓唬人的。你怎么不唱歌？"

"我……"她真希望兹哈所说的肉汤早些送到。似乎只有喝了汤她才能恢复清醒，她才有力气。她决定隐瞒："我不知道。"

伊克坦的眼神不依不饶，语气却充满同情。"我认为你知道。"

她揉着大腿，东张西望，寻找那半瓶施塔本图酒，应该就在这里。

"我知道你不信任我，"伊克坦说，"你可以不告诉我。但你总得在某个时候告诉某个人。否则这种事情很可能还会发生。"

她听得出伊克坦说的是实话，太讨厌了。"你知道酒在哪里吗？之前的那瓶酒？"

"喝酒不能解决问题。"彼起身说道，"我去看看你的晚餐准备得如何。"伊克坦指着她脚边血淋淋的眼球。"这个你打算怎么办？"

她打了个冷战。"丢了。"

伊克坦一把将其捞起来，装进夏拉那件蓝色斗篷的兜里。"也许你以后想要。"

"我不想要。"她确信无疑。

伊克坦的语气含着悲伤,脸上却带着心照不宣的笑意。"我们并非总是知道我们想要什么,夏拉,直到失去之后。"

夏拉睡在热得要命的火堆边,时梦时醒,失去歌的恐惧折磨着她。她试着召唤了一次,但可望而不可即,犹如家乡海滨那一群群飞快游动的透明小鱼。伊克坦说得对。她必须面对恐惧,面对回忆。噩梦不仅来源于因为连珠日事件而产生的愧疚,还有更深层的耻辱。连珠日唤起的耻辱,叠加了陆地病带来的影响。她必须面对自己在浠克的最后一日。

绝望,恐惧,但她知道别无选择,她解开了记忆之门的锁链。

她似乎能感觉到在那个宿命的夜晚从北方刮来的冷风,带来雨水和明亮的闪电。似乎能看到自己站在母亲门前,头发和身上全都湿淋淋的,门边的挂钟被拉得响个不停,仿佛音量越大,越能表达愤怒。

她使劲捂着嘴,以免尖叫出声,风撕扯她的头发,无形的手抚摸她的肌肤。她想起了触碰过她的一双手,一个男人的手。斯宾。他是在夏拉满了十五岁之后来到海岛上的,母亲要了他,她有这个权力。但他乌黑的眸子有意无意地看着夏拉,慵懒而傲慢的微笑只为她一人绽放。他念她的名字,嗓音浑厚如熟透的蓝莓,她则心潮澎湃,如月圆之夜的海浪。他们从宴会上悄悄溜走,他亲吻她,嘴唇就像从枝条上摘下的忍冬。他甜言蜜语地哄她掀起裙子,粗糙的手指探进她的双腿之间,她浑身燥热,仿佛被仲夏的太阳炙烤。他还许了不少承诺。给了我,我就带你走,

烈星 FEVERED STAR

夏拉。我们将会生活在大城市的华美宫殿里，我们将会结婚，你要什么有什么。

要一条船可以吗？她喘息着问道，心怀憧憬。我要驾着自己的船去航行。在南方的城市里女人不能上船，他不悦地回答，把她放到沙滩上。但你可以给我生很多孩子。然后他进入了她。

我爱他！她冲着母亲大喊，换来了一个耳光，嘴唇应声破裂。

我们不爱他们，你这个愚蠢的丫头，母亲嘶声说。我们只不过逢场作戏，引君入瓮，趁着情欲勃发怀上孩子。然后我们把他们唱去喂鲨鱼，这样他们就永远不会告诉别人如何找到我们。

我不会让你伤害他。斯宾爱我，我爱他。

你这个小笨蛋。母亲轻蔑的表情逼得她很想掉头跑掉，但她拒不退让，直面母亲以及咆哮的风暴。

接着母亲让到一边，让她看到了躺在后面的人。就在母亲的屋子里，就在母亲的床上。那个生有乌黑长发、古铜色肌肤的男人，那个亲吻如忍冬、嗓音似红酒的男人，精疲力尽地睡着了，赤身裸体，纠缠着母亲的毯子。既然他爱你，那为什么在我床上？

他承诺过！

男人的承诺罢了，夏拉。傻瓜才会相信。

她脑子里的咆哮震耳欲聋，恐惧变成了狂怒。她的歌在召唤，在祈求吟唱。她要高唱愤怒之歌、背叛之歌。她要唱得惊天动地。她要让两人付出代价。

※

"醒醒，夏拉。"有人按着肩头摇晃她，往事烟消云散。伊克坦蹲在火堆前，递来一只碗。"兹哈去镇上了。我来给你送肉汤。"

她吁了口气，振作精神。尘封的记忆如今变得鲜活。她浑身颤抖，仿佛又一次回到了十五岁那年，满心都是迷茫和孤独。还有犯下全族最严重罪行的愧疚。

"我唱死过一个人。"她轻声说。

伊克坦半笑不笑。"就一个？"

"拜托。"她叹息着，指头绕着碗沿打转，"别拿这种事情开玩笑。"

伊克坦举起双手以示妥协。"我嘴欠，夏拉。你在这方面比我好。你要不要跟我讲讲？"

"不。好吧。"她沮丧地抹了一把脸，"这就是我回不了家的原因。"

"啊。"伊克坦坐下来，双手交握，摆出一副耐心倾听的姿态，"看来是对你很重要的人。你爱的人。"

她点点头，羞耻感涌上来，哽住了喉咙。

"是谁？"

她说话时不敢看伊克坦的眼睛。"我母亲。"

她讲了事情的大概。愚蠢的初恋，承诺，背叛。

"发现他们在一起时，我气坏了，终于认识到自己有多么天真。我发起了攻击。我渴望伤害他们。伤害她。"

"你做到了。"

"但应该是不可能的。我们的歌伤害不了女人。"

"可你母亲受到了伤害？"

她把膝盖收到胸前，抱紧。"好多血，我都不知道后来发生了什么。我只记得血、尖叫……还有尸体。我的姨母来了，骂骂咧咧的，我跑了。可我在海岛上，除了跳海，哪有可去的地方？"

"而且谁也逃脱不了内心的愧疚。"

"我尽力而为。我当上船长，实现了梦想。我指挥男人们在新月海上航行。我告诉自己，以后只把歌唱用来安抚，用来保护自己，不去对付别人，就没问题了。我也就没问题了。但连珠日那天，我试图辟出一条路来，结果有人死了。"

"你不是故意的。"

"这重要吗？"她把脑袋搁在膝盖上，"他们挡了我的路，我要他们挪开。我没有考虑后果。所以今天那些人威胁我的时候，我能想到的就是被我杀死的人。如果我只想保护自己却失手杀了他们呢？如果营地里或镇子上的其他人听到我的歌，也死于非命了呢？是不是歌唱本来就是害人的，所以渧克要远离人世呢？"

"我不相信渧克们与世隔绝是因为害怕唱歌杀人。据你所说，你母亲似乎很乐意把你那位曾经的爱人丢到海里喂鲨鱼。我认为长矛战争之后她们远离梅里迪恩是为了保持独立。"

"我不知道。"她闭上眼睛，"离开大海让我感觉好迷茫。虽然离开了渧克，我还是有她，有我真正的母亲。但现在我什么都没有了。"

帐篷外的喊声打断了她的思绪，兹哈大步走了进来。

"很好，你俩都在。"她咬字清晰，眼神狂乱，犹如一只落入陷阱的动物。"夏拉，你身体怎么样，能去镇上吗？"

"出什么事了？"伊克坦问。

兹哈犹豫了一刹那，似在稳定情绪。"我母亲来了。"

彼低低地打了一声唿哨。"看来今天是母亲算账的日子。"

"她是骑着雕来的。还有我姐姐。"她咬着拇指，指头已经咬得红通通的，破了皮。"托瓦有变故。"

夏拉的精神为之一振。"是奥多·塞都吗?"

"她想跟你谈谈。"

"她是怎么知道我的?"

兹哈脸红了。"是我告诉她的。快。她不喜欢等人,哪怕是心情好的时候。"

"也就是说她现在心情不好。"伊克坦的语气莫名地欢快。

兹哈吐了口气。"没错,希悠。我们走吧,可别等她的心情变得更坏了。"

CHAPTER 26

托瓦城

乌鸦历 1 年

> 我要为我的父亲哀悼多久
> 为我的母亲哭泣多久？
> 我的兄弟逝去了吗
> 我的姐妹不在了吗？
> 莫非我别的都不是
> 只是等待死亡的行尸？
>
> ——摘自《刀兵之夜哀歌集》

塞拉皮欧站在横跨奥多和欧扎的吊桥上，听见梅卡接近的响动。他派小乌鸦去找来此人，当时并不清楚发生了那么多事情之后，奥多黑的首领是否愿意应召而来，能否带来他需要的消息。不过他听见了脚步声，感觉到桥面突然晃动，闻到梅卡衣服上特有的草药气味，还听到某种硬物敲击桥面的节奏，他因此露出微笑。

"你一而再地替我寻回杖子，"他说，"是我疏忽大意，下次不会了。"他第一次改变形态时将其遗失在场地里，如今他已经搞清楚了，他接触到的东西会随着他一同改变形态。杖子不会再丢失了。

"这是我的荣幸,奥多·塞都,"梅卡说,言语间的喜悦是真诚的,"我希望为您效力。"

塞拉皮欧接过杖子,试了试手感。一切都如往常,再熟悉不过。

"有大宅的消息吗?"两天前,他与奥括发生冲突,杀死了两名护盾,其中一人还是奥括的表哥。当时他差点连奥括也杀了,最终愤然离开。他本应痛恨自己的行为,但一直以来,凡是威胁到他和他所爱的事物的,他都会将其清除掉。他的前两位导师,还有船上的水手。只有珀瓦吉幸免一死,不过即便到现在,他都不好说这个决定是对是错,正如他不知道放奥括一条活路是对是错。奥括警告过,如果杀死他,塞拉皮欧将会面临很多严重的后果,但没有痛下杀手并非忌惮后果。说到底,他对于照料过自己、一度称兄道弟的人下不了手。他们曾是一家人,哪怕时间那么短暂。

"没有重要的消息,大人。湖边好像发生了训练事故,死了两名护盾。"

看来奥括把事情隐瞒了下来,以及塞拉皮欧在其中扮演的角色。他不知道其中的意味,但这样一来应对梅卡方便了许多,因此他心怀感激。

"其中一人是前任护盾长,名叫采亚。"梅卡的语气有些伤感。

"你认识他?"

"我们初次见面时他还是孩子,他是奥括的母亲亚特莉扎主母的外甥。我和亚特莉扎及其伴侣阿亚瓦很亲近。阿亚瓦才华横溢,博览群书,是哲学家。我们交情不错。"

"不是战士?"

"不是，但他的想法在当时非常具有革命性。"

"他后来怎么了？"

"啊……"他听见梅卡动了动，似乎很难回答这个问题，"他付出了沉重的代价，为自己的野心，为我们的野心，我和他一样负有责任。"梅卡的语气有些异样，似是长久藏在心里的悲伤，还有遗憾，但塞拉皮欧没有深究。

"他为同胞作出了牺牲。"塞拉皮欧说出了自己的理解。

"不。"梅卡终于难掩内心的苦涩，"唯一的牺牲就是他。"言语似乎哽在喉咙里，他咳了起来。"不过那是很久以前的事了，大人。我们有更重要的事要谈。奥多黑因您的回归躁动不安。我每一天都在对聚集的众人发话。但我终究代替不了真神。他们想见奥多·塞都。"

"上次我身处他们当中，情况并不好。"他想起那些绝望的祈祷者，无数伸出的手，铺天盖地的恳求。

"那是误会。不会再发生了。"

"早晚还会的。"他肯定地说，心知自己不愿再次身处暴徒之中，"在此之前我必须先做一件事。你找到了吗？"

"是，我认为找到了。有当地的档案，还有老人家记得。"

"带我去。"他轻声说道，嘶哑的嗓音透露的情绪出乎意料。

"问题是您可能会被认出来。您露面的消息已经传开，不带护盾走在奥多街上也许不太安全。"

"我不走便是了。去吧，我自会跟上。等你进去，我就知道地方了，我们在那里见面。"

梅卡鞠了一躬，长袍窸窣作响。然后他大步走开。

转念之间，塞拉皮欧变成了鸦群。

他在空中跟随着梅卡,后者过了吊桥,登上狭窄且破碎的台阶,回到横跨奥多区的大道上。他远远看见路的尽头是大宅,但梅卡并没有去那里。他穿过一片雪松林,转向北方,爬上可以俯瞰峡谷的一座丘陵。这里有一堵长长的黑色石墙,他沿墙而行,来到一扇门前,钻进去。塞拉皮欧借着雪松的掩护变回人形,召唤一只乌鸦以帮助视物,步行跟上。

他们来到一个院子里。院子中央是一间圆形房屋的屋顶,屋子在地底。房屋右边有菜园,现已荒芜,不过面积足以养活五六家人,边上有长凳、桌子和户外烤炉,说明此处是公共厨房。院子角落有两层或三层的砖土家宅。家宅一片静寂,住户们不是在睡觉就是在别处干活。一条狗慢悠悠地迎着他们跑来,嗅了嗅梅卡的袍子。奥多黑弯腰挠它的耳朵。

"这里是您的家人住过的大院,"梅卡解释,"您母亲的家族是名门望族,是织工和匠人,也是如今大宅掌权者的远亲。"

"现在谁住在这里?"

"另一个家族,没有亲缘关系。刀兵之夜后,大家族完全离散了,无人认领这些家宅。一度废弃的家宅被他人占用,这种情况不算少见。"

"不是废弃。"塞拉皮欧纠正。

"是,"梅卡郑重地说,"不是废弃。"

"既然他们是名门望族,我母亲的家人为何不住在大宅里?她说她参观过那里的鸟舍,还提到一个舅舅是乌鸦骑手。"

"谁说得清?也许是因为分歧闹翻了?甚至有可能因为他们崇拜鸦神导致关系不和。"

"他们距离吊桥如此之近,一定是最早沦陷的家族。"他走向院子深处,凭借乌鸦的视野仔细观察。他想象着刀兵之夜必然发生过的情景。不知道他们是否收到过警告,还是听见敲门声陡然响起。他仿佛能听见惨叫声在墙壁上回响,看见人们纷纷倒下,感受到他们向神呼救,却被他们所信仰的神断然拒绝。

正如他现在拒绝塞拉皮欧。当然,除了在他需要利用塞拉皮欧杀死太阳祭司的时候。

"您说得对,当然,"梅卡说,"大宅里幸存下来的是大多数,但小的家族还有您家族那样被边缘化的,不可能抵抗守望者那么强大的敌人,谁能料到本该保护他们的人却实施了一场屠杀。"

"难怪母亲那样教导我。"

"她教导您什么?"

任何人都是我的敌人,他心想,包括你梅卡。

梅卡等不来回答,便继续说:"我隐晦地找年长者打听过是否记得一个名叫萨娅的女孩,可惜这里没人记得。所以我认为现在的住户是后来搬进来的,您的家人早已失散了。"

"或是死了。"

他们站了片刻,然后梅卡说:"这边走,奥多·塞都。"

塞拉皮欧放走了乌鸦,跟了上去。他们在一扇门前停步。梅卡敲了敲门。他们听见门内有声音,是婴孩的啼哭,很快安静下来,接着门开了。梅卡低声问候对方,应门的女人操着浓重的托瓦口音。

"欢迎,奥多·塞都。"她说,梅卡碰了碰他的胳膊,示意他进去。他们跨过门槛,进入他母亲小时候生活的地方。空气中有泥土和香甜的气息,来自母亲的乳汁。从另一间房传来孩子的声音,然后是跑过来的脚步声。

"是鸦神吗?"问话声很轻。

女人嘘声制止孩子,但塞拉皮欧说:"让他们过来吧。"他想起身为孩子的感觉,在他为伟大事业献身之前。母亲一直在怀念过去的生活,父亲看不惯她伤春悲秋,而他则忍受着漫长的孤独,哪怕在人满为患的屋子里。他清楚孩子们的生活难在哪里,那么幼小,那么无力。

他弯腰示意孩子们上前。受到母亲的鼓励,迟疑的双脚终于接近。

他伸出手来。他不需要匕首就能玩这个把戏。他想象拇指是乌鸦的爪子,长而黑且锋利,当他听见其他人的吸气声,便知道有了变化。他划开指尖,放出血来,然后召唤阴影。

"不要摸,"他告诫孩子们,"只能看。"

他让阴影变成乌鸦的形状。影子乌鸦拍着翅膀,在他掌上盘旋,孩子们轻声惊叹。他将乌鸦一分为二,互相环绕,然后合二为一,变成一根羽毛。黑烟似的羽毛飘落到他的掌心。他使其消散于无形,一根真正的羽毛出现了。

"这个可以摸,"他告诉孩子,"来。拿着。"温暖的手指擦过他的皮肤,然后羽毛不见了。他迅速把手攥成拳头,希望在场的大人们没有注意到掌心剥落了薄薄的一层皮肤。

"奥多·塞都的礼物。"母亲鞠了一躬,"我们何德何能。"

塞拉皮欧直起身子。"哪里的话。"

然后梅卡和女人再次交谈,塞拉皮欧自顾自地徘徊。他小心翼翼地走动,四处探索,假如没有发生刀兵之夜,这里便是他的归宿。他想象着孩童时代的母亲在这里生活,年龄不比刚才接受羽毛的孩子大,但想象起来并不容易。他的想象受阻于最后一次看到的母亲的模样,因为血管里流淌的有毒花奶,他的眼皮沉重

烈星 FEVERED STAR

如铅,针刺的痛感隐隐袭来。他驱散回忆,想象他自己在这间屋子里的情形,却感受到痛苦和背叛。无奈之下,他抛下了所有的回忆,试图让屋子的墙壁讲述自己的故事。然而梅卡和孩子母亲的喃喃细语盖过了墙壁的自述。更多不属于他以及回忆的噪声响起:婴孩的抽泣,收到羽毛的孩子的咯咯欢笑。他垂着头。他的家族在这里的痕迹已经荡然无存。

他感到一阵头晕,似乎脱离了大地,失去了控制,向上飘浮,仿佛底下熟悉的一切都在塌缩。他急促地呼吸着,心慌意乱,匆忙走向门外,跌跌撞撞地从梅卡身边经过。

"您没事吧,奥多·塞都?"身后响起关切的询问,梅卡匆匆向孩子母亲道歉,在院子中央追上他。

"这里有凳子吗?"塞拉皮欧想到这里的厨房,气喘吁吁地问,"哪里可以坐?"

"那边。"他拉了拉塞拉皮欧的胳膊。塞拉皮欧恼火地甩开他的手。

"告诉我就好!我不需要你帮助!"

"抱歉,"梅卡懊恼地说,"往前走四步,在您右边。"

塞拉皮欧使用杖子找到了长凳,瘫坐下来,浑身颤抖。回忆汹涌而来,全都是不好的回忆,他缩成一团。他突然转向梅卡。"你知道我的名字吗?"

"我……"对方的语气有些激动,有些不知所措,"您是奥多·塞都。"

"我是说我出生时取的名字。我的父母挑选的。"

"对我而言,您就是奥多·塞都。这是最高荣誉。"

"我有喜欢的食物。你知道吗?"

"我……"奥多黑显然受到了惊吓,茫然无措。

"我非常喜欢巧克力。我小时候尝过,是导师带给我的生日礼物。"

"如果奥多·塞都想要巧克力……"

"不,我不想要巧克力。"

"那为什……"

"我尝过的那种非常辛辣。我在冬至日尝过类似的。就在这里,在提提迪。"

"需要我去找卖巧克力的小贩吗,大人?"

"不,梅卡。我只是要你知道我喜欢巧克力。"他继续试探,"你有故事吗?"

"奥多·塞都想听什么样的故事?"

"你童年的故事。这个地方的故事,奥多的故事。"

"我的故事不值得奥多·塞都听。"

"胡说。我让你讲。"

"拜托!"梅卡哽咽着说。

塞拉皮欧闭上眼睛。他明白再强迫下去事情就变味了。他已经证实了自己的想法。"算了,当我没问。"

他只希望被人看见一小会儿。被当成一介凡人,而不是神。但他明白这种要求是梅卡无力承受的,也许对奥括和所有的食腐鸦都一样。有时候他感觉自己像是两个人。一个是奥多·塞都,被塑造为复仇的神,只为一个目的而存在。他的宿命比任何人都要沉重。

另一个是孤独的男孩,不断地寻求联系,渴望在没有立足之地的世界上找到根基。他痛恨这个男孩及其软弱的本性,还有寻找朋友和家人的愚蠢念头。正是这个男孩幻想着与夏拉的生活,唯愿自己是奥括的表亲而不是奥多·塞都,像任何孩子一样渴求巧克力和故事。

现在他明白了,母亲告诫过他,任何人都是敌人,原来包括他自己也是敌人。他知道自己可以摒弃弱点,仅仅拥抱痛苦和伟大的事业。完全成为他对奥括所言的武器。只需要勇气……和彻底放手。

他命令手指化作鸟爪,插进掌心的肉。

"大人!"梅卡喊道。

"我以为我能在这里感受到一点母亲的存在,"他强忍疼痛,从牙缝里挤出一句话来,"但这里没有我要找的东西。"哪里都没有……除非我亲手创造。

"您在流血!天空啊,您的手!"

"过来。跪在我面前,梅卡。"

他听见对方慌忙上前,扑通一声跪在地上。"我让您失望了吗?"梅卡的声音在颤抖,"您需要什么,我任您吩咐。"

"你没有让我失望,"他对梅卡说,"很快我就会召唤你,梅卡。你,还有奥多黑。到时候你们会回应我吗?"

"我们以血回应您。"

"是的,你们将以血回应。"塞拉皮欧把流血的手掌贴上奥多黑的脸颊,"我们都将以血回应。"

他起身时听见梅卡在哭泣。他吸了一口气,再呼出来的时候,人已化作鸦群,飞天而起。

CHAPTER 27

霍卡伊亚城

乌鸦历 1 年

源自神性的傲慢不过是你的又一件赠礼!

——摘自《梦行者手册》,长矛少女西尤可著

柯尔船长的说法得到印证,巴拉姆对此感到很高兴,穿越新月海东边群岛的航行大体上平安无事。岛与岛之间的距离均不超过一天航程,也就是说他们每晚都可以睡在陆地上。淡水充沛,沿岸食物富足,尤其是鱼、蟹和其他生活在浅水里的生物。水果很难找到,不过柯尔解释说现在不是季节,等他们返程时,树上必是果实累累。

他们没有见到渧克,既欣慰又失望。领主图恩每晚都坐在对面,蓝灰色的眼睛隔着火堆盯着他。他凭着友善的微笑化解她的脾气,以连珠的妙语逗得她笑声不断、香肩颤抖。然而她的欢乐情绪持续时间不长,入夜时分,他总能感觉到她对周围岛屿的渴求,压得他喘不过气来,犹如冲到岩石海岸上的浓密海草。

他们于第十天抵达库克河口,并告别船长,将海船换成驳船。还要在大河上航行两天才能到霍卡伊亚,于是他们在三天后的日出时分抵达了目的地,只见长矛少女的伟大城市沐浴在晨光中。

烈星 FEVERED STAR

库克河两岸，面积为六平方英里的巨大土丘拔地而起。土丘不以千数也以百计，大多高达四层或五层楼，巴拉姆甚至远远地望见了长矛少女的宫殿所在的土丘。它称霸了地平线，至少有十层之高，比奎科拉的任何石砌金字塔都更为庞大和壮观。巴拉姆估量着修建这般巨物所需要的劳力、维护人造大山所付出的代价。他肃然起敬。

他们先是经过较小的城区，每个城区都有与之匹配的土丘坐落于中央广场的北边。巴拉姆注意到广场周围有椭圆形茅草屋顶的建筑，类似奎科拉郊区的情形，还有类似他所在城市的大型球场的空地。所有的空地都呈圆形，容纳二十人不成问题，以竖立的木桩围建起来。

"那是某种笼子吗？"木桩之间隔得很开，除了巨人什么也关不住，而且没有顶盖，所以他知道说笼子并不准确，但又猜测不出圆形场地的功能。

"太阳历。"珀瓦吉在他身边回答。领主、仆从和士兵如今共乘一船。如此不分尊卑令人不适，但考虑到仅在河上航行区区几日，倒也能够接受，而且巴拉姆更乐意与珀瓦吉同行而非佩什。他们占据了靠近船头的位置，但附近有卫兵巡视河岸，提醒他尽管奎科拉和霍卡伊亚是同盟，当地是否欢迎七大领主仍未可知。

"你说那一圈木头？"巴拉姆问，"你怎么知道？"

"我在天空塔待过。我们研究的就是这类东西。"

"那空地呢？"站在另一边的图恩问道。

"球场，"巴拉姆说，"他们举办一种名叫昌奇的比赛。我年轻的时候见过一支巡回团队的表演赛。"

"更远的地方就是军事学院。"珀瓦吉指着河西岸另一片依稀可见的场地。巴拉姆似乎看到了托瓦各家氏族的旗子，至少是简陋的仿制品，在类似畜栏的建筑上空飘扬。

"提醒我了，今晚必须清理掉在军事学院的所有托瓦人。金雕可以加入我们，但不能让别的氏族发现我们来了，不能给他们机会警告自家人。"他注意到了珀瓦吉的表情，"人数应该不多。"

"杀掉氏族子弟？那是战争行为。"

"是吗？"

"尤其考虑到我们是来观光旅游的。"图恩干巴巴地插了一句，珀瓦吉登时面红耳赤，只见她摇了摇戴手镯的腕子，"这里的景色太壮观了。一个人习惯了把奎科拉当成世界中心，就会忘了世上还有别人自以为是中心。"

巴拉姆不得不同意她的说法。也许与视野有关。奎科拉的周围是茂密的雨林，以及大半隐匿的海水。但从库克河岸可以遥望纵深数英里的平原。一马平川的原野上，有数以百计的人造山丘，坐落其上的庙宇和宫殿层层细分，配有木阶和栏杆，安置了成千上万的居民。

虽说时间尚早，但目光所及，到处人来人往。巴拉姆总认为奎科拉是一座兼收并蓄的城市，但霍卡伊亚的人来自大陆各地。奎科拉背后的山脉隔断了南边地域广大的地区，而霍卡伊亚不存在天然屏障，数百英里畅通无阻。还有一条来者不拒的大河纵贯其间，更有五六条较小的河流在北边更远处交汇。这里是梅里迪恩真正的心脏地带，河道广布，宛如大陆的动脉。

他看到了形形色色的体形、块头和肤色，还有服装样式。随着时间过去，烟火气息越来越浓，早晨的空气混杂了各种气味，很多他都不熟悉，鼻子有些难以承受。

"我看得出来这个地方为何要侵略邻居，挑起长矛战争。"图恩撑着栏杆说，"仿佛整个世界都在你家门口，予取予求。"

"没错,不过他们发动侵略的条件也成了他们在撤退时的劣势。宽广的土地无险可守,水道畅通无阻。"

"他们是土丘建筑大师,"珀瓦吉说,"为什么不在河上筑坝?发挥人造山岭的优势?"

巴拉姆抬头看天。"他们的灾难是从天而降的。他们有什么办法对付托瓦氏族的飞禽飞兽?"

"他们应该未雨绸缪。"

"提前三百年未雨绸缪?我不敢肯定当时他们知道托瓦的存在,直到氏族打服了霍卡伊亚。想想吧,第一次面对驾驭羽蛇的骑手是怎样的景象。"

"飞蛇总比乌鸦好。"图恩耸了耸肩,"不知怎的,我就是害怕鸟类。"

"幸好金雕跟我们一边。"珀瓦吉说。

"这也是个提醒,我们必须算计得周全些,"巴拉姆表示赞同,"包括未知的情况。"

珀瓦吉扬起下巴示意。"那是谁?有没有算计进来?"

巴拉姆顺着彼的视线望向越来越近的潟湖。湖岸的码头泊着五六艘长船,深 V 形船壳涂成银色和黑色。上宽下窄的三角帆挂在靠近船头的粗杆上,牵出无数根绳索。船帆是亮蓝色的拼布,在停泊时收了起来,遇到海上的强风才会张开。

"这种船有些年头没见着了,"巴拉姆说,"它们适合长途航行,跟我们沿着新月海岸的航行方式不同。"

"还能航行去哪里?"珀瓦吉问。

"为什么要去?"图恩附和。

"我们应该很快就会知道了。"他们满载人货的驳船慢吞吞地驶过黑色和银色的长船,仿佛笨拙的海龟游向一群梭鱼。巴拉姆抬头望向前方十层楼高的、坐落着宫殿的土丘。他看到人群在每一层聚集，靠着木栏杆观望他们。他怀疑霍卡伊亚的大君在最高处等着迎接他们，而那些漂亮长船的主人应该也在那里。他不禁笑了。赌桌上的又一个玩家，意料之外，但也在情理之中。事实上，这样一来就很好地解决了从海上进攻的问题。如果他们愿意入局的话。

※

巴拉姆在岸边观望，随从们则在码头上集合。奎科拉人吸引的看客越来越多，领主佩什操着响亮的嗓门献上一出好戏。他戴着红黄相间的头巾站在码头上，非要准备十二人以上的仪仗队，而斯尼克和图恩表示反对，认为士兵太多有失礼数，每位领主带四人同行足矣。

码头的另一边，奎科拉的仆从们把商贾城市的财富——黄金、翡翠、羽毛和上乘的布匹——装进大篮子。巴拉姆估计还需要一些时间才能准备好，于是漫步走下码头。他扫视闲极无聊的围观人群，却没有发现熟悉的面孔。他耐着性子走远了些，走到了停泊着神秘的银黑色长船的码头。近前观看，长船更是光彩照人，船壳的形状适合劈波斩浪。他怀疑这种船装载不了很多人和货物，不过它们的用途本来也不在于此。他弯下腰，抚摸着一条船的栏杆，被其精良的工艺迷住了。

"把手拿开，"一个女人的声音传来，拉长了调子，"你不知道不经允许就碰女人的船很失礼吗？"他抬头看到一个女人，不超过三十岁，懒洋洋地坐在船的远端。她的一头卷发乌黑浓密，脸蛋是心形的，蓝色的大眼睛犹如群岛的海水，在宽颊上闪闪发亮。她的肤色和这条船一样漆黑如夜，笑容带着挑衅的意味。他方才没有注意到她在船上,后者被挂帆的桅杆所遮挡,打了照面之后,他又感到疑惑,不明白自己为何视而不见。

他竭尽全力绽放出人畜无害的微笑。"我只是在欣赏眼前的尤物。"

她咧嘴笑了,双眼发亮。"啊,你也是个尤物。对我惯常的口味来说年纪大了点,但我愿意让你上……我的船。"她夸张地眨了眨眼,"怎么样?"

他顺势上了船,坐在一张窄小的凳子上。"我是巴拉姆领主。"

"我通常不怎么留客,没空打听他们的名字,"她穿着宽松的裤子,四仰八叉地靠在后面,"但我船上从来没有来过领主。听起来似乎很有戏。跟我说说,巴拉姆领主,领主和普通人有区别吗?"

"区别很多。"

"我指的是一举一插的本事。这才是重点。"

他笑了。

"帽子不错。"

他摸了摸头饰,金色冠冕上装饰着长长的白羽。

"你这种一身都是白色的男人,是怎么保证干净的呢?"

他歪着头,注意到对方变了语气,带着不易察觉的嘲弄口吻。"谁说我能保证了?"

她大笑起来,紧张的气氛随之消退,除非是他反应过度。但并非他反应过度,他视其为警告。

有人喊他的名字,巴拉姆扭头一看,珀瓦吉正在拼命挥手。佩什已经带队走向宫殿所在的土丘,一群卫兵和搬运礼物的仆从跟在后面。

巴拉姆直起身子，轻拂双手。"看来我的朋友们在催我了。"

"可惜了，"她重重地叹了口气，"我本来指望我俩可以做朋友。"

"你有名字吗？"

"阿拉妮。"

"恐怕我没时间参观你的船了，阿拉妮，但我感谢你的邀请。"他说话时没有移开视线，换来了对方的笑容。

"但你会回来吧？我是说，如果你还活着的话。"她的语气又带上了一丝异样。

"我保证不了。"

"你这种人总是保证不了。"她噘起嘴，佯装失望。

他礼貌地碰了碰自己的眉毛，下了船。因为他的动作，船轻轻摇晃，但幅度很小。

珀瓦吉在等他，其他人都走远了。

"你在跟谁说话？"表亲不悦地教训他，"佩什巴不得把你扔在那儿不管。"

"我一点儿也不关心佩什干什么。"

珀瓦吉一脸怒容，似乎打算再说点什么，却又话锋一转。"那是谁？"

巴拉姆回头望去。阿拉妮冲着他飞吻，笑声回荡在风中。

"我觉得，表亲，那是个滞克。"

※

他们拾级而上，一路上都有看热闹的。有的仅仅好奇地围观；有的大喊大叫，欢迎或是辱骂，巴拉姆不知道。他当然会说霍卡语，梅里迪恩大陆上主要的几种语言他都会说，但有些微妙的变化在他的理解范围之外，而他学的是比较正式的表达。上面有人高声喧闹，还有鼓声和笛声，随着他们越来越接近，声音越发响亮。一直有人摸他的白豹皮斗篷，直到一名卫兵挥舞长矛，强硬宣示存在感。此后，嘘声多了，但也没人碰他了。

"你在找谁？"珀瓦吉问。

"嗯？"

"少糊弄我。我看你在人群中找来找去的。"

"我不喜欢一无所知地身处这种局面。"

"你安插了探子，"珀瓦吉说，"在宫殿里。"

"话是没错。但我们在库克河口换驳船的时候已经见面了，他没有跟来。现在我还是没有看见他，我很担心。"

"危险的游戏，表亲。如果他暴露了呢？"

巴拉姆虽然忧心忡忡，但还是面不改色，从容不迫地回答："如果他暴露了？我们很友好，霍卡伊亚和奎科拉，不是吗？"

珀瓦吉不以为然地哼了一声。

他们上到了土丘顶部，巴拉姆转回头望了一眼。整个霍卡伊亚一览无余，河岸和城市无边无际。没有阻断视线的山脉和森林，意味着敌人不可能神不知鬼不觉地打进来。霍卡伊亚预见不了的是从天而降的军队。打下霍卡伊亚的是托瓦和奎科拉的联军，骑手从空中飞来，水氠带着奎科拉步兵和巫师以惊人的速度逆流而上。巴拉姆相信如今有了梦行魔法，如果让自身的意识沉浸在这片土地之中，他能亲眼看到一切，那段记忆的面貌和感知必将如真正的历史一般真实。

"近来谁在统治霍卡伊亚？"珀瓦吉问。

"一个名叫戴库恩的男人。他的头衔是大君。我知道他比较年轻，据说他理智务实。"

"你的意思是可以说服。"

长矛战争爆发之前,霍卡伊亚由长矛少女们统治,那些女人在仅仅招收霍卡伊亚子弟的军事学院里接受训练,并且许身于战争。她们没有情人,因此没有血缘意义上的后代,继承人常常依靠决斗判定。霍卡伊亚锻造了一个好战的民族,但其冲突从未超越河谷,所以大陆其他区域没有注意到当地习俗。后来一个名为西尤可的长矛少女身兼战士和战巫,作为首位梦行者,利用她的知识与力量带领同胞踏上征途。她失败之后,长矛少女们被剥夺了霍卡伊亚的统治权,权力落入一名政客之手,后者积极参与和平斡旋,使得霍卡伊亚免于毁灭殆尽。辩论取代了决斗,如今城里的统治者并不善战,而精通辞令。

"我们需要担心他吗?"珀瓦吉问。

"戴库恩?不用。不过传言说有一帮长矛少女反对他的统治,为首的女人名叫内苏,需要担心的人是她。至于需要担心到什么程度……"他优雅地耸了耸一侧肩膀,"我本来希望事先可以搞清楚,但我们已经到了。"

号声吹响,巴拉姆闻声而动,来到仆人前面,跟其他领主站在一起。奎科拉的四位商贾领主一字排开——巴拉姆一身洁白无瑕,图恩是绿衣,佩什则是红黄相间,而斯尼克是保守的褐色——等着霍卡伊亚的领袖前来迎接客人。

她没有让他们久等。

她站在宫殿前的台阶顶部,锐利的目光扫过众人。她头戴驼鹿角王冠,肩披驼鹿鞣皮斗篷。长矛少女们围在她四周,个个穿戴皮革盔甲,眼睛以下的面部涂成黑色,长发中分,紧贴头皮编成辫子。她们手执骨矛,戴王冠的女人也不例外。

"欢迎来到霍卡伊亚,"女人的声音在土丘上回响,"河间地的明星,梅里迪恩的心脏,伟大协议的缔结之所。"她扬起下巴。"我听说你们是来协助我们开战的。"

四位领主面面相觑,巴拉姆终于感到了一丝担忧。对方显然不是戴库恩。他用留得很长的小指甲刮过手掌,思忖着。就算他立即放血,召唤阴影魔法,距离他们的船还有一百五十多级台阶。抵达新月海还得驶过一条长河,而驳船又太慢。况且他相信那些银黑色的船会迅速解决试图从水路逃跑的人。

他看得出领主图恩也在思考同样的问题,灰蓝色的眼睛眯了起来,不知道她能不能把他们全都变成石头,为逃跑争取时间。

"你是谁?"佩什上前问道,"为什么戴库恩大君不来迎接我们?"

"戴库恩身体欠佳,"女人说,周围的长矛少女们忍俊不禁,"但你可以称我大君。"

"我们为什么要把一个女人称作霍卡伊亚的大君呢?你们不是三百年前就被证明不适合统治城市吗?"

女人眼里精光一闪,举起长矛。几十个少女有样学样。"当心点,小矮子,不要让我提醒你奎科拉在获救之前是如何落入长矛少女手里的。"

佩什恼羞成怒地退了一步。奎科拉卫兵举起长矛,来到他们当中。双方剑拔弩张。

"他对女人的轻视会害我们全都送命。"领主图恩对巴拉姆耳语。

巴拉姆常常好奇自己的死法。家族里某位叛逆的表亲,感觉上当受骗的不满商人,反噬他的狂野魔法。对他这样的人,一切都有可能。然而若是因为没用的领主佩什不肯抛下的成见和傲慢而死,那他难以接受。

"内苏大君。"他按着一名卫兵的肩膀，示意对方让路，"我们非常荣幸能到访你们这座美好的城市。虽然我们不希望再一次与梅里迪恩的民众兵戎相见，但恐怕你所言属实，有些黑暗的问题我们必须讨论。不过我向你保证，我们不是你们的敌人。"

内苏锐利的目光仿佛将其生吞活剥，先是皮肤，然后是肉，最后是骨头。他站在原地，任凭对方打量。不知道看到了什么，她忽然咧嘴一笑。她手中的白色长矛重重地敲击地面三下。周围的少女们以同样的敲击回应，发出兴奋的呐喊。

领主图恩眼神僵硬。领主斯尼克轻声呜咽。领主佩什捂住耳朵。

"你是谁？"内苏问。

"我是七大家族的巴拉姆领主，奎科拉的商贾领主，新月海的主事，白豹的继承者。"

"一大串头衔，我的名字你已经知道了。"

"梅里迪恩大陆上每个角落的人都知道。"他撒谎道。

她笑得更甚了，巴拉姆认定对方是爱听奉承的女人。也许这样就用不着魔法和冲突了。

"还有躲在你们士兵背后生闷气的人。你们都是奎科拉的领主？"她问。

另外三人闻言上前，与卫兵并排而立，作自我介绍。最先是领主图恩，接着是领主斯尼克，领主佩什落在最后。他看样子并不高兴，但至少没有再次出言不逊。

"那么这个人属于哪位领主？"内苏打了个响指，两名长矛少女拖着巴拉姆的探子上前。他双手被缚，遍体鳞伤。她们将他扔下木制台阶，他呜咽着瘫软在他们脚边。

隐隐的担忧写在巴拉姆脸上，但他依然掩饰着从脊梁骨沉下去的强烈恐惧。他观察其他人的反应。图恩不动声色。即便她怀疑那人属于巴拉姆,也没有表现出来。斯尼克捂着嘴巴,倒吸一口气,而佩什面色阴沉,但值得肯定的是,他什么都没有说。

内苏漫步走下台阶,两名少女离队跟上。她脚底的凉鞋踩在男人背上。"怎么?没人认下他吗?"她弯下腰,扯着他的头发,把他拽直了身子。巴拉姆发现他的手指断了,脸被打肿了。而且他的嘴巴明显不对劲。

"他吞下了自己的舌头。"图恩低声说,半是惊叹半是厌恶。

内苏盯着擅使石魔法的巫师。"是的。他不等拷问便折断手指,吞下了舌头。"

"你怎么知道他是我们的人?"斯尼克说。巴拉姆看见他的恐惧逐渐化为愤怒。"他可以属于任何人。金雕或者另一个托瓦氏族,你们霍卡伊亚的对手,甚至是渧克!"

"他不是渧克的傀儡。"上方有人发话。他们一直看着脚边那个可怜的探子,没有注意到另一个女人的出现。她比内苏足足矮了一个半脑袋,但气场不相上下。她身着网面衬衫和宽松裤子,与船上的水手阿拉妮类似,长发及腰,宛如瀑布,大大的眼珠是飓风般的深灰色。

"渧克不招惹男人。"她说到最后一个词时带着嘲讽的口吻,巴拉姆认为她和佩什很是般配。

"玛黑娜女王向长矛少女证明了自己。她的忠诚不容置疑。"

巴拉姆面无表情,但心潮起伏。渧克来了,不仅仅是来了,还带来了女王。而且,如果他猜得没错,还有一批外形优雅的快船。他应该害怕——真正的霍卡伊亚大君显然被罢黜了,他的探子暴露了,渧克和长矛少女联手了——但他能想到的是其中的各种可能性。乱局中的机会。

"正因为我不知道此人属于谁,所以你们还活着。"内苏说。

"你敢威胁奎科拉的领主?"佩什终于发话了。

"我敢做的事情多了。"她回答。

"伤害七大家族的领主很不明智,"图恩出其不意地插嘴,"尤其考虑到我们都需要遵守待客的法条。"

"协议的条款约束不了我们,"内苏反唇相讥,"如果托瓦的守望者如你们信使所说的垮台了的话,那么梅里迪恩面临洗牌。"

"我所说的法条比协议更悠久。"图恩举起血迹斑斑的手。她低声吟唱,深沉的轰鸣随之响起。巴拉姆站稳了脚跟,除了他,其他人都在疯狂地寻找响声的来源。地面在移动,有人大喊大叫。内苏睁大眼睛,台阶上方的玛黑娜咒骂着。图恩打了个响指,地震立即停止。

"巫术,"内苏轻声说,"这种魔法是被禁止的!"

"被协议禁止的。你刚刚提醒我们协议不存在了。看来我们确实进入了新的时代。瞄准对象再放狠话,长矛少女。"两个女人彼此瞪视,犹如两条饿犬在开咬之前兜圈。

"也许是时候款待客人了,"巴拉姆说,"我不介意喝一杯。"

内苏恼怒的目光闪向他,随即戏谑地笑了,巴拉姆如释重负。"我听说奎科拉的领主都是没种的男人,可我想错了。"她赞赏地看回了图恩,"更没人告诉我还有女领主。"

大君打了个响指,长矛少女拽起巴拉姆的探子,原路返回。

"那便上桌吧,"她宣布,"款待客人。等金雕到了我们再解决这个有失礼数的问题。找出敌人然后割喉也不急在一时。"

她转过身,大步走上台阶,长矛少女紧随其后,队列整齐。

斯尼克颤巍巍地呼了口气,扭头质问巴拉姆:"七层地狱啊,巴拉姆。你把我们搅进什么局面了?"

"看来发生了政变。"他咕哝道。

"我们去吗?"图恩问。

"我看不出来我们还有选择。而且我非常想要喝上一杯。"

三人爬上台阶。他们各自的卫兵、仆人和抄写员,包括珀瓦吉在内,都亦步亦趋。佩什摇摇头,似在驱散脑子里的疑云,快步跟上。他们面前是一座宏伟的宫殿,巴拉姆看到门内摆着一张堆满食物和饮料的长桌。

一切都是考验。噢,戴库恩大君即便还活着,处境应该很糟糕,而内苏在考验他们,调戏远道而来的野蛮人。也许是为了揭穿探子的幕后主使,不过很显然,她做好了与他们共同进餐的准备。

巴拉姆信心大增,脑子转得飞快,思考各种可能性。

"我觉得,"图恩说,"她刚才是在跟我调情。"

"你当任何人都跟你调情。"巴拉姆不冷不热地说。

"不是吗?"

"长矛少女许身于战争,只有战争而已。我不认为她们会调情。"

"胡说。所有活物都调情。当然,除了你。"

"你冒犯我了,图恩领主。不过我建议你盯着玛黑娜女王。"她噗嗤一笑。"我不关心自封的女王。"

"他是谁的探子?"佩什的嗓门很大,所有人都停下脚步看他。他大汗淋漓,眼睛瞪得老圆。惊吓过度,巴拉姆心想,他失去了自控力。

"巴拉姆,"他大喊,"是你的人吗?图恩?不管你们在玩什么游戏,现在必须停手,别害我们全都被杀了。"

巴拉姆一脸关切的微笑。"不是我们的,我向你保证。毫无疑问,金雕希望掌控局面。或许是食腐鸦的。无论如何都证明了我们非得联手不可。"

佩什发出奇怪的声音,就像一条被掐着脖子的狗,巴拉姆差点可怜起他来。差点而已。

"不用担心自己,佩什,"他们走进宫殿时,他扭头说,"一切尽在我的掌握中。"

CHAPTER 28

梅里迪恩草原

乌鸦历 1 年

当心那种淹死自家女儿的女人。

——沛克谚语

夏拉跟着兹哈和伊克坦进了酒馆大门，看到金雕的鲁玛坐在一张长桌的顶头喝汤。屋子里暗得不正常，夏拉感觉自己的眼睛变得更适应微弱的光线。天花板被浓烟熏得乌黑，低矮压抑，她相信举手就可以碰到。墙壁同样靠得很拢，狭小的空间害得夏拉的肩胛处发痒。

屋子里有两盏灯，两边各一盏，不过光线似乎都被鲁玛吸引去了。她身上的制服白得发光。夏拉认出来她的毛领鹿皮斗篷以及肩部散开的金色羽毛和她女儿的一样，当然也不必怀疑谁才是模仿者。鲁玛的黄褐色头发散乱纠缠，但她抬头看向次女及其同伴的眼神坚硬如石，如他们周围的高山一般冷峻而刚强。

兹哈匆忙上前，匍匐在母亲脚下，双臂伸直。鲁玛低头看她，表情难以解读，然后她嘴唇微微扭曲，显然颇为厌恶。他们进来的时候，她的碗在嘴边停了一刹那，但此刻又继续喝了起来。屋子里很安静，只有缓慢啜饮的声音。

这一刻无比漫长。

年轻的女长官仍在地上。主母响亮地喝汤。

夏拉试图暗示伊克坦，但彼的面庞隐在兜帽底下，只能看见狭细的鼻尖。

时间一分一秒过去，兹哈依然没有起身。

鲁玛还在吃。

夏拉的神经被刺痛了，甚至比幽闭恐惧在后背引发的痒感更为严重。残酷的母亲，受辱的女儿，无人过问。这种场面也太熟悉了。

她吁了口气，告诉自己接下来发生的事情很可能让她后悔，但也不会比袖手旁观更糟糕，她不能看着兹哈自我羞辱，以满足对方扭曲的欲望。她借来身为航海船长的些许声势，挺起胸膛，信步走到桌前。她拖出边上的长凳。凳子刮擦地面，吱嘎作响。她抬腿越过，扑通一声坐了下来。

夏拉猛地一拍桌子。护盾们纷纷扭头，视线集中到她身上。鲁玛放下碗，石头般的眼睛燃烧如炭火。

冷汗浸湿了夏拉的领子，但因正义而勃发的愤怒压过了恐惧。她召唤歌声，以防万一，但一如既往地，似乎有人在她和歌声之间设了一道障碍。七层地狱啊，她为什么要激怒这个女人？她瞥了一眼兹哈的后脑勺，后者依然面贴地板，这就是她需要的回答。

"汤！"夏拉大喊，"我上哪儿能搞到一碗该死的汤？"

一名护盾正要说话，被鲁玛抬手阻止，她充满好奇。

伊克坦滑上了夏拉身边的凳子，笑意若隐若现。"我也要来点汤。"彼淡淡地说。

夏拉笑了。

"起来，兹哈。"夏拉漫不经心地说，"我们给你也点了一份汤。"

鲁玛瞥向一边,夏拉看到那里有一扇门。必然有人候在门外留意主母的信号,因为一个仆人立刻端上了一锅香气扑鼻的汤。紧随其后的仆人拿着碗,还有一个端着小面包。夏拉自己盛汤,伊克坦也一样,终于,海水母亲啊!兹哈爬了起来,走到他们对面坐下。她颤颤巍巍地像一只小猫,但至少她从该死的地上爬起来了。

鲁玛开始击掌。缓慢而悠长的掌声在屋子里回荡。三次,四次,五次,直到所有人都注视她。兹哈浑身发抖。天空啊,夏拉心想,这个女人干过什么,让她女儿如此惧怕?

"漂亮,"主母的嗓音充满极度的轻蔑,"这就是我不在的时候你的杰作,兹哈?琢磨这种愚蠢的小伎俩违逆你的母亲?"

夏拉大声清了清嗓子。她端碗喝汤,喝得响亮且粗鲁。她重重地放下空碗,挤出一个嗝来,然后冲着主母笑。

"你是谁?"女人问。

"看不惯恃强凌弱的人。"

鲁玛又盯了她一会儿。"把她赶出去。"

"等等,鲁玛。"伊克坦起身阻拦护盾,"她很有价值。她是奥多·塞都的朋友。"

"我不管她是谁。她目无尊长。我应该打她一顿。也许可以教她懂点礼貌。"

"不见得。"伊克坦清了清嗓子,"事实上,留着她对我们的计划有益。我建议你在做出任何轻率的决定之前听我说完。要是你还是觉得她没有用处,再打她也不迟。"

"伊克坦。"夏拉低吼一声。

"不,你已经表明了态度,夏拉。要我说,不聪明,但我理解。你是好心。不过凡事适可而止。"彼看向鲁玛,"告诉我们,你为什么过来,你知道什么。"

鲁玛打手势示意护盾退下,然后仆人们撤走了汤和碗。全部收拾好后,主母命令护盾去外面守着房门。等确保了没人偷听,她才开口。

"托瓦出事了。我们必须加快实施计划,城里对金雕来说也存在危险。"

"他们知道你背叛了?"伊克坦问。

她一脸愠怒。"另外几位主母知道金雕试图影响守望者,但至于知道多少,我说不好。也不清楚他们是否将其与守望者之死联系起来。唯一清楚的是关于托瓦的命运,他们站在了食腐鸦一边。"

"战争来了。"伊克坦嗓音轻柔,却透露了某种情绪。遗憾?兴奋?夏拉拿不准。

"战争,没错,很快他们就会召集一支军队控制东部城区。"

"东部城区?"

"郊狼之喉宣布他们恢复了氏族地位。"

兹哈抬起头。"恢复?"

"长矛战争之前他们就是氏族,但为了惩罚他们的怯懦,守望者在托瓦成立时剥夺了他们的身份,使其成为非氏族。"

彼用一根手指轻敲桌面。"这是否意味着……"

"他们任命了一位主母。"鲁玛确认了彼的推测。

"谁?"

鲁玛迟疑了,虽然只是一瞬间,但夏拉注意到了,她敢说伊克坦也注意到了。

"她是谁重要吗?"鲁玛低头看着桌子,"我关心的是别的氏

烈星 FEVERED STAR

族竟然愿意承认她的地位，郊狼氏族的存在就意味着保护城市的军队增加了数千战力。如果他们有脑子，就会着手在城市最东边圈地固守，坚壁清野。换我就这样做。如果我们的军队打进去，粮草补给不上，而该死的狼喉挡在天创与外界之间。"

"有防御工事，有粮草，他们可以坚持半年时间，"伊克坦喃喃道，"破坏吊桥，他们在悬崖峭壁上能坚持好几个月，甚至好几年。有巨乌鸦和羽蛇把守天空，金雕攻城恐怕代价惨重。"

"更别提从水路进攻托瓦几乎不可能，除非我们能对付水鼋氏族的大家伙。"

"南方的巫师正在解决这个问题。"

夏拉装得若无其事，但伊克坦的话吓到她了。这是彼头一次提到他们和奎科拉的巫师有勾结，这件事比任何作战计划都令她震惊。她必须把消息传给塞拉皮欧，可是如何办到呢？

"如果我们在夏天之前采取行动，陆地依然是首选。"鲁玛说。

"你忘了。你还没有说服霍卡伊亚发动对托瓦的战争。如果水鼋和羽蛇支持我们，我们能更有说服力。敌人显然是食腐鸦，他们残杀无辜，破坏协议，还研习危险的魔法。但如果全城以食腐鸦为中心团结起来……"伊克坦摊开双手。

鲁玛咬紧牙关。"他们杀了我的外甥女和十几个亲人。他们杀了我的护盾长。我一定会说服霍卡伊亚，无论代价几何。"

门口传来一阵骚乱。吵嚷声很大，一个女人在抗议，一名护盾则沉声拒绝她入内。

"星星啊天空啊！"鲁玛骂道，"让她进来。让她进来！"

吵嚷声平息了，女人气呼呼地推门进来。"他们为什么总是死板得要命？"她抱怨道，然后一屁股坐在兹哈身边。她倾身拥抱女孩。兹哈也还她一个拥抱。

"因为我要求他们死板地遵守命令，"鲁玛说，"你去哪里了？"

"你命令我去的地方，母亲。解决兹哈在河上航行的问题。"然后她对兹哈说，"有几个家伙挺顽固的，但被你摘眼球的传闻吓到了。明天的驳船应该能到位。"她嗅了嗅空气。"有汤？"她期待地扫视着桌子，"我饿坏了。"

"汤喝完了，"鲁玛冷冷地说，"眼球是怎么回事？"

"违纪问题。"兹哈挺起胸膛。她瞥了一眼夏拉，又看了看新来的女人，似乎后者的到来增添了她对抗母亲的底气。"我处理了。"

"我暴虐的女儿们啊，真是要命。"鲁玛翻了个大大的白眼，"我不想知道细节。"

"我是忒扎。"新来的女人对夏拉说。她褐色的皮肤上有几点雀斑，深褐色的眸子在灯光下闪亮。她个子很高，比得上主母，但块头大了一圈，纯白的制服底下有一身结实的肌肉。她的笑容灿烂而真诚。

"夏拉。"

伊克坦凑近了。"忒扎是鲁玛的长女，主母的继承人。"

原来如此。自信满满的长女，永难知足、抗争不断的次女。典型的家庭模式。

"天气如何？"鲁玛问。

"我们向西搜索到天黑，我也问过了船老板。他们对风暴很敏感。"

"嗯？"

"明天和后天都很晴朗，但下周有风暴。草原上可能降雨，山里下雪，不过在那之前我们已经抵达霍卡伊亚了。"

"怎么讲？"伊克坦问。

"我说了我们必须加快进度。走水路太耗时了。我们明早天一亮就飞去霍卡伊亚。"

"我们？"兹哈怀疑地问道。

"我、忒扎和伊克坦，还有护盾。你留下来完成你的任务，带队走水路。雷亚特一周后就到。他负责护送大宅里的上等金雕，他们不愿意继续留在动荡的托瓦。不是所有人都去霍卡伊亚。不去的人，你在这里安排住处。其他人跟你走。"

兹哈的表情混杂着失望和释然，似乎她很高兴不与母亲同行，但又明白这种安排等同于降格。

"夏拉也跟我们走。"伊克坦说。

鲁玛的眉头拧成一团。"我们有十二只雕，已经有十三名骑手了。你和忒扎共骑，但我绝不会要求任何一名护盾与人共骑。"

"她跟我们走，否则我不去。"

主母紧抿嘴唇，但没有立刻反对伊克坦。"再问一次，她是什么人？"

"谈判的筹码。"彼的声音超然物外，她从未听过。那是杀手的声音，仿佛有爪子抓挠她的脊梁骨，令她直打哆嗦。"她对奥多·塞都很重要，这就意味着她对你也很重要，鲁玛。等到机会来了，面对他的时候，她就是我们的武器。"

鲁玛头一次露出微笑。

"那就不仅仅是我女儿的工具了。"她站起来，"很好。她也一起来。天亮前去草原另一边。"说完，主母带着护盾离开了，灯火随之摇曳。兹哈起身跟上，却被姐姐捉住手腕，拽着不动。等她们的母亲走了，忒扎重重地吐了口气。

"星星啊天空啊,她心情不好。"她戴着手套的拳头砸了一下桌子。"我是真的饿了,"她并不是专门对着某一个人说的,"但巴切酒永远比汤好。"她提高嗓门。"我说了,'巴切酒!'"

一个仆人抱着一桶酒,从已经无人看守的后门挪进来。等酒桶打开,杯子倒满,她不断地抛出问题,追问兹哈过草原的情况。整整一杯酒下肚后,年轻女孩才放松下来,倾吐了带领一帮傲慢自大、争吵不休的子弟在未知地带旅行是多么艰难,而且命令不甚明确,只是要求尽快把他们带到霍卡伊亚。

"库雅呢?"

听到这个名字,夏拉小心翼翼地对付杯子里的巴切酒。库雅就是骚扰她的女人,眼球还在她兜里。

"她活该。"兹哈的语气有所抵触。

"我不是说她不该受罚,但你树了敌,要当心。"忒扎端详着妹妹,"我认为母亲不该把你一个人放在他们身边。不过雷亚特过几天就到了,他可以帮帮你。"

兹哈拉长了脸。

"你死不了的。"她拍拍妹妹的胳膊以示鼓励,"有必要的话多摘几颗眼球。"她大笑一声。"天空啊,你是怎么想到这个主意的?"

"说到死,"伊克坦插嘴道,夏拉注意到彼滴酒未沾,"护盾长死了吗?"

忒扎咽了口唾沫。"你听到了?最让母亲难受的就是这件事。他们是爱人,你知道的。她心碎了。"

"我不知道哪样更令人担忧,"伊克坦说,"是鲁玛的床事,还是她当真有一颗肉长的心。"

"后者,相信我。"忒扎又喝了一口。

"谁杀的他?"彼瞥了一眼夏拉,暗示奥多·塞都是凶手的可能性。

"她不肯说。我只知道她和主母们见面回来后吼着说什么'没有资格',还有'该死的太阳祭司'。"

伊克坦浑身一凛,凑近了。"太阳祭司怎么了?"

"她没说清楚,我后来问她,她否认自己说过。但我听见了。"

伊克坦的紧张持续了片刻,随后放松下来。"也许是随口一说。"

忒扎耸了耸肩,但夏拉看得出对方快要喝醉了。她的感受很复杂,因为破天荒头一回,喝得酩酊大醉管不住嘴巴的傻瓜竟然不是她。

伊克坦站了起来。"诸位恕我失陪。既然我们天亮就出发,那么我有些事情需要处理。"

"我也去。"夏拉迅速起身。

"留下来!"忒扎伸手抓她,但夏拉已经躲开了。女人的手空落落地拍在桌上。"我讨厌一个人喝酒。"

"你有兹哈陪着。"

兹哈趴在桌上,轻轻地打着鼾。

忒扎叹了口气,失望地皱着生有雀斑的鼻子。"那确实。"

他们离开金雕氏族的继承人,返回营地。一路上伊克坦出奇地安静,夏拉也揣着一肚子心事,没有打扰曾经的祭司。他们来到营地边上,夏拉低声道别,准备回自己的帐篷。

"我认为今晚你不宜独自睡觉。"伊克坦说。

她闻言转身,怒容满面。

伊克坦笑了,低沉的笑声犹如脚底的薄冰在碎裂。"我是说你树敌了，你又不能唱歌，很容易受到攻击，淛克夏拉。"

她尴尬地红了脸，因为会错意了。

彼点点头。"有心是很不容易的，夏拉。别以为我看不到你的心，还有你的感情。我理解你的烦恼。"

她对塞拉皮欧的感情是烦恼吗？也许是吧。"但你用来对付我。"她想起伊克坦漫不经心地向鲁玛提议，把她作为对付塞拉皮欧的武器。

"你必须原谅我，要说服她带你跟我们一起去霍卡伊亚，这是我能想到的唯一理由。如果她不把你当成对付敌人的工具，你对她来说就没用了。说到底，她容忍我也是同样的原因。"

夏拉忽然浑身发冷，抄起胳膊抱在胸前。

伊克坦呼了口气，在夜晚的空气中形成一团白雾。"我在自己身上都找不到同情心，又凭什么指责鲁玛呢？即便我这样的人也有心，虽然是伤痕累累而且变化无常的。我相信她也有……不知藏在何处。"

"忒扎提到了太阳祭司。你觉得她说的是你的朋友吗？会不会她还活着？"

伊克坦一开始没有回答，等彼开口的时候，就像一阵穿过峡谷的风。"我不知道，夏拉，不过要是鲁玛对我隐瞒了什么，我会查个清楚。如果真的与娜拉有关，我会把她大卸八块，找到她那颗充斥着谎言的心，然后我会怀着无比的喜悦，把她的心碎成千万片。"

CHAPTER 29

托瓦城（郊狼之喉）

乌鸦历 1 年

没有星星回答不了的问题，除了那些没有问出口的。

——《太阳祭司手册》

娜兰帕盘腿坐在瑟黛莎的温室花园里，摆在面前的茶水已经冷了。早些时候有人送来食物，放在这里，过后又来收走了，食物一口未动。到了晚上，他们再次送来食物，结果还是一样。最终，他们放弃了，只呈来一壶热茶，但也没能吸引娜兰帕的注意，茶水兀自冷却。

他们不再送来任何饮食。

她周围花团锦簇。她一度觉得花儿妩媚动人。但此刻它们却有了亵渎的意味，在不合时宜的时节艳俗不堪地招摇着。它们嘲笑她，以不容置疑的华丽姿态讽刺她的悲伤。它们馥郁的芬芳曾那么令人着迷。如今它们闻起来犹如垂死之物，带着腐烂的甜腻。它们是错误的，全都是错误的。小骗子们。它们昭示着注定以死亡为终结的生命。它们竟敢光彩照人。它们哪儿来的权利？

"娜兰帕。"

瑟黛莎的声音穿透了她的冥思。她感觉到对方已经呼唤了好一会儿。龙舌兰的老大坐到对面的垫子上，裙摆窸窣，铃儿轻声作响。

娜兰帕抬起呆滞的眼睛，强行聚焦。瑟黛莎美丽依旧，但娜兰帕注意到她嘴角有了皱纹，银发干枯，脖子上肤色晦暗。这个女人犹如行尸走肉。就像这些花儿。

就像欧奇。

瑟黛莎双手交叠放在膝上，担忧地抿着嘴唇。"自从他们离开已经过了一天一夜，你现在是郊狼之喉的主母。你需要我做什么？"

娜兰帕慢慢地眨眼，等待眼前的世界发生变化，而不是现在的样子。发现什么变化都没有，她终于哑着许久不曾说话的嗓子开口了。"没有奥括的消息吗？"

瑟黛莎摇头。

丹纳欧奇在鲁冰花遇害后，主母们和奥括转移到了龙舌兰。娜兰帕、瑟黛莎和扎塔娅留下来料理她弟弟的遗体。清洗和包裹遗体是一项很可怕的工作。娜兰帕想起小时候舅舅死了，是母亲操办后事。母亲说照料死者能带来慰藉，然而娜兰帕发现根本平静不下来，唯有汹涌不绝的愤怒。等到准备完了供品，将他葬在地下陵墓的时候，娜兰帕的愤怒更是奔涌激荡。但她不能沉浸在愤怒之中。主母们和奥括在等她，所以她强压怒火，压在体内那个空洞且黑暗的地方，迟缓的悲伤阵阵袭来。她尽力隐藏，但又无从控制，悲伤既是无边无际的，也是细小入微的。她步履拖沓，嗓音颤抖，心智涣散，听不进任何东西。但她竭尽全力，因为人们需要她，也因为丹纳欧奇从来瞧不起脆弱的人。

她和瑟黛莎到了龙舌兰，发现艾尤欤、佩娅娜和奥括在瑟黛莎的私属房间里，坐在垫子上，围着一张圆桌。奥括正在料理一处娜兰帕不曾留意到的伤口，佩娅娜的右手缠着厚厚的绷带。人数少了,她迟钝地意识到水鼋和羽蛇的护盾不在。娜兰帕问起他们,以为自己当时沉浸在悲伤中,不知道他们命丧当场。

"我派阿胡特回坎恩了,在空中布置骑手。"佩娅娜活动着受伤的手,"我担心鲁玛逃跑。"

"我也同样布置了水鼋,"艾尤欬说,"如果她走水路,我们能第一时间发现她。"

听起来合情合理,但娜兰帕心存怀疑。"鲁玛很聪明,很有可能在来鲁冰花之前就计划了如何逃跑。只要有办法从你们眼皮子底下溜走,她肯定知道。我们恐怕失去了抓捕她的机会。"

"那我们再想一个办法,让她为针对天创氏族和城市所犯的罪行付出代价。"佩娅娜面色阴沉,娜兰帕知道她不是说说而已。但对付鲁玛那样的女人,光有意愿还不够。

奥括清了清嗓子。"既然你来了,太阳祭司,我有件事必须说。"年轻的战士坐在漂亮的垫子上,奢华的氛围令他颇不自在。他不断地握拳又松开,宽阔的肩背缩在斗篷底下。他还是孩子,她意识到。没错,他已经成年,但太年轻。比他在母亲葬礼上,失去亲人的痛苦写在脸上时更显得年轻。

全都失去了,她悲哀地想,什么都没有留下。哪怕是如此年轻的男人也会死,早于他应有的命数。他能感觉到吗?死亡已经收紧了扼住脖颈的手指?

仿佛读到了她阴暗的内心,奥括看了她一眼,于是她尽可能将其抛在脑后。他的笑容带着犹疑,似乎对于自己是否受欢迎没有把握,即便发生了傍晚的那件事。她振作精神。"我很高兴你来了,奥括。我不知道我的消息是否送到了。上次我们见面时,我以为你要杀我。"

"你务必原谅我。"他迟疑不决,仿佛陷在回忆之中,"当时情况不同。"

"没什么需要原谅的。"

"那么我感谢你的信任。"

"与其说信任，不如说是希望。我不知道，但我希望，食腐鸦的领袖也许没有完全坠入你们黑暗之神的阴影。我见过他，你知道。在天空塔的塔顶。而且，他想杀我。"回忆当时的情景，她不禁打了个寒战，"我能感觉到。不过他已经受伤了，我跑的时候他没有追上来。他派乌鸦追我。他的手臂……分裂……成黑色翅膀的鸟儿。"她的语气半是恐惧，半是惊叹。"它们在塔里追杀我，幸好我躲进后厨。等我再出去的时候，他不见了，鸦群飞向西边。"她相信是他放了自己一马，至于原因，她不清楚。也许是因为他的伤，或者她尚未发现的理由。无论如何，她又打了个寒战。

"跟我们了解到的情况一样。"奥括拽起一个布包，放到腿上。他把手伸进去，却没有取出里面的东西。他的肩膀顺从地塌了下来，神色极其悲伤，似乎布包装着令他心碎的东西。"现在我对你坦诚相告，只代表我自己。我不能代表主母或奥多黑，但我相信我是为了他们的利益。为了所有的食腐鸦，还有托瓦的利益。"

佩娅娜凑近了。"此话怎讲？"

他神情严肃。"我们对天创氏族没有恶意。对守望者——"他望向娜兰帕，"我们没有爱，尤其是刀兵会。我们不会哀悼他们，然而……"

他支支吾吾，不知道怎么说下去。

"我去过太阳岩上的杀戮场，我看到化成灰的尸体，有的姿态怪异。我见过塞拉皮欧亲手造成的死亡。"他的声音沉静而专注,"虽然我们乌鸦哀悼在刀兵之夜死去的人,但一次屠杀不能以另一次屠杀讨回公道。"

"你们的奥多黑日夜祈祷他到来。"艾尤欸委婉地提醒道。

"他们只是氏族里的一小撮人。"

"我见过聚集在你们门前的人群,乌鸦。"羽蛇的主母更加直言不讳,毫不客气地指出,"他们可不是一小撮。"

奥括乌黑的眸子写满了内心的挣扎,但他咬紧了牙关。"我认为你找到了问题的关键,主母。"他从布包里取出了带来的宝贝。

娜兰帕猛吸一口气。她情不自禁地伸出手,颤抖着悬在空中。

太阳祭司的面具。

"我从太阳岩上拿回来的,不知道能用来做什么。但我相信可以用来……当作武器。"

"不!"娜兰帕一时失态,脱口而出,立刻就后悔了,他们同时扭头看她——奥括惊讶,佩娅娜好奇,艾尤欸同情。就连瑟黛莎也盯着她,一副高深莫测的表情。

"它是神圣的。"娜兰帕自知这样的辩驳苍白无力。

"神圣的武器更好。"佩娅娜说。

"它可以回炉重造,对吧?"奥括问娜兰帕,"我相信是另一位太阳祭司折断了这里的一块——"他指了指缺失的一道太阳光束,"捅了奥多·塞都。他身上的伤一直没有愈合,也就是你看到的令他备受折磨的那处伤。"

佩娅娜从奥括手里拿走面具,仔细查看。"我的族人可以加工这种金属。我们继承祖辈的传统,研习这种古代工艺。我们很熟悉。"

娜兰帕攥紧拳头，塞在膝间，生怕自己忍不住将其从羽蛇主母手里夺过来。

"它可以用来打造什么？"艾尤欸问道，投向娜兰帕的目光不无同情。

至少艾尤欸能理解面具不在她手里的痛苦，一时间，娜兰帕心生好奇，如果她要求拿回面具，他们是否同意。她内心已经知晓了答案，所以没有开口。她只是看着他们轮流传递面具，琢磨着可以将其打造为何种杀人武器。

佩娅娜的建议不止一个。"黄金匕首，矛尖，箭镞也行。"

后面的话，娜兰帕没有听了。他们继续说着计划，她则思绪纷飞。有时候她的神思飘过童年时光，数十年不允许自己回顾的关于她和家人的记忆。但大多数时候，她回想的是丹纳欧奇冲过来为她挡下那一刀时的表情，他伸出的手，无力的喘息，还有她惊恐的尖叫，因为她明白已经无力回天。

终于，他们谈到了当晚他们尚未讨论过的问题：关于她的力量。她收回思绪，继续聆听。但那些问题她答不上来，不能满足他们，包括自己的好奇心，因为她对自身的力量知之甚少。她仅仅用来照明和治疗。至于杀人……她记不清是如何做到的。她想起那人的脑袋被夹在双手之间，皮肉膨胀破裂时带来的片刻狂喜。但如今只是反胃，恶心得皮肤发麻，毫无胜利的喜悦。她仿佛自上而下地观察那次杀人，而非她亲手实施。然而她知道如果允许体内的愤怒之河涌动起来，如果她放任自己再次感受那种情绪，火焰必将出现。所以当他们提起关于神、巫术和火焰的问题时，她心不在焉，话说得模棱两可，于是他们不问了。

"给我二十四个小时，让我跟我家的主母谈谈，找出一条路来。"奥括临走前说。

烈星 FEVERED STAR

此刻已经超过二十四小时,没有回话。也许年轻人劝说不动他的主母背叛奥多·塞都。也许奥多黑发现了异样,杀死了他,死亡比娜兰帕想象的更快,收紧了扼住他脖颈的手指。那位年轻而热诚的战士遭遇失败的可能太多了。

"没有水黾和羽蛇的消息吗?"娜兰帕问瑟黛莎。

"艾尤欤主母捎了话来。她的氏族在河上没有发现金雕的踪迹,但她派了一个信使去塞伊的大宅,他们认为鲁玛及其顾问,还有她的直系亲属都逃跑了,可能去了霍卡伊亚。"

正如娜兰帕所料。"那么夏天有可能开战。"

"如果不是今年夏天,那么必然是来年夏天。如果夏天能到来的话。"

"啊。"在这座人造的乐园里,娜兰帕差点忘记了日食状态的太阳和持续不断的寒冬,城市的生命力流失殆尽。

"现在怎么办?"瑟黛莎似乎想要抓住娜兰帕的手,但又中途作罢,显然是想起了她的手掌有多大威力,"你是我们的主母,郊狼氏族需要你。"

"不。"她忽然醍醐灌顶,"提名我担任主母是丹纳欧奇的主意,他活着的时候这样安排确实不错,但我不是应该领导郊狼氏族的女人。你能成为更好的主母,瑟黛莎。你熟悉这个地方,这里的人,远比我熟悉。他们会接受你,代言人议会也会接受你。我敢肯定。你也看到了,艾尤欤和佩娅娜都与你平等交谈。"

"让人意外。"

很正确,两人心知肚明。她需要花点时间适应角色,但娜兰帕知道瑟黛莎是好的选择。

"如果你放弃主母身份,你要做什么?"

对于这个问题,她已经思考了一阵子,她的语气哀伤但坚定。"我不再属于这里。我以为我可以回家,但丹纳欧奇不在了,这里也没有我的家了。"

"如果不留在狼喉,你去哪里呢?不是天空塔吧?"

"不,那里也没有我的家了。"

"那去哪里?"

"要不是走了狗屎运,我一直该去那个地方。我要去太阳岩,直面奥多·塞都。"

瑟黛莎大惊失色。"你疯了吗?"

娜兰帕笑了。把想法说出来后,她感受到更为畅快的自由。"欧奇也问过我同样的问题,我向他保证,我非常理智。"

"你建议我担负更重大的责任,但我劝你不要急着送死,娜兰帕。还有人需要你。托瓦需要你。"

这一次,她感觉这句话并非事实。"我认为你错了,主母。"

"至少等我们收到食腐鸦的消息再说。"

"不。我不知道奥括出了什么事,但我担心如果我们等得更久,一切都来不及了。打败重生鸦神的机会稍纵即逝,我不能白白放过。"

"佩娅娜答应给我们打造太阳武器。这个理由也不够吗?如果你现在就去面对鸦神,你只能赤手空拳。"

帕斯寇被焚毁的面孔在她脑海中闪现。"恕难认同。"

瑟黛莎叹了口气。"我见过那些失去亲人、痛不欲生的人干傻事,恨不得急着去陪他们。"

现在轮到娜兰帕惊讶了。"你认为我干的是傻事?"

"我不太了解你,所以说不好,但恐怕无论如何结果都一样。"瑟黛莎露出了善解人意的表情,有时候甚至比对方更了解自己,"你和你弟弟一样顽固,我知道不管说什么都无法阻止你。"

"我已经决定了。"

她拉起娜兰帕的双手,紧紧地握住。"那就明亮地燃烧吧,太阳祭司,我将记住你划过天空的灿烂轨迹。"

娜兰帕身着白色丧服,这是郊狼氏族主母的临别赠礼。长袖紧贴手臂,金色腰带环绕腰间。丹纳欧奇送的白色斗篷披在肩上,内衬是星星的图案。她的头发是散乱的,瑟黛莎用金粉替她洗过。

"我曾经说我帮助你只是出于对你弟弟的爱。"瑟黛莎说着,琥珀色的指头梳过娜兰帕的头发,"但这次是为了你,娜兰帕。你应得的。"随后她亲昵地吻了一下娜兰帕的嘴唇,一触即收,然后道别。

街上安宁无人,虽然少了太阳的指示,城里也逐渐有了清晨与傍晚的节律变化,娜兰帕估计还有几个钟头就到新的一天了。

她顺着狼喉的大道走了不远,就发现了她要找的。一只乌鸦,栖在靠着土墙的梯子顶部。

"通知你的主人,"她对乌鸦喊道,"告诉他,我这就去太阳岩,解决我和他的问题。"

她有几分期待鸟儿说话,表示收到了信息,或者奚落她自寻死路。但鸟儿仅仅转了转眼珠子,大叫一声,扑扇起翅膀。好了,她心想,结束了。今天我们就会有一个结果,不是他死,就是我亡。

也许瑟黛莎说得对,她悲伤过度,毫不惜命。或者,也许正好相反,失去弟弟反而激发了她前所未有的勇气。

她闭上眼睛，手掌朝上，让愤怒的涓涓细流冲破内在的屏障。烈焰从手掌冒出，犹如野火一般明亮而饥渴。烈焰在指间舞动，轻抚她无瑕的肌肤。

　　但我不打算随随便便地送命，小鸟，她心想，这话也转告你的主人。

CHAPTER 30

霍卡伊亚城
乌鸦历 1 年

　　在这位旅行者看来，不难理解霍卡伊亚为何发展为平原上的明珠。布局规整，坐镇中央，天赐数条贯穿大陆的河道。它是梅里迪恩真正的心脏。但我就是觉得那里的气氛很阴森诡异。
　　　　　　——《受奎科拉七大商贾领主委托撰写的旅行报告》
　　　　　　　　　朱提克著，来自巴拉施的旅行者

　　夏拉骑在雕背上飞过梅里迪恩平原。十四人乘骑十二只凶猛的巨禽。鲁玛独自骑在打头的名叫苏席的雄伟巨禽背上。她两边各有三名护盾骑手。鲁玛后面是忒扎和伊克坦，再后面是夏拉，她抱着一名女性护盾的腰部，后者作了简短的自我介绍就不跟夏拉说话了，除了命令她抱紧，夏拉问当天需要飞多远，她回答说降落之前别废话。要飞多久？夏拉欲言又止，选择忍耐。
　　夏拉曾经以为在陆地上步行是最痛苦的旅行方式，但是等她爬上巨禽的后背，地上的人们变成了蚂蚁大小，她很快改变了想法。她不知道这些托瓦人是如何受得了的，更别提喜欢了。简直是疯狂。
　　她感觉到巨雕的肌肉在底下活动，既强壮有力，又纤巧精细。骑手在她腰间绑了一根绳子，另一头连在自己的腰带上。

"这样一来,不管我们哪个掉下去,谁都逃不脱。"她笑道,夏拉却听得心惊胆战。

只有当她把带子系在两人共用的鞍座上时,夏拉才松了口气。不过坠落仅仅是空中旅行的烦恼之一,其他烦恼有接连几个钟头坐在鸟鞍上的折磨,有令她怀念托瓦城内温柔寒风的高空气流,还有虫子。

虫子完全出乎她的预料。

骑手对此也有解决办法:用一块三角形的布遮挡口鼻,还告诫她低下头。真是疯狂。

"如果我能回到大海,我发誓再也不离开了。"这句话她第一天少说暗自嘀咕了十几遍。不过意外的是,适应之后,她开始理解了飞行的魅力。他们飞了很远,大地的风景迅速地改变着。峰峦积雪的山脉变成了无边无际的草原,唯一在运动的是蜿蜒流淌的普门河及其东边的支流。他们避开了天气变化,只要发现预示着风暴的积雨云,他们便调整飞行的方向。有一次他们飞过了一大群遍布草原的大型长毛野兽,兹哈带领的队伍很可能受其阻拦。

当晚日落时分,他们在河岸扎营。鲁玛和伊克坦进了一顶帐篷私下交谈,夏拉缩在火堆前,周围都是陌生人,而且是士兵。有人拿出一个酒壶,依次传递着,她也喝了两口陌生的辛辣烈酒,荒诞感逐渐退却。她躺下,盯着上头的繁星。

"飞行的渧克,"她喃喃自语,"谁敢相信啊?"

有人在她身边落座,她看了一眼,发现忒扎伸出双臂,双手垫在颈后,仰望夜空。夏拉清楚自己应该当心这名女战士,这位主母的女儿,但酒水在脑子里闹得很欢脱,外加沉默寡言了一整天,她渴望有人说说话。

烈星 FEVERED STAR

"你在天上看到什么？"忒扎的声音有点含混。

"回家的路，"夏拉想起浠克借以导航的星群，"如果在海上，我们可以根据星星的方位找到路。"

"指给我看。"

她不大自在地动了动。"这是浠克的事情。对你而言没有任何意义。"回忆闪现，她托着塞拉皮欧的手，在他的掌心画出星星家族。你研究星星，而我是星星之间的阴影。他如是对她说，此时想起令她心痛不已。他们之间隔着多远的距离？在他脑海中，在他心里，她又隔了多远？她再次发誓，一有办法，她就立刻回到他身边。

忒扎斜睨了一眼。"我来告诉你我们是怎么说的。看到那个星座了吗？我们说那是水鼋氏族的祖居，拖着尾巴的星星是虫屎。"

夏拉咳了几声。

"我们当然不会当着水鼋的面说，"忒扎解释，"在那儿是不是能找到浠克？虫屎下面？"

夏拉闭上眼睛，不理会金雕女人的醉话。她满脑子都是家乡的画面。清澈的海水，温暖的微风，摇晃的棕榈树。"我小时候去过一个秘密海湾，"她悄声说，"那里有最漂亮的贝壳。"

"贝壳？"

"海贝。我们采集海贝。戴在衣服上，戴在头发上。拿来跟其他部落交易。"

"动物尸体的残骸。"

她睁开一只眼睛。"你的想法很黑暗，金雕的忒扎。"

"我就读过霍卡伊亚的军事学院，在那里接受长矛少女的训练。她们的想法都很黑暗。"

"我认识的一个人也接受过长矛少女的训练。"

"是吗？主母的长女很少就读军事学院。次女才去那里。你见过兹哈和她在军事上的野心了。但母亲派我去自有远见。她知道战争会来，金雕需要我的领导，不仅仅是作为主母，也作为将军。"

"你是说她计划发动战争，因此训练女儿们。"夏拉不假思索地说，但并不后悔。

"那是一种看法。"她翻身侧躺，面对夏拉，"另一种是她未雨绸缪。和平不会永远持续下去。时代变了，立于不败的高地，好过落在脚底被碾碎。没错，贝壳很漂亮，但你捡到时已经是死物了。它们太容易破碎。然后就化为齑粉。"她一骨碌爬了起来，低头看着夏拉，"当心，不要碎了，夏拉，否则留下来的只有漂亮的齑粉。"

说完她便走了，回到夜色中。

不祥的预感淹没了夏拉，犹如深海的巨浪一样真实。她拉起毯子盖住肩膀，背对逐渐微弱的火苗，打算入睡。但她心里想的全是散落着涕克残骸的海滩，忒扎耀武扬威地站在当中，用脚跟将其碾成沙子。

天亮前他们起来了，又开始一天的飞行。她企图躲开忒扎，但伊克坦带着一块冷玉米饼和不知道何种动物的肉干找到了她。

"如果一切顺利，我们今天下午就能抵达霍卡伊亚。"彼说话时嚼着肉干，仿佛这不是早餐，而是个人恩怨。

她只希望远离金雕。忒扎令她深感不安，涕克的灾难似是一种噩兆。她怪自己昨晚竟然提到了涕克的航海术，但理性的那一

烈星 FEVERED STAR

面又告诉她，忒扎不是海员，而且她没有提到任何可能被忒扎用来找到她的家乡的信息。尽管如此，她还是很担心。

海水母亲啊，她渴望自由。等他们到了霍卡伊亚，奎科拉也不算远了。但奎科拉也许不欢迎她回去。领主佩什很可能依然对她怀恨在心，除了他，库哈兰监狱的图皮雷也一样。她不知道能否指望巴拉姆保护她。她兑现承诺，把塞拉皮欧送到了托瓦，但失去了一艘价值不菲的船和一整船的船员。豹领主也许对她没有那么大方。不过海岸还有别的港口、别的地方可以躲过这场战争。

塞拉皮欧怎么办？她心想，你要丢下他独自一人对付这些毒蛇？更别提伊克坦已经暗示，他遭到了自家氏族的背叛。不行，既然她跟着伊克坦离开托瓦，在塞拉皮欧的敌人当中可以搜集情报，找到办法帮助他，那么她就要进行到底。她在霍卡伊亚的发现将是塞拉皮欧最需要的情报。等她搞清楚金雕的作战计划，她就找一艘快船返回托瓦。如果她能给涕克送信，警告她们当心战火烧上门，她也一样会做的。

太阳逐渐沉下地平线时，他们飞进了霍卡伊亚。城内外的众多河流在落日的余晖下闪耀，宽敞的沟渠和水道熠熠生辉，勾勒出坐落在巨大土丘上的城市。她可能从未见过如此壮美的城市。托瓦诞生自传奇故事，屋宅和旗子依附于云雾环绕的崖壁，丝缎般的吊桥牵系其间。奎科拉是世界灼热的呼吸，充满浓厚的人性、丛林的生气和魔法的衰败余韵。但阳光普照的霍卡伊亚闪耀着橙色、红色和喜悦的光彩，在冬季枯黄的草原上肆无忌惮地散发热量，她很庆幸，自己体验到别的涕克可能不曾见过的东西，即便这种想法转瞬即逝。

城市分为四大区域，各据一方，一座巨大的三级土丘位于北方。在它前面有一条河，夹在规整的人造河岸当中，流进一处潟湖，夏拉看见有船泊在岸边。黑色的帆船惊得她忘了呼吸，不禁俯下身子，指望看个清楚。

"当心！"骑手喝道，她立刻坐直了。

它们很像滞克的船，可以长距离快速航行的快船，她们称之为逐浪者，但霍卡伊亚绝对没有滞克生活。除非是来做生意的。她心跳加速。也许她可以告诫那些滞克，同时打听家乡的消息。她已经有十年以上没见到别的滞克了，她知道回家是不可能的，但哪怕是打听一下消息……对她也是有好处的。她揉着双腿。她觉得回到海上就能治好陆地病，但也许可以问问来访的滞克是否知道如何治疗。忽然之间，对于霍卡伊亚她生出了一丝期待。

金雕骑手彼此之间打出一连串复杂的手势以传达信息，然后他们同时朝着中间的土丘降落。这座土丘的顶部起码有一英里长，其上的建筑纵贯前后。建筑应当能容纳一千人，夏拉怀疑是寺庙或者宫殿。回忆起伊克坦教的历史，她知道这里一定是霍卡伊亚协议的签署地。既是宫殿也是寺庙，她心想，与此同时，巨鸟在建筑前方落地了。

一个头戴鹿冠的女人走过来，手持一根长矛，与塞拉皮欧的骨杖类似。六个女人跟在她左右，油彩涂抹了半张脸，手上有同样的长矛。她知道她们是什么人了。

在护盾的簇拥下，鲁玛在场地中央与长矛少女碰面了。夏拉距离太远，听不见他们说了什么。时间一分一秒地过去。五分钟，十五分钟。巨鸟焦躁地拍打翅膀，扇起的风扫过土丘顶部。她看到人群聚集在场边，而在长矛少女后方、敞开的宫门之内，有人影在暗处来回晃动。刚才与她同行的骑手和其他人负责殿后，她能感受到紧张的氛围，他们蓄势待发，只等一声令下，便

烈星 FEVERED STAR

冲上去保护主母。

终于，鲁玛转身打了个手势，夏拉感觉骑手放松下来。

"会面顺利，"女人告诉她，"没有什么变故。主母现在去跟我们的盟友进餐。"她说完指挥坐骑掉头。

"我们也参加吗？"

"我们去那边安置坐骑，河对岸。"

夏拉放眼望去。所谓的"那边"至少有五英里远。"安全吗？"她问，"我是说，看起来好远。万一出什么事呢？"

骑手扬起眉毛。"你觉得会出事？"

"总是这样。"

对方闻言一笑。"苏席和仪仗队暂时留守，但土丘上没有雕的容身处。把它们安置在城外的栖息地是最好的。"她看着夏拉，"你跟我走。"

夏拉望着主母、忒扎、伊克坦和大多数护盾进了宫殿，华丽的大门在他们身后关闭。她咬着嘴唇，内心仍在担忧，但什么也做不了。然后他们再次飞上天，她紧贴着女人的后背，又开始担忧摔下去的问题。

☀

他们没几分钟就抵达了目的地。从土丘上看起来很远，骑在雕背上很快便到了，令人稍感安慰。负责扎营和喂食巨雕的只有四个人，于是夏拉主动提议帮忙。

"我们能搞定。"说话的护盾是个男人，瘦如长刀，但还不如长刀友善，"你好好歇着吧，除非我们找你。"

换句话说，少管闲事，夏拉心想。很好。她知道自己并非他们的一员，不应该掺和其中。她走开了一段距离，欣赏周围的树木。她听见远处河流的哗啦声,河水淌过石头的潺潺声,还有轻风拂过高大榆树的簌簌声。与托瓦不同,霍卡伊亚已经开春。地上没有积雪,空气闻起来有花粉味儿,全无冰霜的气息。

她在一棵树背面的阴凉处坐下来,靠着粗壮的树干。冬季的枯黄之中萌发了新生的草叶。

她背后的护盾正在扎营,她闭上眼睛,听他们聊天。

"接下来会发生什么事?"带她飞行的女骑手问,"他们会不会给我们军队去攻打乌鸦?"

"如今我们要打的不光是乌鸦。所有追随太阳祭司的氏族都得打。"

女人嗤笑一声。"我早该告诉她,艾芭干不了杀人灭口的活儿。她一向自信过头,当年在大宅的时候就是。"

"她十二岁就离开了。你又不认识她。"

"我很了解她。还有她兄弟。那家人……"他们走远了,她听不见了。

夏拉贴着水榆树的身体僵住了。伊克坦的怀疑是对的。彼的朋友还活着,而且联合了托瓦的氏族。这一情况当然会影响伊克坦对于即将发生的战争的态度,以及对金雕的承诺。难怪主母不让彼知道这个消息。

那么塞拉皮欧呢?既然氏族追随太阳祭司,是不是他被抛弃了?或者预示着更为严重的情况?她知道不需要去保护他。他的乌鸦和神足以自卫,更不提他本身的战斗技能。但她知道塞拉皮欧巨大的创伤不在肉体上,万一被刺激到,精神的创伤更加致命。

她不能协助塞拉皮欧对抗太阳祭司,但她可以去找伊克坦,把这件事告诉彼。这样也许能从内部瓦解金雕,除掉他们当中最

烈星 FEVERED STAR

厉害的军事人才。然后去潟湖偷一条刚才见过的逐浪者。有了那样的船，她只需要几天时间就能回到托瓦谢希河口。

她悄悄地离开营地，穿过树林。她依稀听见有护盾喊她的名字，随即加快了步伐。没有人追来，也许不觉得她有什么值得追的，或者断定她无处可去，迟早会回去。

但她有地方可去，她走过一座小小的木桥，来到了霍卡伊亚的外城门。这里的行人川流不息，她轻松混入其中。霍卡伊亚甚至比奎科拉更多元。不过她还是戴上了蓝色兜帽，没人看她第二眼。话说回来，也许在新月海的这边，见到渧克也不算稀罕。

找到目的地很简单——巨大的土丘如鹤立鸡群。唯一的妨碍就是她的腿脚。腿脚依然疼痛，尤其是两天没有喝到类似海水的肉汤，步行速度慢得可怕，但她终于还是抵达了从空中见到的土丘底部的潟湖。她一步步接近那些黑色的船，等到确认它们真的属于渧克时，一种复杂的情绪淹没了她。有渴求，有希望，有强烈的恐惧，因为她可能被人发现。她幻想自己驾驶着这样一条航行如飞的尤物，心跳陡然加速。她瞅见一个女人懒洋洋地瘫坐在船长凳子上，毫无疑问是在看守船只。她本来得想办法躲开对方，但正好眼前有一条路。

她来到土丘的台阶底下，仰头望去。见到那些船的喜悦已经完全消退。她的腿脚还在疼痛，攀爬类似于提提迪码头的台阶绝对是折磨。有人撞上她的肩膀，她这才发现自己挡了道。于是她吐了口气，振作精神，爬了上去。

等她爬到顶，膝盖都在打颤，呼吸既短又急。但最重要的是她做到了。她看到巨雕还在草地上怡然自得地休息，乖乖地耐心等待骑手们回来。一个好奇的当地人靠近了一只巨鸟，作势抚摸，只见鸟喙猛地咬来，差点人头落地。她没有看到护盾的影子,但还是远远地绕开,寻找进入宫殿的旁门暗道。她找到了露天厨房。

厨房的长度有宫殿的一半,到处都是忙碌和喧闹,妇女们俯身在炉火前操劳,小伙子们提水穿行,一个女人正在宰杀四条腿的牲畜,夏拉不知道那是什么动物,还有一个人剖开了一条肥大的河鳟鱼。她低着头,不慌不忙地走上乱中有序的场地,随波逐流进了宫殿内部。

她跟随端着食物托盘的仆人,走在一条贯通整个宫殿的长廊上。时而有门廊出现,全都通向同一间大厅。大厅规模惊人,可以容纳一千人。绘有彩色花纹的巨大织锦悬挂在木墙上。头顶是高高的拱形茅草顶,最高处隐在黑暗中。她要找的出现在右手边。宴会正在进行,很有可能他们离开鲁玛带领的队伍之后就开始了。数十人坐在长凳上,围着一张夏拉前所未见的大桌。大桌似是用一根巨大的树干制成,论重量不比奎科拉的大独木舟更轻。

她躲回长廊,尽可能接近桌子。接近到一定距离,她听见一个女人在说话。听语气,那人正在发表演讲。夏拉原本指望宴席进入了演奏乐曲的环节,甚或跳舞的环节,但不能再等下去了。如果她对营地里的护盾判断有误,他们能猜到她去了哪儿,随时都可能返回土丘把她带走。那样一来她不仅仅会被带到河对岸,还会失去逃跑的机会。

她从另一处门廊张望,这次要寻找的是一张独特的面孔,盖着一头剪短的黑发,有一双敏锐且智慧的眼睛。在下一处门廊,她找到了彼。伊克坦背对她坐着,右边是一个戴着四方头巾的男人,左边是忒扎。视角所限,她没看到鲁玛,但应该在附近。发言人还在喋喋不休地介绍伟大战斗和光荣功绩,听着枯燥乏味。

她紧贴墙壁，缩着身子，蹑手蹑脚地前进，尽可能接近就座的人。

"伊克坦。"她轻声喊道。

她等待片刻，但彼没有回应。无奈之下，她又喊了一次，这次声音大了些。依然没有反应。彼在听演讲，她需要吸引注意才行。她把手伸进兜里摸索。一颗硬邦邦的球状物溜进手心。她掏出来一看，差点作呕。原来是已经干枯萎缩的眼球，是兹哈给她的，讨还公道的收获。她强压恶心。它派得上用场。

她扔了出去，打中伊克坦的肩膀。这次彼注意到了，也惊动了彼身边戴头巾的男人。他们同时转头。

伊克坦身边那人面容消瘦且凶狠，已是怒不可遏，但看到她的时候，他转怒为惊。

"是你！"他的喊声绕梁回荡。

人们纷纷转过脸来。

夏拉感到天旋地转。不，不，不！这怎么可能？百万分之一的概率？亿分之一的概率？

领主佩什倏地起身离座。他指着她，喊声响彻大厅："内苏大君，这个女人是罪犯！我要求你逮捕她，给她戴上枷锁，押回奎科拉，为她的死罪受审！"

大厅里安静下来，所有的眼睛都盯着夏拉。她手足无措，不知如何是好。她的目光掠过人群。伊克坦的表情与其说是关切，不如说是好奇。而领主佩什对面是熟悉的领主巴拉姆，旁边是一个眉毛接近白色的深肤色女人，再旁边是——

夏拉忘了呼吸，身子摇摇晃晃。脚边的血。尸体。北风吹过群岛。

女人站起来，白色贝壳戴在浓密的长发上，发出轻轻的撞击声，但在夏拉听来格外响亮和刺耳，如同葬礼上的鼓点。她眯起灰色风暴般的眼睛，如同公海上的毁船者一样可怕，熟悉的嘴唇抿起，阴沉而刻薄。夏拉以为永远听不到她的声音了，此刻却听她说："你好啊，夏拉。"

夏拉感到失去了平衡，不过伊克坦来了，稳稳地扶着她。她听见彼叫着她的名字，但似是从遥远的地方传来的。领主佩什逼到面前，手舞足蹈，厉声说她是危险人物，必须立刻逮捕。

"你应该死了。"她低声说，这话是对佩戴白色贝壳的女人说的。因为过于震惊，她的脑筋转得很慢，口舌也滞涩迟钝。

"出什么事了？"头戴鹿冠、油彩涂面的长矛少女开口了，"这是谁？"

佩什扭着她的胳膊，把她从伊克坦身边拉开。"一个罪犯！"

"你弄错了，"伊克坦说，"她是金雕代表团的一员。"

"她显然是滞克，如何成了金雕？"反问的是领主巴拉姆身边的白眉女人。巴拉姆倾身咬着她的耳朵低语。

佩什狠狠地拧过夏拉的手臂，她感到肩头啪啪作响。痛感闪电般掠过半边身子，她恢复了一部分清醒。"放开我！"她吼道，但对方更用力了，指甲抠进她的皮肉。

她听见一声无情的冷笑。愚蠢的丫头。你又来捣乱了。你现在怎么办呢？

她内心的堤坝崩溃了。她忘了托瓦的桥和蓝色衣服的女人、绿色瞳孔的男人。她欣然蹚进血红色的海水。然后她召唤歌声，那是一把继承自真正母亲的、她必须挥舞的刀。没有羞耻，没有愧疚。一份供她驱使的天赋。于是她使用了。

一个尖利如黑曜石的音符从她嘴里冲了出来。

时间停止了……

烈星 FEVERED STAR

……她所在的大厅轰然粉碎。

陶罐破裂,水淹过桌上的宴席。人们跪在地上,抱着脑袋。白眉的奎科拉人喊着什么,嘴唇翕动,她和巴拉姆周围的空气闪闪发亮。头戴鹿冠的长矛少女呼喊卫兵,惊慌失措,但佩戴贝壳的女人却在笑。

等音符沉寂,时间重回正轨,夏拉发现佩什不见了。她低头一看,他躺在地上,生气全无,口鼻流血,死不瞑目。惊恐之中,她转头寻找伊克坦。彼此前也在她身边。

彼弯着腰,鼻血直流。彼挺直了身板,用手擦去血污,笑容在唇边绽放。

"既不是男人,也不是女人,"彼喃喃道,眼里闪着愉悦的光彩,"但也不大好受。"

她如释重负地呜咽了一声。

随即她被长矛少女团团包围。有人狠狠地将堵口布塞进她嘴里,鹿角女王在她面前,刀尖抵着她的喉咙。

"刺客!"她大喊,"谁派你来的?"

"她不是刺客。"佩戴白色贝壳的女人说。她终于走上前来,按着内苏的手臂,直到后者放下刀来。

"那她是谁,玛黑娜?"

涕克女王淡淡一笑。"我女儿。"

CHAPTER 31

霍卡伊亚城
乌鸦历1年

　　喜悦吧！你现在要去战斗！那里是尖牙利爪之地，容不下仁慈。

　　　　　　　　——摘自豹王子在迷狂之战前夕的演讲

　　巴拉姆走在鼹鼠宫的长廊上，珀瓦吉跟在身边。"接着刀兵说，'我以为你杀了你母亲。'女孩回答，'我也以为。'"

　　"七层地狱啊，"珀瓦吉惊呼，"然后呢？"

　　"嗯，他们只能逮捕她。毕竟佩什死了，我们全都亲眼看见是她干的。但他也确实把她的胳膊拧脱臼了，而她是渧克女王的女儿。玛黑娜声称那是自卫，所以内苏处理起来慎之又慎。我觉得她更愿意大事化小、小事化了。"

　　"其他奎科拉领主呢？"珀瓦吉问道，他们已经走出宫殿，来到外围的空地，"他们要求为佩什讨回公道吗？"

　　"谁都知道佩什不太讨人喜欢。斯尼克可能是唯一有意见的人。图恩当然不会站出来，尤其考虑到渧克愿意赔偿的可能性。说实话，我认为她发现了让渧克欠债的机会。"

　　珀瓦吉扮了个苦相。"我们当初的计划可不是这样的。"

　　"的确不是，"巴拉姆承认，"但乱局对我们有利无害。说到有利,你弄到我要的东西了吗?"

"我什么时候让你失望过,表亲?"

"出乎意料啊,还真没有。"

"这里有个相当繁荣的黑市。各种各样号称来自众神墓地的奇异物品都有。我担保我拿到的这些是货真价实的。"他递给巴拉姆一个小布袋,袋子两边微微潮湿,沾有肥沃的黑泥,"神之躯。不多,但能用到的全在这里了。"

"啊。"巴拉姆立刻抓过袋子,藏进斗篷的内兜,"今晚你必须守着我的房门,表亲。你是我唯一信任的人,我有活儿要干。"

"内苏?"

"她是其中之一。还有关在地牢里的探子。他再也说不了话了,但他忠心耿耿为我效力,落到如此悲惨的境地,我不能视而不见。另外我要看看金雕的鲁玛做什么梦。她有所隐瞒,太明显了,我不能等到雷亚特来了才知道怎么回事。"

"这些够用吗?"

表亲对神之躯的担心在情理之中。"我很快就会需要更多。资源有限,我们必须节省使用,但考虑到目前的状况,值得一试。"

"你的能力也是有限的。我怕你鲁莽行事。"

"你是担心我发疯。"他不敢提起现实与记忆的界限变得越来越模糊。哪怕是此时此刻,他的眼角依然能瞥见燃烧的尸体。他确信是战争的场面。"我没事。"

珀瓦吉叹了口气,不再争执。"我们在这里结交了奇怪的盟友,巴拉姆。"

"这是新的时代。时代变了,盟友也变了。我们必须顺应时势。"他看了一眼天空,"我们的彗星呢?我本来希望它跟我们一起抵达,不过看来它迟到了。"

"我不是基于北方所作的计算,"珀瓦吉承认,"不过日落后应该能看到。"

"能持续多久?"

"很短,一晃而过。"

"我们不需要它停留,只要它优雅地划过天空,证明我们的观点即可。"

"别急,表亲。天空必不负我。"

一个年轻的声音打断了两人的对话。"巴拉姆领主!"

两个奎科拉人闻声回头,看见一个霍卡伊亚男孩跑上前来。

"又怎么了?"珀瓦吉咕哝道。

"有您的口信,大人。渧克的夏拉公主想跟您谈谈。"

他和表亲交换了眼色。

"她在水獭宫等您。"

"在哪里?"

"过了广场便是,大人,就在对面。她说情况紧急,希望可以在她母亲巡游回来之前跟您私下聊聊。"

"如此说来,不在监狱。"他清了清嗓子,"那就带路吧。"

他们迈开步子,男孩却犹豫了。

"她说的是见您一人,大人。私下见面。"

珀瓦吉举起双手。"好吧。我不妨碍你们了。"

"那么我们今晚见?"

"我会去的。"

他们拥抱了一下,巴拉姆让男孩带着穿过广场。此时一片繁忙景象,工人们热火朝天地干着活儿,仆人们在大小宫殿和占地广大的厨房之间往返。

"跟我说说你们宫殿的名字,"巴拉姆漫不经心地问,"鼹鼠,水獭……还有什么?"

"大宫在那里,大人。那里是大君和他——"他棕色的皮肤泛起绯红,"她的臣子仆从的住处。贵客安排在水獭宫、鼹鼠宫、河狸宫和水貂宫。"

"有什么含义吗,这些名字?"

"都是动物,大人。"他的回答简直是拿巴拉姆当傻子。

"是否依照重视程度和地位分配呢?"

男孩抓了抓鼻子,显然不明白巴拉姆的问题。

"算了。"他怀疑男孩只是装傻,"带我去见渧克女人。"

"公主。"男孩纠正他的说法。啊,这么说来男孩很清楚身份的高低和意义,却在宫殿的问题上装傻,反而证明他的怀疑是正确的,鼹鼠宫的等级也许是最低的。他记在心里。

不管每个宫殿的名字有着怎样不同的含义,水獭宫的结构与鼹鼠宫别无二致。两条长长的外廊连接内部的房间,上方是高高的拱形茅草顶。色彩明亮的织锦挂在墙上,每扇茅草门对面都有一处壁龛,供奉着形制小巧的雕像。这里的雕像都是水獭,倒也名副其实。

男孩带他来到廊道尽头的一扇门前,轻轻叩了叩便进去了。"七大家族的巴拉姆领主,奎科拉的商贾领主,新月海的主事,白豹的继承者到。"男孩通报,他竟然花时间记住了这么多头衔,巴拉姆好生佩服。

房间当中的案几最为惹眼,周围摆着坐垫,通过深处的另一道门廊,巴拉姆瞅见有芦苇编织的低矮寝具,铺着床单,紧实的泥土地面清扫得干干净净。一个女人起身走到前厅迎接他。她卷曲的深梅子色头发披到后背,剪裁得当的海洋绿长袍裹着玲珑有致的身体。她一手拿着一瓶施塔本图酒,一手指着案几。他找了块垫子坐下,她也落座了,把酒瓶重重地放到两人中间。

男孩赶紧从墙边的架子上取来两个小小的陶杯,放到桌上。

她无神的眼珠子转了过去。"你可以回大宫等我母亲,不过别忘了,对任何人都不要透露一个字。"她把一个装着可可的哗啦作响的布袋子塞到他手里。他漂亮地鞠了一躬便离开了。

"我们又见面了,"她说着为巴拉姆斟了一杯酒,"我又一次进了监狱。"她把杯子推过去,彩虹色的眼睛盯着他。

"比库哈兰的监狱好太多了。"

她笑了,笑声中不乏苦涩。"依然是监狱。"

"公主,"他微微一笑,"你真是让我大吃一惊。"

她扮了个鬼脸,为自己斟上一杯酒,尽管她刚才肯定就着瓶子喝过了。"我不知道我母亲玩什么把戏。滞克没有王室。我们连管事的机构都没有。只有村里的长老和祖母。"

"可你的母亲宣示了身份和权威。"

"为了给你们这种人留个好印象,"她一口气喝光了酒,又满上一杯,"领主、主母和大君。但以她的权力不足以拍板。等她回去了,她们会在听证室里争论她的决定,无论谁的决定都得这么来上一遭。"

和大多数外人一样,巴拉姆对滞克的治理模式一无所知。谁都进入不了她们与世隔绝的海岛和漂浮城市。她们的贸易需求极其有限,没有观光旅游业,因为动不动就杀死不守规矩的外人而恶名昭彰。无论夏拉是不是公主,她刚才透露的信息,比巴拉姆十年来打探到的还多。

"那你为什么叫我来这里?"他问,"我希望不是对我们的协定有什么异议。"

她那双大眼睛冲着巴拉姆眨个不停。

他笑了笑。"我开玩笑的。我听说你成功地把我们的朋友送到了托瓦。"

"送他去死!"她怨恨的语气吓了他一跳,他不自觉地抓紧了杯子。

"那是他的选择。"他把杯子放到一边,双手交握,搁在桌上。

她用掌底的肉按住左眼,似乎头痛发作。"不重要了。他没有死,至少两周前我离开托瓦时他还活着。我不知道他现在如何了。"

全都是他已经从自己的渠道知晓了的消息。"你还没说为什么要见我。"

"我需要你帮助我。"

他扬起眉毛。

"她们打算把我带回渧克。"

"我还以为你自我放逐这么多年,你应该渴望回到家乡呢。尤其是你在霍卡伊亚受到的款待打了折扣。"

她一拍桌子,酒杯哐当作响。瓶子翻倒了,酒水洒在桌上,然后她将其扶正。"救我出去!我了解你这种人,巴拉姆。你有计划,对你有利的计划。"

"我不认为——"

"少说废话。"

他张着嘴,没有说下去。机会来了,有准备的人总能等到。但他需要找到利益所在。"很好。那我的回答是我愿意。你当然清楚我不是一个无私的人。"

"让我摆脱母亲温暖的臂弯,我就为你开船。做大你的贸易。

你要什么都行。"

他默不作声,假装正在思考,其实他早已清楚自己想要什么了。

"我不能阻止你回到滞克当中。你我都清楚,现在挑战你母亲的权威不是时候。"

"可是——"

他抬手制止她说下去。"我给你一个有时限的任务。"

她喝光了杯中的酒。"说。"

"回到滞克当中,做我的耳目。我们计划打一仗,夏拉,而我发现信任盟友是非常费力的活计。我需要能够接近女王的人——"他再次制止她表达抗议,"等战争结束,你要什么都行。一条船,不,一支船队。你不敢想象的财富。"他俯身越过桌子,低沉的嗓音带着许诺的意味。"如果你想要,我可以给你整个滞克。"

她眼里闪着光,巴拉姆感到了气流的变化,两人初见当天在码头上他有同样的感觉,佩什死前他也有同样的感觉。他知道她在召唤魔法,但为什么呢?他是否逼人太甚,得寸进尺了?他甚至以为她母亲会带着滞克卫兵冲进来定他的罪。他把尖利的长指甲压进掌心,准备放血以召唤阴影。

"你要我背叛我的同胞,"她说,"那么我要的回报不止财富那么简单。"

"说。"

"我要你救他。"

一开始,他不知道她指的是谁,但他们共同认识的仅有一人而已。还有她的表情——他很熟悉,他有过同样的感受,虽然只有一次。"啊,心是多么害人的东西。你爱上他了。"

"他不该死。"

"这一点成为共识了。"他想到珀瓦吉有类似的说法,"真的,说说吧。是什么令他如此特殊?成千上万人将死在这场战争中。多一个又如何?"

夏拉咬紧牙关。"这是我的价码。"

他坐回去。"很好。等我们占领了托瓦,我放他一马。"他说的当然不是真心话。让塞拉皮欧活着太危险了,但如果只要一个小小的谎言就能收买夏拉,何乐而不为?

"说实话!"她的声音充满力量,是海浪袭来的悠远咆哮。她的眼睛有了漩涡,五彩缤纷,似要把人吸进去。此刻他又感受到她的力量,与宴会时不一样。这次是一种强力的压迫,逼他吐露内心的秘密。他的指甲掐进手掌。他慢慢张开嘴,但他咬住了舌头。他抬起流血的手掌,拍在嘴唇上。

她唱了好一会儿,但他的巫术护在身外,抵御了她的魔法。她吁了口气,空气在前方波动,然后静止了。她的肩背挫败地垮了下去。

"巫师。"夏拉啐了一口。

其实他差点就顶不住了。他一度以为这种魔法伤不了自己,但两天之内夏拉已有两次几乎压倒了他。宴会上靠着反应敏捷的图恩在他身上施加了保护,此刻他自己施法脱险,但两次都太危险了,令他心惊胆战。也许过于危险不能留活口的不止一个塞拉皮欧。

等确信自己能自主说话,巴拉姆撤去了保护咒。他的双手在颤抖。"这样不好。"

"我本来就不是好人,"她不屈不挠地反击,"不要在这种事情上惹我,巴拉姆。不然我趁你不备,让你的血流不动,唱得你骨肉分离，碎骨成渣，除了名字你什么都不剩，即便到了那个时候，别人也不敢念叨你的名字，否则我让他们落得同样的下场！"

"好一条鲨鱼。"须臾，他说道。他面前的酒杯此前一口未动，现在他用干净的那只手抓起杯子。他抿了一口酒，热辣的滋味弥漫全身，安抚颤动的神经。"很好。我们达成一致了。"

"还有一件事。"

"此时此刻我没有帮忙的兴致。"

"这件事很简单。找到金雕的使者，名叫伊克坦的那个。我要你替我传个口信。就三个字。"

巴拉姆等她说下去。

"她活着。"

他歪着头。"就这？"

"彼会明白的。"她喝光了酒，"我到了渧克如何联系你？"

他拿出带在腰间的小镜子，放到桌上。手掌还有血，于是他甩了几滴在镜面上。阴影从镜面涌出来。他念叨了几个字，使通道成形。"滴一滴你的血在这面镜子上，我就会知道。等镜子变黑，你对着阴影说话，我能听到，也可以与你对话。但只是对你而已。如果你暴露了，打碎镜子，阴影自会协助你。"

他没说怎么协助，吞下自己舌头的探子浮现在脑海，但不让她知道为好。

夏拉刚刚拿起镜子，门外传来声音。她猛地抬头，仔细聆听。

"是我母亲！"她把镜子塞进袍子的口袋，"快走！"

他一跃而起，跟着她冲进里屋。远端的门通向另一条平行的外廊，显然是夏季用来通风的，如今封闭着。两人协力把床推开，然后他挤了出去。不等他出门，夏拉已经跑回前厅。她抄起巴拉姆的杯子，喝掉残酒，塞到一个垫子下面。她一屁股坐回自己的垫子，把酒瓶拿到近前，仿佛这样可以保护她。

玛黑娜女王闯了进来。巴拉姆贴着墙壁偷听，门边的一道狭缝还能供他窥视。玛黑娜扫视着屋子，看着醉醺醺的女儿、桌对面的血滴、乱糟糟的毯子和枕头。

"酗酒。"她的语气俨然是在定罪。

"你把我关在这里，我还能做什么？"

"你应该庆幸自己没有戴上枷锁被押回奎科拉。你杀死了七大领主之一。你到底懂不懂你的所作所为有什么样的后果？你当然不懂。你永远都是动手不动脑，让别人收拾你的烂摊子。"她指着夏拉，"你离开滞克后就过着这种生活吗？泡在酒瓶里？"

"离开？我当时十五岁，是她们驱逐了我。"

母亲口中发出啧啧声，舌头弹着牙齿。"没有人驱逐你。是你自己跑了。如果你留下来，面对你的行为所导致的后果，也许事情就不一样了。"

"我以为我杀了你！我当时还是孩子！"

母亲换上一副淘气而又刻薄的表情。"不至于那么小，都有康内趴到你两腿之间了。"

巴拉姆不懂滞克的这个词，但不难猜到它的意思。他看不见夏拉的脸，只见她举起酒瓶，直接灌酒。

"海水母亲啊，"玛黑娜骂道，"你真是无可救药！我听说是你交往的另一个康内带你来这里的。也许我们应该感激那个家伙，但我生你养你，夏拉，你现在就这副模样？跟男人们纠缠不清？如果你那么需要爱，世界这么大，多少女人可以找。提阿妮还在说起你。她会很高兴再次见到你。"

"提阿妮不过是当年闹着玩的。"

玛黑娜飞快地上前两步，打了女儿一耳光。夏拉的头被打得歪到一边。"别说那女孩的坏话。她对你只有爱。"

"她从来没找过我。"

"她要上哪里去找？她怎么走得了？"

夏拉一言不发。玛黑娜呼着气，双臂抱在胸前。"你太让我失望了，夏拉，但这个——"她打了个手势，示意整个前厅、那瓶施塔本图酒以及自己的女儿，"这个好办。"她抓起酒瓶。夏拉没有抗议。"你最先要做的就是恢复清醒，然后我们再解决其他事情。"她拿着酒瓶，转身离开，却在门廊处止步。淙克女王收敛了怒火，巴拉姆只看到一种表情：恐惧。

这种表情可不太有趣。

"等你回到淙克，什么都好了。走着瞧吧。"

然后她走了。夏拉趴在桌上，低下了头。他能听见她轻柔的啜泣声。

巴拉姆等待着，等到确信玛黑娜已经走了，他才溜出去，回到自己的住处。

CHAPTER 32

托瓦城（太阳岩）
乌鸦历1年

　　须知娜兰帕是我当之无愧的继任者。她将成为抵御黑暗时代的光明，世界为之瞩目的理性象征。至死方休。
　　——摘自太阳历325年娜兰帕授职仪式上太阳祭司基图埃的演讲

　　他在太阳岩上等她。
　　娜兰帕走过了狼喉、提提迪区和跨越托瓦谢希河的桥。这一次，没有卫兵过问，她怀疑是艾尤欸的意思，或者城里的人已经知道接下来会发生什么事，全都缩在木门和砖墙背后，指望躲过这场浩劫。或者，也许是他特意清理了道路，残肢碎肉扔到了峡谷深处，被阴影吞没。
　　他比想象中年轻。在塔顶的相见十分仓促，而且他疼得姿态扭曲，半是人类半是乌鸦。此刻他样子非常普通。一个二十出头的男人，齐肩长的头发束在脑后，露出一张算得上秀气的面孔。他的个头既高且瘦，上半身是护盾的黑色布甲，下半身的长裙盖着光脚，手握一根白色杖子。
　　她走近时他没有抬头，一直顺着奇怪的路线走动，弯来拐去，来回绕圈，仿佛在灰尘中画着某种只有他自己能看见的图案。他悄声低语，听不清说的是什么，时而伸出手来，像是在测量跨步的距离。等她走下竞技场的台阶，站在中间，距离他不过二十步之远时，他才停下来。

恰在此时，阳光闪耀，正如之前在天空塔上一样。阳光照着太阳岩，迎来了多日以来的第一个黎明。他扬起脸，面对太阳微微一笑。"啊……"他的语气随和自然，完全不像塔顶的怪物在发声，"如我所料。"

她情不自禁地打了个寒战。前后对比过于强烈，令人不安。她做好了面对噩梦的准备，结果发现对方是一个人。

"你料到了什么？"娜兰帕提高嗓门问道。

他抬起手来，似在要求她稍等片刻，继而不出意料，他又一次疼得五官变形。他咬紧牙关，按着肋部。她看着他默默忍受痛苦，然后喘息着恢复了正常。接着他直起腰身，阴影流泻而出。等他看过来的时候，他的眼睛是纯黑色的。

她不禁退了一步，然后感觉到来自体内的回应，她气喘吁吁，双眼发亮，周身都在燃烧。这不是她的怒火，而是别的东西。温暖且滋养一如太阳，与在龙舌兰奔涌的治疗之力如出一辙。

他阴沉而愉悦地笑了。"看来我们的神非常期待我们打上一场。"他换了一下持杖的手位，双脚站开。

"我知道你的伤是怎么来的。"娜兰帕脱口而出，语速很快。

他歪着头。"我也知道。"

"但我可以治好你。"如此断言很是大胆，实际上她并没有绝对的把握，但她还是直接说出来了。

"你为什么要这样做？"

"因为你不是你。我们不是我们。"真相的拼图瞬间完成。她在天空塔藏书上读到的故事。她所见的幻象。"如你所说，是我

烈星 FEVERED STAR

们的神把我们逼到了这一步。我们是他们的提线木偶。我们打过多少次了,鸦神?我们还要打多少次?循环永无终止,光与暗,火焰与阴影。我们,你和我,塞拉皮欧和娜兰帕……我们不需要为此而死!"

他沉默了许久。"你怎么知道我的名字?"

她意识到自己说漏了嘴,然而为时已晚。"奥括告诉我的。"

"奥括……"他的表情有所变化,"有趣。他从未叫过我的名字,而我一度非常渴望。"他微微一笑。"你是来跟我说这件事的?奥括和太阳祭司联手了?"

"我是来讲和的。"其实这不是她此行的目的。是悲伤所致。是疲惫所致。她是来获胜,或者牺牲的。然而希望重燃,新鲜而美好,正如头顶的太阳。"我尽我所能,为托瓦殚精竭虑,但屡次失败。在你来之前,城市已在衰亡。守望者腐败透顶,氏族与世隔绝。我们在太阳底下糜烂,人民却在受苦。"

"那现在呢?"

"他们还在受苦,"她承认,"黑暗过甚正如光明过甚一样有害。我们必须寻找我们之间的平衡。"

他默不作声,仿佛与她看不见的存在交流。"我的神不这么想。他被束缚了太久,是太阳神的贪婪逼迫他离开了这里。"他张开双臂,"他渴望统治。"他静立片刻,双臂仍然展开不动。令人毛骨悚然的微笑缓缓地在他脸上绽放。"他要你死。"现在她听到的是神在说话,可怕如坟墓里的黑影。

他跑了起来。

迎面而来。

她只有转身的时间,正要迈步,他便飞奔而至。他猛地撞到她的后背,让她失去了平衡。她扑倒地上,正面着地,砸裂了冰层。他的前臂袭向她的颈背，膝盖顶着她的脊梁。有某种尖锐的东西直逼咽喉，她是察觉到的，而非已经感受到的。

惊恐无边无际。她企图思考，但脑子一片混乱。唯有肾上腺素和恐惧激增。她挣扎着，但他如泰山压顶。绝望之中，她什么都看不清，意识逐渐模糊，她探向封锁的内心深处，那条愤怒和悲伤的河流。她扒开堤坝，让恐惧喷发为愤怒的狂潮。

她的身体爆开了。

他咒骂着退开，她则张开双翼，扭动柔软的腰肢飞天而起。

他愉悦地弯起了嘴唇。他举起双臂，掌心朝上，周身炸裂。

他们在空中冲撞，火鸟和黑翼的鸦群。娜兰帕感觉到五十只鸟喙的戳刺，利爪在腹部的撕扯，她放声呼喊。她口吐烈焰，烧灼鸦群，将其逼退。她挥舞利爪，抓住一只鸟，撕成两半。惨叫划破长空，鸦群随之坠落。忽然之间，她脱身了。

她低头看到奥多·塞都恢复了人形，抱着一只血淋淋的手，杀气腾腾地咧嘴笑着。

快逃！她心想，但不等下定决心，他又化身鸦群，而她再次遭到攻击。

他们缠斗不休，光明与阴影，火与冰，形势摇摆不定。一方攻击，一方还击。他的无数利爪撕破她的皮肉，她则咬碎一个小小的身躯。如此反复。

她撑不下去了。

她已是精疲力尽，改变形态的神之魔法彻底地消耗了她。他速度更快，攻击更致命，训练有素。而她仅仅凭着本能，渐落下风。面对他的一次攻击，她的反应慢了一拍，鸟爪扫过她的锁骨。她顿失平衡，向后翻滚。她浑身颤抖着落到地上，变回了女人。

她摔得不轻，一时难以呼吸，躺在地上不能动弹。

他重重地落到她身边，距离如此之近，要是她伸出血迹斑斑的手臂，也许能碰到他的脚趾。

她等待他露出得意洋洋的坏笑，发出那种可怕的声音嘲讽她。但他瘫坐下来，弯腰驼背，疲累至极。他的脸颊被烤得焦糊，身上有多处烧伤。

她笑得苦乐参半。至少她尽力了。

他笑了，笑声中带着悲伤。

"你真的可以治好我吗？"这次是人的声音。颤颤巍巍，半信半疑。

一直以来，在别人更喜欢批判人性的同时，娜兰帕都愿意信赖和期许人性中善良的一面。即便最近的悲惨遭遇也未能完全改变她的本心，她凭着本心就无法在有能力帮助的时候，眼睁睁看着此人活活受罪。

哪怕他是敌人。

尤其因为他是敌人。

于是她爬过去。他仅在一臂之遥开外，但又似乎遥不可及。漫长的爬行途中，理性催促她远离，指责她再次犯傻，提醒她艾芭会嘲笑她，丹纳欧奇会责怪她鲁莽行事。但他们都死了，很多人都死了。既然她有机会挽救一个人的生命，她就得试一试。

他盔甲上的一道裂痕暴露出肋部的伤口。伤口溃烂了，但没有感染。有光芒闪动。他们四目相对，熠熠生辉的金色和最深沉的黑影。"真漂亮。"娜兰帕低声说。他知道吗？他在意吗？

"疼。"

他胸脯起伏，她知道他很害怕。她把手伸去，又停了下来，张开五指。她的指甲被扯掉了，中指扭曲断裂。"天空啊。"她咕哝道，重创敌人的骄傲荡然无存；此时此刻，唯有对互相伤害的厌恶。

她用残缺的手按着他的肋部。

她的脑子里闪过一幅幅画面。第一场在古代，是众神墓地的湖上之战，她腹部的鳞片纷纷掉落。另一场太阳神和鸦神的战斗中，双方是身披阴影盔甲的女人和浑身笼罩火焰的男人。第三场战斗的发生地应该是梅里迪恩草原。双方的情况颠倒过来，女人金发如瀑，披在后背。最后是埃切跪在奥多·塞都面前，掰断了面具，插进了鸦神如今伤口所在的部位。

"我们本该合而为一，"娜兰帕喃喃道，却不知如何做到，"我们的战斗没完没了，永远分不出胜负。"

她全神贯注，正如救弟弟的时候一样。她觉得也许不会起效，她的治疗之力和愤怒一同耗尽了，或者那股力量不肯帮助神的夙敌。但她手掌发热，他的皮肤微微发光。

她召回了融入他体内的太阳神的精髓。亮闪闪的实体出现在她掌中，薄薄的一片黄金，只有指甲盖那么大。她立刻认出来了。这是太阳祭司面具缺失的部分。埃切行刺之后，断片留在了他体内。

她举起来给他看，发现手上还有别的东西。阴影。阴影染黑了她的指尖，扩散到手掌，缠绕上手腕。她大叫一声，手掌忽然冰冷刺痛。黄金断片掉在地上。

阴影停止蔓延，然后消散，寒意随之退却。但治疗之光也熄灭了。

"阴影吞噬。"他睁开眼睛，深潭般的眸子射出凌厉的目光，"不停吞噬。"

于是她小心地拉起袖子裹在手上，捡起面具的断片。"你现在可以愈合了。"

他点头以示理解。他说话非常谨慎,若有所思,精神大有好转。

"我一生都被教导与你为敌。抚养我长大的人永远在念叨复仇,但他们的复仇总是以我的死亡而告终,他们不在乎我的死活。我不过是他们实现目标的手段。他们利用了我母亲的伤痛,说我命中注定为食腐鸦报仇,然而事实上他们不关心我和我的氏族。可是你,我的凤敌,却关心我的死活。真令人费解。"

他沉默了许久,娜兰帕以为他不打算开口了。

于是她说话了。"他们的目标是战争,你是战争中的牺牲品罢了。"

"不仅仅是战争。"

"什么意思?"

"你提到无休无止的战斗。我也感觉到了。从来都是太阳获胜,但我刚才说的是实话。鸦神渴望获得应有的地位。"

"托瓦的敌人有备而来,以鸦神的崛起为借口。他们将率领大军前来,企图摧毁城市,攫取城市的财富为他们所有。"

他冷冷地笑了。"让他们放马过来。"

"你单枪匹马对付不了他们。他们将带来巫师和你闻所未闻的魔法。"如果奎科拉当真煽动了当地的巫师和霍卡伊亚的长矛少女、渧克的歌者、金雕的鸟群,所有军事力量一同进犯,从陆地、天空和水路……即便鸦神也难以抵挡。

他歪着头打量她。"那就留下来与我并肩作战。我们协力作战,定让他们发抖。"

"我不知道我们的神是否容许我们同在一城,而不怂恿我们互相伤害。"

"我们也可以打败他们。"

"打败神？不太可能，塞拉皮欧。"她躺在凤敌身边，坦承内心的打算，"我要离开托瓦。你一直以来都与你的神共存着。而我对我的神及其力量很陌生。我需要找一位导师，能指导我如何掌握这种力量。"她的火鸟形态恍然如梦，太像她在镜子里看到的幻象。但事实就是事实。她确实改变了形态，而如果她愿意，再次变形也能做到。

"那么下次见面时，你就有把握杀我了？"他揶揄道。

她笑了。"不，塞拉皮欧。我不觉得我希望你死。"

他沉默不语。

"你应当回一句，说你也不想杀我了。"

他的唇边浮现笑意。"你去哪里？"

她露出淘气的表情。"我不告诉你为好，鸦神。"

"那么我也不去找你。"

他太孤独了。深陷悲伤和愤怒。她在他身上看到了自己的影子。两人的年龄、性格和性别都不一样，但全世界所有的人当中，可能唯有他们最理解彼此。如果他们是朋友就好了。但不是今天。今天，他们是决战而后休战的仇敌。不过，终有一日，此事可成。

但她没有说出来。

"当心食腐鸦。"

他的语气冷若冰霜。"看来是的。"

娜兰帕不知道他掌握多少情况，但至少他明白奥括和她已经密谋对付他。她考虑过要不要把主母们会面所谈告诉他，但又不愿意背信弃义，主母们依然是她的盟友。于是她说："我看到了你人类的一面。让他们看看。让他们看到你是谁，也许他们愿意站到你这边来。"

他苦笑一声。"你只看到了你希望看到的未来,娜兰帕。他们也一样。我们都一样。现在做'人'已经太晚了,我的所作所为,是奥括永远不会原谅的。"

他神色阴郁,阻止她追问下去。

"也许你是对的,"她向他坦承,也告诫自己,"不过也许那些不可原谅的行为正是拯救这个城市所不可或缺的。我也发过善心,却一再失败。"

"你为我发了善心,我不会说它的坏话。"

"我不是说善良没有立足之地,但也许奥多·塞都最好的武器就是残酷。残酷和恐惧。你的到来使得主母们前所未有地团结起来。如今则是你,一个不屈不挠的男人,能将她们团结在一起。她们不是坏人,但主母们的权位意识太强,天创也执拗于死板的等级和氏族。她们不理解危险所在,直到追悔莫及的那一刻。善良赢不了即将到来的战争。"

他轻柔的嗓音带着难以置信的口吻。"你希望鸦神统治她们?"

她刚才说的是这个意思吗?她不知道。她只知道如果托瓦想要死里逃生,改变不可避免。

"你必须联合她们。"

她把奥括和她的盟友引向了晦暗的前路,却非这样不可。通向幸存的征途阴暗且血腥,但至少还有生死一搏的机会。

他抬起头,似乎听见了她听不见的声音,她这才发现他的人类形态双目失明。"你该走了,太阳祭司。"他的声音在颤抖,介于轻言细语的年轻人和神之间。

她用力一撑,爬了起来。

"别了，塞拉皮欧。"

"别了，娜兰帕。"

"愿星星引导你。"这是守望者分别时的老话，用在他们之间似乎不大合适，但似乎又理所应当，而且她是发自真心的。

她转而探寻太阳神的存在。她吸取力量，任其充盈全身。她感到消耗的精力恢复了，身上的破损和瘀伤也还原了。她的身体燃烧着变化了形态，然后飞了起来。

CHAPTER 33

托瓦城（太阳岩）
乌鸦历 1 年

> 让他们惧怕你，有时候就够了。
> ——摘自《军事哲学》，霍卡伊亚军事学院教材

塞拉皮欧感觉到娜兰帕离开了。散发的热量扑面而来，翅膀扇起的风吹乱了他的头发。他看不到她飞向何方，这样最好。他不至于追上去。

"我好像又有了目标。"

自从在修道院里醒来，他头一次感觉平静。失去神的眷顾，一度令他崩溃。他的手掌曾经空空如也，不顾一切地渴望将其填满，不能作为神的容器，他便没有了方向。所以他急于在食腐鸦找到一席之地，以为那里可以成为他的家。但他带来的却是困惑和恐惧，他们并未接纳他为同胞，尽管他有黑翰和血色的牙齿，以及母亲的血脉。他的悲伤化作羞耻，然后是怨恨，积淀为波澜不惊的愤怒，他像是对待巢里刚刚孵化的雏鸟一般细心地呵护着它。即便神已归位，也愈合不了众叛亲离对他造成的伤害。

奥多黑爱戴他，但远远不够。他们爱戴的是重生鸦神，绝不是塞拉皮欧，甚至不能把这个有一半奥布雷吉血统的男孩和奥多·塞都区分开来。他们仅仅想要他作为救世主，作为伸张正义

的杀手。他们不关心命运对他造成的伤害。他们不想听他那些关于爱的故事,不在意他用木头雕刻漂亮动物,不关心他喜欢的巧克力风味。如果他死了,他们会额手相庆,只要他的死能带给他们荣耀。

所以他也同样地利用他们。

他一辈子遵循命运的安排,而当命运之幕揭开,他成为一介凡人的时候,他发现谁都不要他。除了夏拉,他心想。她会接纳你本来的样子。他也会充满感激地接纳她。充满渴望。

可是到头来他失去了夏拉,剩下的只有托瓦。

他将要夺取的托瓦。

以及他要按自己的需求而重塑的命运。

如果氏族不敞开大门欢迎他回家,他就破门而入。噢,他将成为奥括要求他成为的,既当盾牌又作武器,但不仅仅是食腐鸦的。他将成为凌驾于一切之上的神。

塞拉皮欧站起来,走向太阳神到来之前他在冰霜上绘图的位置。他摸了摸伤口,发现已经愈合。火鸟造成的伤口同样愈合了。他心满意足地望着那幅图案。

在他的乌鸦视野里,图案非常清晰,线条覆盖着奥多·塞都的屠杀之地,业已吞噬一切的阴影潜伏在地底。他拿出黑曜石刀子,割开手臂。他让鲜血流淌下来,老导师一度觊觎的不可思议的力量之源。他喂给这片土地。

一开始是低沉的隆隆声,犹如洞穴里的巨兽被唤醒。他伸出手去,应他的召唤,死去的祭司和氏族子弟的骨骼、肌腱和血升了起来。他一边走,一边旋转、修饰和调整,正如雕刻木头一样,一座要塞拔地而起。要塞有几分类似奥布雷吉的城堡,又有几分形同托瓦的大宅——弧形墙壁,各方设有炮台。屋宅之外,还有一处中央庭院,大厅坐镇其间。台阶旋转而上,通向顶部的鸟舍。

他吐了口气,黑墙变得光滑平整。他又转动手腕,红砖拼成相连的乌鸦翅膀,铺在地板上。他脚踩鲜血,使其硬化,形成通向王座厅的台阶。

王座留在最后打造。

王座以黑色的肌腱和白色的骨头组成。坐板是圆形的,由环状底座上的八条细长椅腿交叉支撑。王座的背后,他用肌腱和阴影编织成相连的乌鸦翅膀,高展欲飞。

他在天花板上开了一个洞,黑日也许能照进来,在他身上投下黑色的光。如此一来,他的小朋友们可以来去自由。他也一样。

然后他坐在王座上等待。

没等多久,乌鸦们来了。他告诉它们自己需要什么,它们带着使命,飞散而去。

不到一个钟头,它们回来了,叫声宣告它们带来了他需要的人。

他召集十二个奥多黑成为他的侍卫。东南西北各两人,上下各两人,他居于中间,一共十三人。梅卡和菲优也在其中,此前他们应他的要求各选五人,图勇当中最忠诚可靠的伙伴。他还不知道他们的名字,但他必将熟悉他们,正如熟悉自己一样。他们不是完美的容器,但可堪一用,他将以自己的需要塑造他们。

"奥多·塞都。"梅卡充满敬畏地叹道,"这是什么地方?"

"这是我们的新家。主母和她的护盾长已经证明他们不忠不义。他们和我的敌人勾结,企图谋害我。"

他听到了半信半疑的喘息声。什么时候了,他们还抱着愚蠢的希望。

"所以我给你们一个选择。"塞拉皮欧站起来,"你们离开图勇,回到奥多,不必对鸦神效忠,或者留下来,成为我的血卫。以我之名,我们将联合托瓦的氏族,在鸦神的旗帜下崛起,成为令整个梅里迪恩颤抖的一股力量。"

"我们忠于您,奥多·塞都!"菲优说话了,"您有吩咐尽管开口。"

最困难的一步来了,但他需要知道他们是否值得信任。他们即将成为他的侍卫,在他分身乏术之时,成为他手中的利刃。他必须知道。

"拿出你们的刀,割开你们的喉咙。"

沉默,然后是困惑的低语。他早有所料,但依然感到失望。他们可以信誓旦旦,可以振振有词,却依旧心存疑虑。曾几何时,如果他的神要求他做同样的事情,他丝毫不会犹豫。

"你们宣誓以生命效忠我。以鲜血允诺我。现在我提了要求,你们却畏缩不前?"他倾身向前,双手扶着膝盖,"既然你们是懦夫,那便离开吧。但如果你们如自己声称的那样信任我,请你们割开——自己的——喉咙。"

他听见一个人倒下去的响动。惨叫声,接着是汩汩的血流声。他不知道是谁,但希望是梅卡。然后又有一个,一个又一个。最后所有人都瘫软在地,流血不止。

塞拉皮欧微笑着张开双臂。

他如今理解了肋部的伤口。它同样是一种力量。因为他反抗,所以才受到伤害,而他反抗是因为他的神拒不接受。但当娜兰帕把手放在他身上,阴影以同样的方式回流的时候,他恍然大悟。阴影吞噬,光明治愈,而现在两种力量都为他所用。

他从垂死的奥多黑身上抽取鲜血,就像他从太阳岩浸血的土地里抽取一样,然后开始雕刻。这一次,他创造的是盔甲,厚厚的布甲层层覆盖胸膛和手臂、躯干和双腿,从颈部到脚踝,严密地保护奥多黑。他以肌腱缝合,以骨骼加固,又做了一顶形如乌鸦头骨的头盔。等他完成了作品,他治愈了他们可怕的伤口。

他们在他面前站了起来,完完整整,焕然一新。

"梅卡,上前。"

对方照做了。

"现在你是我的第一血卫,菲优是我的第二血卫。宣誓效忠吧。"

"至死方休,虽死不休。"

菲优发下同样的誓言,其他人依次宣誓。

等塞拉皮欧如愿了,他说:"你们是我的护盾,号称图勇,我们将团结整个托瓦,既是武器,又作城墙,等梅里迪恩的军队兵临城下,他们必将后悔莫及。但是首先我们必须见见主母们。去吧,召集氏族主母来见我。让她们像你们过去一样颤抖,然后便知道如今托瓦真正的统治者是谁。"

CHAPTER 34

浠克

乌鸦历 1 年

生如浠克,死如浠克。

——浠克谚语

"前方有陆地!"

逐浪者上的六个女水手发出一阵欢呼,其中一个名为阿拉妮的女人踢了踢夏拉,从她身上翻过去,固定挂着三角船帆的帆桁。浠克的快船追求的是速度而非舒适,船身狭小,拥挤不堪,夏拉深深地怀念奎科拉人的船,那条船可以轻松容纳五十人。它速度不快,但至少可以让一个女人伸展手脚。

在她头顶,密布着厚厚的积雨云,灰得像引金鱼的肚子,但春季风暴尚未降临到她们头上。陆地已经能看见了,看来好运可以持续,她们可以干爽地到家。

家。

这个字在夏拉的肚子里搅成一团。她曾经以为再也见不到家了。如今家就在前方,她不清楚自己的感觉。她渴望回家,但不是以这种方式。

阿拉妮弯下腰,冲她咧嘴一笑。"过来看。"

"过不去。"她抬起脚,缚在甲板上的锁链哗啦作响。

烈星 FEVERED STAR

"啊。"女人爬了下来,掏出挂在脖子上的一把钥匙,"玛黑娜不在这里。只要保证你不会逃跑就行。"

"我能去哪里?"

"你会游泳,不是吗?我听说你很擅长逃跑。"

夏拉想起她上次潜入海水的场景。闪着微光的黑色鳞片,脖颈处的腮。

"等我下次逃跑时,谁也抓不住我。"

阿拉妮笑了。"这才像样。"

锁链脱落,女人招手示意夏拉跟上。于是她爬了上去,两人缩手缩脚地坐在船头。风拍打她们的脸,长发飘得老高。夏拉尝到了咸味,感到冰冷的海水溅在脸上,她低声向母亲祷告。不是生育她、拿刀押着她上船、把她锁起来的母亲,而是此刻亲吻她、张开双臂迎接她回来的母亲。

"在那里。"阿拉妮抬手一指。

夏拉依稀可以看到。一线白色沙滩,更远处是茂密的绿植,她知道那里长满了棕榈和红木、兰花和木槿,还有隐秘的海湾和无边无际的海水。那里是家,虽然她并不希望回家,但心中的感激油然而生。

滞克。

风向转变,一股劲风吹得船帆啪啪作响,船员们立刻行动起来。

"见鬼!"阿拉妮大骂一声,过去帮忙。

雨点落在夏拉脸上,风暴终于降临了。她闭上眼睛,恍然在新月海的另一条船上,坐在星空底下,在神的掌心描绘天空的星图。

"对不起,塞拉皮欧,"她轻声说,"再晚一点。"

雷声在她们头顶炸响,天空被撕裂,大雨倾盆而下。

CHAPTER 35

托瓦城

乌鸦历 1 年

不要混淆了你的过去和未来。

——《幸福生活箴言集》

塞拉皮欧修建要塞时，娜兰帕在天空塔的塔顶观望。她看得见魔法，波动的阴影染黑了太阳岩的周边。她不知道当年为何坚持认为魔法在她的生活中或者守望者的生活中不存在。一切都关乎巫术，包括她本人。太多的可能性被遏止。太多的力量被虚耗。

她望见奥多黑来了，不久他们又离开，被改造为怪异的、令人毛骨悚然的战士。

她望见氏族的人穿戴各自的服色，从各自所在的城区出现了，高举代表氏族的旗子。她欣慰地看到郊狼也来了，正在经过提提迪的吊桥。

她担心自己为他们安排的未来过于艰险，但考验使人强大。托瓦太软弱，太娇惯了。正如他们一样，这样是不可能战胜敌人的。

她想起在太阳岩上见到的年轻人，既是神，也是人。他不软弱。他将打碎他们，将他们重塑为能够抵御灾难的形态。他们永

烈星 FEVERED STAR

远不可能感谢他。事实上,他们必将痛恨他。但唯独他有拯救他们的可能。

她看够了,转身离开。

楼梯在她脚底旋转而下,她一路来到藏书阁。她挑了几本书,最重要的几本,装进了皮袋。

然后她来到仆人的住处,找了一件式样简单的棕色长袍。她换下破烂的白色礼服。她并未处理依旧凌乱的金色头发,因为还在为弟弟服丧,但换下了弟弟送的奢华斗篷,折好星星图案的内衬,仔细收到一处角落的架子上。

她的最后一站是厨房。她尽可能仔细地打包食物。她考虑过要不要带树脂灯。她抬起手来,掌心在发光。她握手成拳,光芒绽放为火焰。不用,她不需要灯光照路了。

等拿到了所需的一切物品,她来到天空塔厚重的前门处。她一直以为这扇门能够替她抵御外面的世界。如今她怀疑起到的作用正好相反。她把门拉上了,从里面挂上粗壮的门闩。如果谁非要进来,还是能破门而入的,她认为,但至少可以打消大多数窃贼的念头和闲杂人等的好奇心。天空塔毕竟是圣地。她不希望看到天空塔被亵渎,藏书阁被破坏。

她最后一次拾级而上。黑色的太阳在托瓦上空燃烧,但现在北方的天空有了新的来客。一颗明亮的星星拖着冒烟的尾迹。那是改变的兆头,颇有预见之明。

她把皮袋挎在肩头,整了整斗篷,然后召唤太阳神。

前一刻还是娜兰帕,下一刻就成了火鸟。她张开的翅膀遮蔽了天空塔。她考虑过去梅里迪恩的南部,巫术一度繁荣、如今依然立足的地方,可奎科拉和豹人就在南方。关于他们的噩梦做得不多了,但还是纠缠不散,提醒她远离堕落豹王子的城市。她冲天而起，盘旋了一圈，然后朝向北方，顺着彗星的轨迹，前往众神墓地。她希望在那里找到答案。也许能有一位导师。

她没有回头。